are to be r
stamp

ЛЮКО ДАШВАР

СЕЛО НЕ ЛЮДИ

Роман

УДК 821.161.2
Д12

Жодну з частин цього видання
не можна копіювати або відтворювати в будь-якій формі
без письмового дозволу видавництва

У тексті присутня ненормативна лексика

Дизайнер обкладинки *Вікторія Дорошенко*

Літературно-художнє видання

ДАШВАР Люко
Село не люди
Роман

В авторській редакції

Головний редактор *С. І. Мозгова*
Відповідальний за випуск *К. В. Озерова*
Художній редактор *Ю. О. Дзекунова*
Технічний редактор *В. Г. Євлахов*
Коректор *К. В. Єгорова*

Підписано до друку 26.11.2021. Формат 84х108/32. Друк офсетний. Гарнітура «Literaturnaya». Ум. друк. арк. 15,96. Дод. наклад 2500 пр. Зам. № 1341.

Книжковий Клуб «Клуб Сімейного Дозвілля». Св. № ДК65 від 26.05.2000
61001, м. Харків, вул. Б. Хмельницького, буд. 24. E-mail: cop@bookclub.ua

Віддруковано згідно з наданим оригінал-макетом
у друкарні «Фактор-Друк»
61030, Україна, м. Харків, вул. Саратовська, 51,
тел.: +38 (057) 717 53 55

Factor Druk
PRINTING HOUSE

© Чернова І. І., 2021
© Книжковий Клуб «Клуб Сімейного Дозвілля», видання українською мовою, 2021, 2022
© Книжковий Клуб «Клуб Сімейного Дозвілля», художнє оформлення, 2021

ISBN 978-617-12-9071-6 (дод. наклад)

Розділ 1

Глухої, як баба Килина, вересневої ночі, коли мамка від утоми просто засинала під татком, а він, чортяка, все не вгамовувався, тринадцятирічна дочка їхня Катерина сиділа на колінках у траві за домом. Очі — якраз на рівні ремінця, яким затягував штани Роман, кремезний чоловік за тридцять, із загрубілими від важкого руками.

Катерина витерла губи, спитала:

— То це і є любов?.. Слизька...

Роман знітився:

— Це... чоловіче молоко.

— А казали... любов.

— Іди... — наче батогом ото.

— Піду... До побачення, дядечку.

— І чого ти мене дядьком звеш, Катерино?

— А як мені вас звати? Ви ж дорослий, а я малолєтка.

— Іди, — повторив і сам пішов.

А вона ще довго не йшла. Рукою по траві — роси повні долоньки. Умитися лишень вистачить, а хотілося напитися.

— І що воно тепер у роті? Днів зо два відпльовувати ту любов.

Пішла врешті до хати. Повз мамку під татком. Мамка аж прокинулася.

6

— Доню, а чого це ти досі не спиш? Завтра ж до школи рано...

А ліжко під мамкою й собі підтверджує: ра-но, ра-но...

— Та нічо'... Не просплю.

Уся Шанівка у свідках: сонцю ще ніколи не вдавалося мамку розбудити. Завжди вона попереду. От і сьогодні: надворі тільки сіріє, а мамка вже підскочила. Татка у бік:

— Льончику, сьогодні ж наша черга до череди. Гайда, гайда!

— Устаю вже...

А мамка собі далі. Усіх по ранжиру:

— Катю! Вставай, доню. Допоможеш таткові. Я до курей, потім у контору. Казали, може, олії за трудодні дадуть чи цукру. Льоню, свиням даси?

Тато — ноги вже в штанях, а в голові одне:

— А поїсти?

— А тобі б усе їсти! — мамка сміється. — Буде, буде... Я тільки до курей гляну.

І знову доньці:

— Катрусю! То допоможеш таткові?

Довелося оченьки розплющити.

— Мамцю, ти ж казала, щоб до школи...

І татко:

— Та чого їй плентатися? Мені зовсім не довіряєш?

Глянув на мамку спідлоба, дверима — грюк! Свиням те грюкання — бальзам на п'ятачки. Татко — грюк, вони у відповідь — рох-рох, мовляв, не барися, мерщій до нас, ми за ніч зголодніли, хоч і не схудли.

Мамка на постіль сіла, Катерину обійняла і на вушко:

— Як не підеш із батьком, знову нап'ється... Корови розбредуться, сусіди скаржитимуться... Ану кажи, які у вас сьогодні уроки? Важливі чи не дуже?

— Уроки як уроки...

— То що?..
— Мамо...
— От біда! Добре вже, збирайся до школи.
— Мамо...
— Та нічо'... Може, якось воно й пронесе. Якщо Ромка до батька не приплентається...
— Дядько Роман казав, що треба трактора терміново зібрати, — ляпнула дівка і язика прикусила.

Мамка з подивом:
— І звідки?..
— Ішла від Людки, а біля кіоску мужики тирлувалися. Почула...
— Отож, доню, біля кіоску. Я б тій Тамарці-бізнесменці всі патли повискубувала. Зараза...

— Зара-а-за! — Катерина — ноги з ліжка. Зойкнула: у п'ятку мов гвіздок хто забив.

Мамка з кухні глянула:
— Доню, ти що, боса швендяла?
— Та нічо'...

Дошкандибала до шафки, у шухлядці голку знайшла. Татків одеколон «Лісова пісня» теж згодився. Залила ним усю п'ятку, голкою скабку виколупала, а зверху знов одеколоном. Краса... Татко з двору зайшов — задихнувся:
— Аби добро переводити!
— Та вона лікарем буде, не інакше... — мамка сміється.
— Лікарем... — татко яєшню із салом бачить, а тхне вона йому «Лісовою піснею». — А їсти тепер де?! Надворі?..
— Льоню, вже пів на шосту. Не барися, любчику. До череди треба... — мамка вміє вмовляти лагідно.

До шостої ще хвилин двадцять. Мамка з татком із дому здиміли, а в Катерини ще — справ і справ. Води зігріти, вмитися, запхати у маленький поліетиленовий пакет «Adidas» босоніжки, смугасту хустинку, який-не-який гребінець із дзеркальцем на ручці... ну й книжки із зошитами, якщо увійдуть. А ще ті коси...

Розплелася. Волосся ноги лоскоче. Катерина бідкається:

— Чи обрізати, поки мамки нема?..

І обрізала би, та знадвору чути:

— Ка-атя! Кать! Ти до школи підеш?

Катерина з дому вискочила:

— Люд! Зайди! Я зараз...

Біля хвіртки — руда Людка при повному параді. У голові дві дивовижні заколки, кожна з картоплину завбільшки: одна на маківці, друга на потилиці. А з-під заколок рідке руде волосся стирчить. Губи червоним наведені, спідничка коротка. Якби не чоботи гумові — картинка. Катерині заздрощі аж дух забили.

— Людка... Ти така красива...

— Цілий ранок збиралася! — Людка дівка серйозна. — А ти? Чекати не буду...

— Будеш, будеш... Та ходи сюди. Я швидко.

Людка заколки помацала — на місці. По вулиці оком пройшлася... Онде Сашко із Сергієм ідуть! Чого ж їй у Катерининій хаті час гаяти?

— Тут почекаю. Збирайся скоріше.

Як для Людки з Катериною, то й Сашко, і Сергій — хлопці дорослі. Уже по п'ятнадцять обом. У школі кажуть, усіх однокласниць устигли перемацати, а може, й того більше.

Людка оченятами стрельнула: і Сашко симпатичний, і Сергій незгірший. Якби ж то їй вибирати! Сашко, хоч і невисокий, зате міцний. А очі... Такі ясно-сині, такі глибокі... Як озера. Та й ніс — нічого, не картоплина. А Сергій, той вищий. І волосся в нього в'ється. І голос красивий, коли матюки не гне. Ет, якби ж то Людці вибирати!

9

— Привіт, джентльмени. Куди зібралися? — Людка аж занадто голосно вигукнула, навіть Катерина в хаті почула.

У Сашка із Сергієм зранку серйозна розмова. Так захопилися, що Людчине вітання збило їх із пантелику.

— Що? — Сашко аж зупинився. — Людка нам щось криконула?

Сергій іще на своїй хвилі.

— Саня, я от думаю... Спочатку треба дівку знайти... Щоби погодилася. А потім уже... З тим парафіном... У тебе свічки вдома є?

— Не знаю... — Сашко до Людки обернувся. — Люда! Ти нам щось казала?..

Людка чогось розгубилася.

— Вам... Кажу, привіт, джентльмени...

— Знову книжок начиталася?! — розреготався Сашко, а Сергій — руками по матні:

— Джентльмени мають члени! Ти про це, Людка?..

— От дурний! — Людка ледь од сліз утрималася. Хвірткою грюк — і до Катерини в хату.

— Ти скоро?!

Сашко штовхонув Сергія.

— Навіщо ти так?.. Вона ж мала.

— Мала?! А губи вже намазала. І спідниця — аж труси видно.

— Які труси?

— Червоні, — збрехав Сергій і оком не повів. — Не віриш, задери і перевір.

— Пішли... — Сашко на Катеринин дім глянув. — А от, приміром, Катька... Заради неї можна спробувати... того... з парафіном.

— Тоді Людка — моя! — Гоц — і є рішення в Сергія.

— Тільки підготуватися треба. Так усе зробити, щоби вони не втекли, — Сашко йому.

— Саня! Коли вони побачать оте диво... Вони помруть од щастя.

Катерина швидше би зібралася, але ті Людчині заколки... Стоять перед очима, хоч лусни. І так Катерина косу крутила, і сяк... У дзеркало гляне й зітхне: одне слово — малолєтка.

Врешті вийняла з пакету «Adidas» смугасту хустину, обмотала косу... Ну, нібито й нівроку. А тут і Людка:
— Ти скоро?!
— Ідемо.
Катерина — пакет у руки, ноги — в чоботи гумові.
— Людка, а ти босоніжки часом не забула?..
— Чого б це?..

**

Шанівка так ловко причаїлася у низині між пагорбами, наче од ворогів ховалася. Здавалося, впадеш сюди з неба — так навіки й залишишся. Аж ні.

За Шанівкою — три ґрунтові дороги. Після дощу всі три — суцільне болото. Однією підеш — за п'ять кілометрів потрапиш до сусідньої Килимівки зі школою, куди шанівські діти бігають, та облізлим клубом, де дядько Степан вечорами п'є горілку з мужиками, а як нап'ється, то горлає:
— Усе! Крапка! Тепер — тільки пісня!
Баби дочекатися не можуть, коли ж він, аспид, уже наклюкається, бо після того дядько Степан хапається за акордеон і таке виробляє, що сльози самі котяться.
— Ой ти, дівчино, з горіха зерня... — ридаючим різноголоссям підспівує вся Килимівка, аж доки Степанова дружина Маруся, що у Килимівці вчителює, не схаменеться:
— Йой, бісів син! Уже й спати часу нема. Гайда додому. Завтра ж до школи.

І так виходить, ніби всім килимівцям на ранок до школи. Чи, може, у вчительки Марусі просто голос грізний, бо після її слів пісня гасне і село німіє.

Друга дорога веде до розваленої ферми, де колись, мамка казала, три тисячі корів ревли, їли комбікорм, доїлися та давали роботу тоді ще великій Шанівці.

За фермою — глиняна мазанка глухої бабки Килини, і другу дорогу ще видко серед будяків — не тому, що шанівці полюбляють ходити до розтрощеної будівлі та згадувати добрі часи, а тому, що дня не минає, щоби хтось із них не завітав до баби Килини.

— І як її, стару відьму, земля тримає! — дивується мамка, а в самої як одного дня рука чогось розпухла, то не до фельдшерки Віри у Килимівку помчалася, а до баби Килини. То ж бо й воно.

Третя дорога незабаром уже стежинкою стане. Ніхто із шанівців не розуміє, хто й навіщо проклав свого часу цю колію до кургану, що височіє біля села. Навіть баба Килина каже, що як була ще малою, так шляху до Килимівки і до ферми не було, а от широкий шлях до кургану вже був.

Катерина любить набрати повну кишеню насіння, видертися на маківку кургану й лузати. І — щоби нікого поряд.

— Увесь світ перед очима! — шепоче собі та роздивляється. — Онде Килимівка, ліс, озеро... Там бабка Килина... А он татко з дядьком Романом п'ють під комбайном. Господи, а якою ж великою була Шанівка...

Так і є. Шагреневе зменшення Шанівки з кургану добре видно. Життя тліє на єдиній кривенькій вулиці імені Леніна: до неї з двох боків притулилися півтора десятка домів, Тамарчин кіоск, постамент, на якому колись гіпсова колгоспниця з гострим серпом стояла в позі ніндзя. Поряд — господарство шанівського магната Залусківського: контора, олійня, три трактори, комбайн, вантажний

ЗІЛ і кроляча ферма. От і все. А далі глянеш — пунктиром прориваються з бур'янових хащ остови покинутих хат, колишня шанівська школа, розтягнута по цеглині, глибоченна яма, яку колись вирили, аби шанівським дітям басейн облаштувати, бетонні стіни будинку культури й магазину. Катерині чомусь особливо магазину шкода.

— Може, люди пішли, бо магазин закрили... — думає.

Катя з Людкою вийшли за село і стали. Людка вкотре помацала заколки й зиркнула на подругу:

— Ти якась не така...
— Та думаю... Може, не до школи...
— А куди?
— До баби Килини.
— Стиць, моя радість! Я тебе чекала...
— Людка, мені треба.
— Якась ти не така...
— Мені треба...

Людка згадала, як цілісінький ранок наводила красу, щоби шокувати хлопців у школі. Невже дарма?! Через цю впертуту Катьку ані Людчиних заколок, ані спіднички ніхто не побачить, бо йти до школи без подруги Людці зовсім не мріялося.

— Катрусю... Благаю. А потім я з тобою до Килини.
— Хай так.

Дівчата ступили у багнюку, що вела до Килимівки, години зо дві місили її, але до школи майже вчасно прийшли, ще й із ногами непотомленими. Звикли.

Килимівська школа нахабно займала один із найкращих будинків села, що зберігся ще з довоєнних часів. Казали, свого часу тут, на двох поверхах кам'яної будівлі, у всіх її дванадцяти кімнатах із пічним опаленням, розміщувалася сільська лікарня.

— А от і брехня! — не вірила Катерина. — Де ж стількох лікарів набрати? Онде тітка Віра, фельдшерка килимівська. Сидить у ФАПі, як музейний експонат. Одна на всі десять квадратних метрів. Хоч би хто зайшов.

— Якщо ти, Катерино, будеш так часто уроки прогулювати, то доведеться школу до приміщення ФАПу переводити, — відповідала на уроці історії вчителька Марія Іванівна, яку позаочі всі звали просто Марусею.

— Хіба я одна, — протестувала Катерина на Марусині закиди.

— То ж бо й воно, — відповідала Марія Іванівна на уроці математики. — У класі всього вісім голів, та й ті — відсутні.

— Ми з мамкою картоплю копали, — виправдовувалася Катерина.

— А після школи картопля не копається?.. — запитувала Марія Іванівна на уроці фізики. — Не можу ж я проводити уроки, коли у класі двоє чи троє учнів.

— Хіба я винна, що інші не ходять? — дивувалася Катерина.

— Учися за себе відповідати, — одказувала Марія Іванівна на уроці англійської. — Невже хочеш у Шанівці залишитися й коровам хвости крутити?

— Не хочу, — лякалася Катерина.

І може, саме після суперечки із Марусею якось запитала... Та не себе.

— Людка, ти ким будеш?

Людка до дорослого життя готувалася серйозно.

— Я буду королевою Шанівки, — відкрила таємницю. — Тільки... цить! Нікому.

— Королевою... Це як?

— У мене буде бізнес, як у Тамарки з кіоску. Красива я буду, як... квітка. Чоловіком у мене буде найкращий шанівський хлопець.

Катерина перебрала у голові всіх шанівських хлопців і розреготалася.

— Людка! Таж у Шанівці їх усього двоє: Сашка, дядька Романа син, і Серьога Тамарчин, матюган чортів.

— От! Бач! Є над чим думати.

— А ти вже й думала?

— Боже, та я ночами не сплю... Тільки про це! Мабуть, треба Сергія окручувати. Усе ж Тамарчин син. Кіоск мають... Буде мені фундамент.

— Ти... його... любиш?

— Здається... Як його побачу... слина в роті. Чи навпаки — пересихає.

— Це і є любов?

— Я й сама не знаю. Здається, так...

Катерина пригадала ту розмову сьогодні, і не тому, що минулої ночі дядько Роман спантеличив її душу.

Дівчата вже сиділи на траві біля школи та перевзувалися: скинули чоботи, витягли з пакетів босоніжки. Наголо стрижене пацаня з першокласників дзвінко загорлало:

— Королеви! Королеви! Кришталеві черевички взувають.

— Так... у роті воно гидко, — пробурмотіла Катерина, а Людка засміялася й ізнову:

— Якась ти не така...

— До Килини треба.

— Та буде тобі твоя Килина. Сьогодні всього три уроки, — Людка підхопилася з трави першою. — Пішли гризти граніт.

— Погриземо, якщо Маруся прийде, — відповіла Катерина.

Маруся копала картоплю на городі й тихо лаялася:

— От виродок! Знав же, що картоплю треба копати! Куди чорти занесли?! Я тут одна карячуся, у школі діти чекають, а воно десь вештається. Ну, Степане! Чекай! Тільки повернися... Буде тобі й чарка, і пісня!

***

Понад годину всі вісім голів сьомого класу Килимівської школи нудьгували на шкільному подвір'ї.

— Та не буде Марусі, відповідаю! — сказала Наталя, худа, довга як паля дочка килимівського ветеринара.

— І чого ми приперлися! — зітхнула Катерина.

— Тепер пріться назад у свою Шанівку! — плюнув відмінник і падлюка Вадька.

— Пішов ти! — крутнулася Людка. — Чого шанівських чіпаєш?! От ми з Катькою наших хлопців гукнемо, вони вам пики натовчуть!

— Щось я у Шанівці нормальних хлопців не бачила, — уїдливо встряла Галка.

— Це у вашій Килимівці — жодного джентльмена, — огризнулася Людка.

— Ця дурнувата знову на своїх романах зациклилася, — махнула рукою Наталя. — Ну, все. Я пішла додому. Мені батько з міста привіз касети з фільмами...

— Оце так диво! Увесь клас зібрався, а Марусі немає. От завтра припреться до школи і не повірить, що ми всі були, — сказала Катерина.

— Точно! Нізащо не повірить! — підтвердив Вадька. — Гей, дівчата! А пішли за село, у балку.

— Навіщо? — Наталя зупинилася.

— У мене пляшка є. Покайфуємо.

І всі вісім голів сьомого класу Килимівської школи знялися з місця та за мить зникли в кінці вулиці.

— Самогон! — Вадька висмикнув із пакета літрову пляшку з-під ситра. — За початок навчального року!

— Дурник! Уже середина вересня, — зареготала Наталя. — А з чого пити будемо?

— А з моїх долонь!

— У тебе руки брудні...

— Дівки! Не вередуйте мені. Я у класі — єдиний мужчина. — Вадька відкрутив кришечку. — Хто перший?

За пів години на дні пляшки бовкалося грамів сто каламутної рідини. Дівчата сміялися, хоч і не знали з чого. Вадька простісінько з пляшки вилив у рот залишки самогону, покрутив у руках кришечку, закинув у траву.

— А як не доп'ємо... Чим закриєш? — Людка поповзла по траві.

— Та вже допили. Ой! Людка, а в тебе щось видно.

Людка обернулася. Сіла на траві. Спідницю потягнула, та аж тріснула.

— Що ти брешеш! Я в трусах! І не заглядай куди не треба!

— Дівчата... У Вадьки щось у штанях стирчить... — Галка ледь язиком ворушила.

Вадька опустив голову й довго дивився на свої штани.

— Що треба, те й стирчить... Ви як хочете, а я до хати. Щось мені погано.

— Сам висмоктав більш як пів пляшки і хоче, щоб йому добре було, — сказала Наталя.

Катя з Людкою вибиралися з Килимівки городами.

— Тільки б Марусю не зустріти, — твердила Катерина. — Із рота тхне, наче з Тамарчиного кіоску.

— Тільки б хлопців шанівських знову побачити, — товкла Людка. — Кать! Я ж... Ти дивись! І заколки... І спідниця нова...

— Людка, ти красива, — сказала Катя. — Мені такою ніколи не бути.

Людка глянула на русяву довгокосу подругу.

— Будеш! — винесла вирок. — Тобі не вистачає... ліфчика!

Катерина притисла руку до грудей — і сама злякалася.

— Уже треба?..

За Килимівкою дівчата сіли в траву — перевзутися.

— Людка, я так їсти хочу... Як за двох! — поскаржилася Катерина.

— Може, ти вагітна? — серйозно спитала Людка. — Я читала про одну жінку в Індії. Вона завагітніла від думок про любов. Ой, Катька! Я так боюся завагітніти! Весь час про Сергія думаю. Чуєш? У мене яйця варені є і хліб зі смальцем. Будеш?

— Буду...

Катерина геть усе з'їла.

— Люд, а про вагітність ти серйозно?..

— От прийдемо додому, я тобі дам той журнал почитати.

Людка витерла долонею босоніжки, сховала їх у пакет і глянула на дорогу. З Килимівки прямували Сашко із Сергієм. Якраз до них.

— Кать! Посидьмо ще трохи. Онде наші хлопці йдуть зі школи. Вийде так, що ми на них не чекали, а просто сиділи. Додому разом підемо. Га?

— Людка, ми ж домовилися. Мені до Килини треба...

— Та буде тобі Килина. Посидь... Ти мені скажи: чи в тебе поїсти нічого не було, чи ти просто мого хотіла?

— Є... Я просто... для Килини. Не з порожніми ж руками...

— Чого тобі від бабці треба?

— Та так... пусте.

Сашко із Сергієм шанівських дівчат запримітили здалеку.

— Саня, це доля, — сказав Сергій. — То як? Мені Людка, тобі Катька?

— Домовилися, — кивнув Сашко. — Тільки спочатку треба їх підготувати.

— Саня, ти мене задрав! То «нам треба підготуватися», то «їх треба підготувати». Ми так ніколи не збережемося. А життя собі йде, між іншим.

— Спокійно. Ми швидко підготуємося.

— Швидко... Ми навіть свічок не купили в Килимівці. От ідіоти!

— А у вашому кіоску свічки не продаються? — запитав Сашко.

Сергій на те:

— Ха! У нашому кіоску тільки самогонка та казьонка.

— Людка! Ну, ти сьогодні... прям королева! — Сергій сів у траву поруч. Обніматися лізе.

— Ну-у-у! Ще заколки поскидаєш! — Людка плечиком хлопця відсунула й на Катерину гордовито — зирк! Мовляв, бачила!

Катерина з трави встала.

— Ну, я пішла...

Сашко з досади аж посинів.

— Кать, ти куди?

— Та... мені треба.

— Їй до Килини. Чуєш, Катю, а може, ми всі разом підемо? — Людка й справді почувалася королевою. Усіх, як пішаків, розставляла.

— Та ні, дякую. Сама піду.

Сергій — зирк на Сашка, мов ляпаса дав.

Сашко Катерину за руку — цоп!

— Та стривай... Куди? Ти що, хвора?

Катерина хлопцю в очі глянула і — дрижаки по спині.

— Саня... Ти на батька схожий.

Сашко руку відпустив. Брови насупив.

— Та йди вже.

«Дядько Ромко теж так казав...» — без жалю подумала Катерина і — навпростець до глиняної мазанки Килини. А позаду — Людка:

— Ну що, джентльмени? Шануймося, бо ми шанівські! Ходімте додому. А Катька потім прийде.

Яка різниця, де болото місити — на дорозі чи в полі? Катерина йшла полем, миші шаруділи під ногами, а вона й не чула. Усе думала: яка ж вона, та страшна баба Килина, про яку все село з переляком говорить. Мамка казала, худа і чорна, як зараза, глуха навіки — можна стати за її спиною і кричати щодуху, а баба достоту не почує. А от як перед Килинині очі — то баба все з вуст прочитає.

— І все чисто лікує? — питала у мамки Катерина.

— Та якби ж тільки лікувала, доню, — мамка полохливо. — Вона ж віщує... А це гріх!

— А хто каже, що гріх?

— Раїса, мати Сашкова. Вона ж раз до Києва їздила на медичну консультацію, а замість того півночі у Лаврі до святих мощей у черзі простояла. Та з людьми поговорила. Приїхала й каже: точно — гріх.

— Мамцю, а чого ж ти сама до неї бігаєш?

— Я по ліки, доню, а не по долю.

«Чого мене до баби тягне? — Катерина аж зупинилася. — Ні ліки мені не нужні, ні доля. Я ж не Людка, я ще й сама не знаю, ким буду».

Глянула — сонце за полудень, попереду вже видно Килинину мазанку, а праворуч — рукою подати — курган.

— Заскочу на курган на хвилю, — сказала собі. — Може, й передумаю до Килини пертися.

Із самого ранку Катеринин татко Льонька гарно вмовляв друзяку Романа піти з ним за сільською чередою. Навіть приховану від дружини Дарини пляшку показував.

Ромко шкулився, очі відводив і все торочив:

— Та не можу. Мені Залусківський наказав трактора полагодити.

— Ромка, ти ж мене знаєш, падло! Я ж сам пити не можу. Я не алкоголік! — Льонька не злився — бентежився: що з Романом? Біда?

— Давай іншим разом... — Роман сам не свій, очі долу, мнеться, як свіжа шкіра.

— Отак мені череду перегидити! — Льонька плюнув і пішов до корів. — Ану мені! Тварюки! Гайда! Гайда!

Батогом спересердя так крутонув, що і власній жопі дісталося.

— І що воно за день?! Не день — «Лісова пісня»!..

Роман провів Льоньку поглядом, сів біля постаменту, на якому колись колгоспниця із серпом стояла.

— Чи й справді трактора подивитися?

А тут і Залусківський чеше.

— Романе, йди. Робота є. За курганом копу сіна склали, знаєш?

— Сам складав. Як не знати. Аж п'ять літрів олії заробив. Оце мащуся тепер щодня від щастя.

— А ти за копу мільйона хтів?! Кажи — будеш робити чи інших пошукати?

— А що робити?

— Копу стерегти. Якісь чужі курви приловчилися сіно красти.

— Давай рушницю...

— Може, автомат?.. Здурів! Так іди.

— А скільки...

— От вам би всім одне — скільки та скільки. Йди! Не скривджу.

— Зараз кажи, бо в мене й удома справ вистачає.

— Десять гривень за ніч.

— За ніч? То чого мені серед білої днини туди пертися?

— Ну, того... Не за ніч, а за добу.

— Тоді хай двадцять гривень. Скільки мені там тирлуватися?

— Та тижні зо два. Йой! Чотирнадцять діб, та по двадцять гривняків. Ти мене розориш, Романе! Ні, мабуть, не треба, — махнув рукою Залусківський.

— Е, стій! А давай без грошей.

— Без грошей? Давай! — повеселішав Залусківський.

— Трактора даси. Я поле своє виорю. Озимину засію.

— Хай буде, але на своєму пальному оратимеш!

— Добре, — Роман відштовхнувся від постаменту, підвівся. — То я пішов?..

— Поїсти із собою візьми. І щось тепле. Ночі вже холодні.

— От який ти в нас дбайливий, Залусківський! — осміхнувся Роман.

— Атож! Що би ви без мене робили. Повиздихали б! — образився Залусківський.

Роман махнув рукою, пішов до хати.

— Рай! Збери щось поїсти. Мені роботу дали!

— Із грішми?

Романова жінка Раїса якраз капусту шаткувала: на столі гора порубаних качанів, на підлозі — ще голівок із тридцять.

— За трактора домовився. Та збирай уже.

Раїса руки від солі об фартух витерла:

— Таж хліб тільки післязавтра привезуть.

— Сама зліпи! Не безрука! — скрипнув зубами Роман.

— Зараз зліплю. А що за робота? — Раїса язиком плеще, а руки вже працюють: борошно дістала, яйце вбила, сільки трохи, водички. Буде балабуха.

— Вигідна. Копу Залусківського біля кургану стерегти. Два тижні. Трохи покручуся, а потім Сашко мене підмінить, а я — на наше поле. Треба ж йому раду дати.

— А чо' ту копу стерегти?
— Чужі курви сіно крадуть.
— Отакої! Весь час крадуть, а Залусківський не бідніє. Щось воно не те...
— Що ти, бабо, знаєш? Давай балабуху, йти треба.
Роман грюкнув дверима, а Раїса вслід чоловікові у двері:
— Стережися, Ромчику!
І не обернувся.
Раїса зітхнула. Руки капусту мнуть, а думки далеко. Шістнадцять рочків тому побралися, на весіллі вся Шанівка горлала:
— Оце Ромкові пощастило. Має Раю, а то — рай!
І не задурно кричали. Повногруда, русява Рая не тільки Романові здавалася беззаперечною перепусткою у щастя. Рая й сама вірила: вона, Роман, хатинку побудувати, дитинку мати... Хіба не щастя?

З хати й почали. Нову самі будували, у дідовій старій ночували. Раїса з ферми щодуху мчалася: води наносити, їсти наварити, курям дати, попрати все, а потім до ночі цеглу Ромкові подавати, цемент із піском та водою у відрі місити. Зупинялися, коли падали. Ромко спав просто на підлозі, а Рая поруч мостилася. Сяде навколішки, рядно під зад, табуретку підставить, руки на неї покладе, а на руки голову опустить. Оце й увесь сон. Сама виметикувала: руки й ноги затерпнуть, не захочеш, а прокинешся вдосвіта. І знову — курям, на ферму, додому, води наносити, наготувати, попрати, а потім до ночі — Ромкові цеглу подавати, цемент із піском та водою... Ось він, будинок! Чотири кімнати на трьох. І комірчина. І кухня літня. І город — двадцять соток.
— І синок у нас не пройдисвіт. Добра дитина. А щастя чо'сь...
Раїса зітхнула, зиркнула на кляту табуретку. Як спала навколішки, так сотні разів лобом об неї билася.

— Якби Ромка не пив... — загадала за звичкою — і раптом аж сіла на ненависну табуретку. — Оце! Таж уже третій день тверезий... Чого б це?..

Тверезий Роман сів біля копи Залусківського і відламав шмат балабухи. Відкусив і виплюнув.
— От зараза! Солі кинула, як молода.
Глянув: а хто це полем іде просто до кургану? Може, ті самі чужі курви знахабніли вкрай?
Упізнав іздалеку — і аж захлинувся.
— От йо... Проходу не дає!
І — за копу. Сховався, а очей відвести не може.
— Чо' це я на дитину намовляю?.. Сам, старий козел, із глузду з'їхав. Занапастив дівчину. Льонька мене вб'є... Точно вб'є.

Катерина дійшла до підніжжя кургану, чоботи скинула й подерлася на верхівку босоніж. Усілася на висоті, але на світ, як раніше, не задивлялася. На Килинину мазанку все зиркала.
— То йти чи ні? Хто би підказав? І що я бабі скажу? Добрий день, я сама не знаю, що зі мною? А баба мені відповість: то йди геть, малолєтко. Як сама не знаєш, звідки я можу знати?!
Висмикнула Катерина з волосся смугасту хустину, коси розплелися. Вітер дмухнув — захвилювали коси, оповили тоненьку фігурку, мов таємниця.
— Йо... Та що ж це зі мною робиться?! — шепотів під копою Роман, марно намагаючися вгамувати бажання. — Ні, ні... Йди вже! Йди геть!
Катерина підхопилася, ніби його слова почула.
— Піду...

І — бігом із гори. Співає:

> Ой летіли дикі гуси,
> А за ними і Катруся!
> Ой летіли, ґелґотали,
> Милій Катрі щастя дали!
> Ой-йо...
>
> Ти тримай його, дівчино,
> Не в кишені і не в скрині!
> Пригорни його до серця,
> Хай воно від щастя б'ється!
> Ой-йо... Йо!

Чоботи під курганом — чекають собі. Катерина в чоботи вскочила, аж раптом... Шурх, шурх у копі.

— Гей, хто тут є?! Це копа Івана Залусківського... Усі знають....

Тихо.

Дівка плечима знизала, пакет підхопила.

— Отак завжди. Здалося... Піду.

— Іди, йди... — молив під копою Роман. — Геть, геть...

Катерина йшла неквапно. Зупиниться, квітку зірве, знову рушить.

Баба Килина гріла старі кістки на сонці біля мазанки. Поряд нерівно дихали два старезні, як сама Килина, пси.

— Рудий! Чубчику! Гості до нас, — мовила Килина.

Пси слухняно підвели голови — і знову опустили: мовляв, із такою гостею, бабо, ти й без нашої допомоги впораєшся.

Катерина й до того ніби через силу до мазанки йшла, а псів побачила, то й зовсім зупинилася. Руки за спиною, губу закусила.

— Ходи, не бійся, — гукнула баба. — Що там у тебе?

Катерина руку з-за спини:

— Це вам...

— Квіти? — баба усміхнулася, як сонця в хмари налила. — Господи всемогутній... Дитино, мені вже років сто ніхто квітів не дарував...

Катерина розгубилася, очима — по бабиному подвір'ї.

— Таж у вас квітів повно...

— Е, то інше.

— А невже вам більш як сто років?

— Може... Та ходи вже, не бійся. Їсти хочеш?

— Їсти?.. — дівка зовсім ні в сих ні в тих. — А я вам їсти принесла... Думала, може...

— То виймай, що принесла.

На дерев'яний стіл біля мазанки Катерина виклала десяток яєць, шматок сала і півлітровий слоїк сметани.

— Може, мало?

— Посидь. — Баба на палицю сперлася, на ноги немічні зіп'ялася, пошкандибала до мазанки. — А то й ні. Ходи сюди. Винось тарілки надвір.

Катерина до бабиної мазанки зайшла — аж подих дівці перехопило. Ікони на стінах, під іконами ладанки горять, між ними оберемки трав, і дух такий стоїть, що од щастя плакати хочеться.

— Отакої! Дівка стовбуром стала, — баба Килина Катерининого плеча торкнулася. — Спочатку поїж. Як за двох...

Краще б не казала. Де ті сльози взялися.

— Ой, бабцю Килино! Допоможіть... Допоможіть, бо вдавлюся.

— То ти мене знаєш?

— Вас усі знають. Хто кляне, хто боїться... Бабцю Килино... Хіба мені дитину зараз можна? Засміють...

Баба Килина посуворішала, тарілку з пиріжками Катерині в руки — тиць!

— От розкомандувалася! Сказано — спочатку поїж. Ходи, дитино. Сідай, зараз крученків принесу.

І які ж то були крученики! Катерина один з'їла, другий, третього хтіла — рука не тягнеться... Соромно.

— Їж, Катрусю...

— І ви мене знаєте? — дівка третього крученика вхопила була, та після бабиних слів він у горлі й застряг.

— Іще вдавишся... — баба підсунула ближче тарілку з пиріжками, алюмінієвий бідончик із узваром.

Катерина їла, пила, й так їй затишно було у дивній оселі старої. А як їсти несила стало, зітхнула, на бабу очі підвела. А та ніби й чекала.

— От і добре. Ходім до хати. Хай нам святі пособляють.

* * *

Зайшли. Золоте світло, Катерині здавалося, не знадвору у вікна бризкає, а навпаки — з мазанки надвір. Сіла баба біля столу, свічку запалила, на Миколу Чудотворця перехрестилася, до Біблії поцілунком прикладалася, та дівці:

— Сідай поруч. І мовчи. Не тре' ніч' казати. Знаю.

І голос Килинин тут, у мазанці, зовсім не такий, як надворі. Повторюється відлунням, наче не в тісній мазанці баба сидить, а стоїть посеред величезної печери.

Катерина не сіла — впала на лаву. На бабу дивиться — і страху нема, тільки передчуття дива дивного.

Килина очі заплющила, зашепотіла щось, однією рукою перебирає зілля на столі, другу під свічку підставила і віск на неї крапає, крапає. Аж — раз! Жбурнула Килина гарячий віск у зілля, шепотіти перестала, а очей не розплющує. Застигла, мов померла. Довго так сиділа. Аж доки віск не застиг у зіллі, наповнивши мазанку гірким, як полин, духом.

— От і все, — баба розплющила очі, накрила долонею змішане з воском зілля. — А тепер слухай. Душа твоя чиста розірвана навпіл, і не знаєш ти, що добре, а що зле. А як того не розумієш, то й бредеш навпростець, хоч шляхи самі під ноги просяться. Ти дивишся навкруги — оце діло нібито добре, а придивляєшся — у багнюці воно втопло. І далі бредеш без кінця і краю. І ось — знову багнюка. Ти руку простягла — та ні, це ж чисте озеро. А всі навкруги — сліпі! Сліпі й кричать тобі: «Багнюка! Багнюка!» А ти оглухни! Оглухни, дитино, бо якщо ні — брести тобі крізь життя навпростець до скону і щастя не мати.

Баба замовкла, зиркнула на Катерину спідлоба.

— Отакої! Ще мені сліз твоїх не вистачало.

А Катерина ридма ридає.

— Бабо... Бабо... Хіба після такого не заплачеш? Блукати до скону, щастя не мати... Що ж мені тепер робити? Жити як?

— А от і думай тепер.

Вони ще довго біля мазанки сиділи. Чубчик і Рудий ластилися до Катрусиних ніг, баба щось бурмотіла під ніс — чи співала, чи молилася. Уже й сонце до кургану впало.

— Бабо Килино! Можна, я до вас приходити буду?

— Дитино, я двічі в одну долю не заглядаю. Більше ти від мене нічо' не почуєш.

— Хай. Я... просто так. Така ви віщунка... не страшна. Добре у вас. Можна? Може, колись про себе розкажете...

— Хочеш знати?

— Дуже хочу. Така ви, бабо, красива... Ох і красива ж ви, бабо! Як та ікона. Хоч молися на вас...

— Ну, приходь, поки я не сконала.

— Невже ви помрете, бабо?

— Та колись помру. Іди, доню. Тебе вже зачекалися.

Катерина згадала мамку з татком, Людку з червоними від помади губами, Сашка із Сергієм.

— Хто?! Хто мене зачекався?

— Сто сліпих і один видющий.

— Дякую вам, бабо Килино. Рудий! Чубчику! До зустрічі.

Катерина вже відійшла від мазанки, зупинилася, до баби обернулася.

— Бабо, а що як я сама — сліпа? Якщо не побачу видющого? Це ж так страшно, бабо...

— Та не страшно... Але й не просто.

— Ну, піду...

Катерина — ще крок. І знову — до баби з подивом.

— Бабо Килино... А казали ж — ви глуха...

Стара усміхнулася, приклала руку до вуха:

— Що-що?..

— Ох ви ж і хитрюща, бабо!

Розсміялася і побігла геть.

Баба Килина перехрестила дівча у спину, мовила:

— Як те сонце.

Катерина на поріг, мамка у сльози.

— І де тебе носило?! Усі діти як діти. До школи збігали і вже батькам на городі помагають, а ти...

— Мамо... Та кажи, я все зроблю.

— А вже пізно, любонько! Мамка твоя вже все поробила. І курям дала, і за свинями прибрала, і часник на зиму посадила, і борщу наварила, і твої штанці джинсові з вихилясиками попрала. Де ти була, доню?

Катерина насупилася. Мамка від несподіванки аж руками сплеснула.

— Отакої! Від мамки секрети завелися. А Людка казала, ти до бабки Килини ходила. І чого? Захворіла? Так у мамки анальгін є, доню, а не всякі шепотіння. Випила б таблетку, і все. Чи як?

— Та не дійшла я до Килини.

— І де ж...

— На кургані сиділа. Чо'сь так сумно було.

— А від нудьги завжди сумно, доню. Треба було додому мчатися. Ми б тобі ту нудьгу враз зняли.

— Та ти кажи, мамо. Я все зроблю.

— Дитино ти моя золота. Ну, зроби... Зроби, якщо так.

— Кажи.

— Намий помідорів відра зо три. Будемо сік чавити.

Помідори чекали, поки їх помиють, на кущах у городі. Катерина підхопила відро, взялася рвати. А мамка з хати:

— То ти на кургані була?

— На кургані.

— І як там дядько Роман?

Катерина присіла за кущ і почервоніла — помідори й ті блідіші. Добре, тільки вони й бачили.

— Мамо, я на кургані була.

— Я й кажу. Дядько Роман біля кургану копу Залусківського стереже від бандюг.

— Нікого я там не бачила...

— Отакої!

Вийшла мамка з хати, вулицю імені Леніна перейшла, біля Раїної та Романової огорожі стала.

— Раю! Рай! Чуєш?! Катерина моя на курган бігала, то Романа там не було. Чуєш?

Замість Раїси з дому вискочив Сашко. Мовчки — повз Дарину.

— І куди?.. — гукнула та.

— До копи, куди ж іще! — роздратовано крикнув Сашко.

— Оце діло! Гей, Сашко! Глянь, може, й мій Льонько там десь. А то... череда вернулася, а пастуха нема.

З хати визирнула Раїса.

— Та п'ють вони десь на пару!

Катерина з помідорами до півночі порпалася. Уже й татко, п'яний в димину, ввалився до хати, впав на підлогу посеред кімнати і, перш ніж захропти, вигукнув:

— Цить мені!

Уже й мамка збігала до Раїси сказати: чоловіки, скоріш за все, пили не разом.

— Ну, все! — Катерина відірвалася від пресу, руки витерла. — Мамо... Я до Людки збігаю.

— Доню, ніч надворі.

— Та я скоро...

Біля Людчиного дому на лавці сиділи сама Людка і Тамарчин Сергій.

— А я йому, бля, кажу... — почула Катерина Сергіїв голос. — Кажу йому: та ти здохнеш, паскудо, в тебе руки короткі, щоб мене трахнути! Ти уявила?! Га?!

Людка тоненько засміялася.

— Я в журналі читала... Так один чоловік...

І замовкла на півслові.

— О! Ка-атька! А чого це ти поночі вештаєшся? Добрих людей лякаєш.

Катерина стала коло лавки, плечем повела.

— І сидіть тут. Піду собі.

Сергій підхопився, Катерину за руку:

— Е, ні! Сідай тепер. Ти мені теж потрібна.

Людка брови звела:

— Це як?! Любов утрьох? А ти, Серьожа, не викусиш?! — дулю скрутила.

— От ви, дівки, дурні. Навіщо втрьох? Учотирьох — воно краще. Я з тобою, Катька із Сашком.

— Ви про що? — Катерина ніяк уторопати не могла.

— Е, дівки, то великий секрет. Ми із Санькою готуємо вам сюрприз. Ви прийдете і помрете від щастя.

— Куди прийдемо? — Катерина аж засміялася — так кумедно Сергій своїм секретом вихвалявся.

— А це поки що теж секрет. От і мучтеся тепер, гадайте, що круті хлопці для вас підготували.

— Боже ж ти мій, як цікаво! — Людка мрійливо закотила оченята. — Я вже не можу дочекатися!

— Терпіння май! — Сергій знов примостився біля Людки, обняв її. — М-м-м-м! Людка! Ти просто королева. І красива, і розумна. Журнали весь час читаєш.

— Ой, швидше б уже п'ятниця. Замовила Миколі, щоб нових журналів привіз. — Людка поправила заколки у рідкому рудому волоссі, запитала подругу: — Кать! Ти завтра до школи підеш?

— Не знаю...

Катерина вже зібралася була йти, коли з темряви виринув Сашко.

— Оба-на! А ось і Катькин кавалер! — вигукнув Сергій. — Де ти був, Саня?

— До кургану по темному ходив, як останній ідіот! — Сашко криво всміхнувся до Катерини. — От тобі, Катю, спасибі! До Килини вона йшла, на курган зайшла, батька мого не помітила... Зовсім сліпа чи вдаєш?!

— То дядько Роман був біля копи? — Катерина почервоніла, та ніч те вкрила.

— А де ж йому бути?!

— Вибач...

Сергій підскочив:

— Саня! Яке вибачення?! Хай Катька на сюрприз погоджується.

— Та не бризкай слиною, Серьожа, — Катька на крок відступила. — Пристану на ваш сюрприз. Добре вже, добре...

Сашко знітився.

— Добре, то й добре. Я додому... Катя, тебе провести?

— Ходім.

Ішли темною вулицею імені Леніна мовчки.

Нарешті Сашко кашлянув, обійняв Катерину.

— Можна?..

— Та хай... — Катерина всміхнулася, і Сашко враз став хоробрішим.

— Кать... Як мені буде шістнадцять, я на тобі женитися задумав.

— Ото дурний! — Катерина розсміялася.

— А що?.. Будемо спати в одному ліжку... Дітей заведемо. Порожній будинок відремонтуємо й житимемо... Я комбайнер нормальний, усі кажуть. Я з тобою... по-дорослому буду.

— Я оце «по-дорослому» щоночі вдома бачу. Таткові воно, може, й добре, а мамку шкода. Вона, бідна, за день накрутиться і проситься: «Льончику, любчику, давай спати», а він їй: «Та коли ти вже, їй-бо, наспишся, Дарино! Ану ходи до мене, бо як вріжу...»

— То твої... щоночі?

— Ну, майже... Одна радість — як татко п'яний. Приповзе, вирубиться, мамці — рай!

— А мій... маманю... не того. Ну, не дістає. Навпаки. Вона серед ночі, чую, шепоче йому: «Ромчику! Я ж знаю, ти не спиш... Ну, чого тобі ще треба?! Чого відвертаєшся?!» А батько: «Вигадуєш дурне! Утомився я, Раю. Не стоїть у мене».

— І чого підслуховуєш?

— А сама...

Катерина плечима знизала.

— Ну, я пішла... До школи завтра йдеш?

— Піду. Випускний клас. Тре' старатися.

— А куди після дев'ятого?

— Казав же, у комбайнери. У нас і поле своє є.

— Та знаю я ваше поле. Самі бур'яни.

— То ненадовго. Батько за трактор домовився. Зоремо, посіємося... Розбагатіємо. Ще бігатимеш за мною.

— От ти дурний! Одне в голові.

***

Лягла Катерина. Ковдрою з головою вкрилася, а не спиться. Сповзла з ліжка і — за хату. У траву, де минулої ночі її дядько Ромко чекав.

Нікого. Сіла.

— Що ж то воно було?..

І до хати — по росі босими ногами.

Мамка спала і всміхалася вві сні. На підлозі хропів п'яний татко. Катерина всунула ноги у гумові чоботи, на нічну сорочку накинула мамчину кофтину і вибігла з дому.

— Чи подивитися?..

І городами — до дороги на курган.

А ніч же світла — як боже царство! Зірки в небі яскравих дірок понапробивали, ллються, ллються до землі. А під ними — так тихо, як може бути тільки тоді, коли все погане геть зникає без сліду. І поля ніхто не чіпає, і озера ніхто не каламутить, і лісу ніхто не ламає.

Катерина від швидкої ходи зігрілася, кофтину зняла, руки розкинула, обличчя — до зірок.

— А раптом — сліпа?.. Килино! Килино! А раптом — сліпа?..

І ніби у відповідь хтось ізгори:

— Іди вже...

— Піду...

Роман чесно охороняв копу Залусківського. Спати собі не давав, прислухався, а щоб не нудьгувати, придумав порахувати, скільки соляри треба, щоби поле засіяти. І тільки рахувати взявся, як біля копи — тихі кроки.

— Ах ви ж, курви чужі! Уже й прийшли по сіно?!

Висмикнув Роман із копи товсту палицю, потім другу.

— Ну, ходіть до мене! Ходіть! — шепотів люто.

— Дядьку Романе...

Почув тоненький голосок — і впав під копу.

— Господи! Господи! Вона мені вже привиджується! Що ж воно за таке?!

— Дядьку Романе... — Катерина стояла неподалік копи і чо'сь боялася підійти ближче.

— Йо! Та це ж вона! — Роман підвівся, кашлянув для порядку, вийшов із-за копи.

— О! Нічне видіння! Ти що тут робиш, Катерино?

Катерина почервоніла, бровки насупила.

— Якби ж сама знала? Ноги привели...

Гоц! І з Романа всі декорації злізли. Затремтів, руки вперед простягнув, як сліпий.

— Дитино золота! Русалонько...

— Ой! Дядьку Романе, не підходьте! — перелякалася.

— Не бійся! Я тебе не скривджу. Ну, дай руку... Тільки руку. Ось бачиш, і не страшно. Сідай. Сядь, Катю...

— От якби стоячки...

— Не бійся.

— Добре, добре.

Катерина сіла біля копи. Роман опустився поруч, руки зціпив, аж кістки хруснули.

— Ти... прости мені. Біс поплутав. Наче марево найшло. Я тебе й пальцем більше не торкнуся. Русалонько... Рости. Я почекаю. Чуєш? Чекати буду, хоч би що!

— Так то була... не любов?

— Прости... Не можу пояснити. Мала ти ще. Любов... Тільки... Мала ти ще. Гріх. Я чекати буду.

Катерина Сашкові слова згадала, вдихнула глибоко.

— А може... не стоїть уже?

Роман схопив дівча за руку, затиснув долоньку межи своїх ніг.

— От воно! «Не стоїть»... Стоїть! Як залізо! Та я втерплю! Бо в мене до тебе... не пусте. Чуєш, Русалонько? Я тебе за дружину хочу. Тільки підрости ще трохи.

— У вас є тітка Рая, дядьку Романе.

— Розлучуся. Поїдемо геть. Хоч і в Килимівку. Світ великий. Що скажеш?

— Не знаю... Як сліпа.

— А ти серце слухай. Це воно тебе сюди привело. До мене привело.

— Справді?

— А як сама...

— Думаю про вас весь час. У Сашки... очі такі ж сині. От нібито зовсім такі самі, як у вас, а я не про нього, а про вас думаю.

— Серденько моє... Сиди. Сиди й не рухайся. Я твою ніжку поцілую.

— Я в чоботях! — Катерина розсміялася, а в Романа — ніби крила.

— Скидай свої чоботи! — теж сміється.

— У мене п'ятка в «Лісовій пісні»!

— А мені байдуже. Ось вона... Ніжка дорогоцінна. Русалонько... Люблю тебе. Чуєш? Люблю...

І так Роман це сказав... Ніби тавро наклав непорушне. Катерина розгубилася.

— Піду я, дядьку Романе. Скоро мамка встане. Кинеться, а мене нема...

— Іди...

— Можна, я до вас прийду завтра вночі?

— Ще питаєш... Та я помру, якщо не прийдеш.

— Бувайте...

Катерина накинула на плечі мамчину кофтину, побігла до села.

— Боже, на що я насмілився? — Роман сидів під копою, дивився дівчині услід. — Льонька мене вб'є...

***

Ранок. Мамка, як завжди, поперед сонця.

— Гей, громадяни! Підйом! Льоню! З розсолу почнеш чи до свиней глянеш?

— З розсолу...

— Катю, донечко! Вставай, спляча красуне. Гляньте тільки! Коси розпустила... Ще вдавишся колись уві сні.

Катерина сіла на ліжку:

— Мамо, я не спляча красуня. Я Русалонька...

— Ще краще придумала! Уставай уже, Русалонько. І про школу сьогодні не кажи.

— Чого?

— Я сметану та яйця закупівельникам повезу, татко в раби до Залусківського, а ти мені гарненько всю моркву повикопуєш, висушиш, поки сонце ще гріє, пісочком перетрусиш...

— Мамо, завтра п'ятниця...

— От холєра! — татко ледь розсолом не поперхнувся.

— А що «холєра»... Микола раз на місяць свій магазин у Шанівку привозить... — У Катерини аж сльози на очах.

— І що тобі знову треба в тому магазині? Знаєш сама — грошей нема.

— Олія є... — Катерина своєї.

— Дарка, глянь! Ти ту олію заробила, а воно вже й око поклало!

— Доню, кажи мені, — мамка наполягає.

— Мамо, мені ліфчика треба...

— Що?! — татко аж підскочив. — Що ти сказала?!

— Так, Льоню! А йди-но, любчику, до свиней, а ми тут без тебе розберемося.

Мамка татка до дверей пхає, а він огризається:

— Тільки купіть цей ліфчик! Я вас обох на ньому...

— Мамо, чого татко так?.. — Катерина до мамки притулилася, а та сміється.

— Е, доню! Хіба від добра... Та й забули. Давай, кажи...

— Ліфчика треба. У школі сміються. Кажуть, розпустила Катька цицьки...

— Хто каже?

— А хоч би й... Вадька. І Людка. Мамо, мені ліфчика треба. І тих... прокладок красивих. Людка казала, з ними ой як зручно. І не протікають...

— Доню... Зима на носі. Зимових чобітків нема. З пальта виросла, а я тобі прокладок накуплю. І що то буде?

— А Людка мені раз одну прокладку дала... То це ж — хоч скач! Мамо...

— Доню, по ліфчик завтра до Миколи підемо, а про прокладки й не згадуй. Нас тато з дому повиганяє.

— І зимові чобітки подивимось? І пальто?

— Та подивимося на все, от тільки купити...

— А ліфчика?

— Буде тобі ліфчик.

— А татко...

— А що татко? Перебіситься... А там свиню заколемо — і про чобітки з пальтом поговоримо.

— Ой, мамцю, яка ж ти в мене золота!

— Ой, доню, яка ж ти в мене підлиза, — мамка сміється, а очі сумні.

«От і розбери тих дорослих», — думає Катерина.

Мамка з татком розбіглися. Катерина вийшла з дому, а біля хвіртки Людка.

— Я до школи не піду, — оголосила Катерина. — Моя школа сьогодні — морква на городі.

— І дарма! А я хлопців чекаю. З ними піду. Із Сергієм та Сашком... — Раптом замислилася. — Чуєш, Катько!

Я тут подумала... А може, даремно я із Сергієм зв'язалася. Матюкається, зараза, весь час. Може, мені на Сашку переключитися? Ти б кого з них вибрала?

— А чого це я повинна вибирати між огірком і капустою, якщо мені ситра хочеться?

— А де ти у Шанівці ще когось побачила? Може, Тамарчиного молодшого — Тарасика-першокласника?

І Людка зареготалася.

— Ох і дурна ж ти, Людка! Оце тобі Сашко і Сергій увесь світ затулили. А в селі чоловіків — повно!

Людка перестала реготати.

— Ти здуріла?..

Катерина очі відвела:

— Чи, приміром, узяти килимівських... Обирай собі, Людко, кого хочеш.

— Щоб шанівська дівчина на поганих килимівських заглядалася! Та ніколи! А онде хлопці чешуть. Піду. Ти завтра до Миколиного магазину підеш?

— Піду. Може, щось і купимо.

— За гроші?

— За які там гроші? За олію.

— Тю! Та Микола ще місяць тому постановив: тільки за гроші. А ти не знала?..

Людка пошвендяла назустріч хлопцям, а Катерина так і завмерла. «Що ж це? Як же так? Бути не може. Бреше Людка... А як же ліфчик? Як же мій перший дорослий ліфчик?!» — билося.

— Катька! — Сергій з вулиці.

— Чого тобі?

— Таж сюрприз на завтра плануємо. Готуйся!

— Відкладай на суботу. Завтра не можу.

— Ну дивись! У суботу...

Катерина йшла на город і сама до себе:

— Ото як буде мені ліфчик у п'ятницю, то подивлюся на їхній сюрприз у суботу. А як не буде...

Маруся зайшла до класу, звично зітхнула:
— І оце мені всі? А де Катя? Де Наталя? Галина?
Людка штовхонула Вадьку в бік:
— Кажи, єдиний мужчина у класі...
Вадька підвівся:
— Усі при ділі, Маріє Іванівно. Хто жне, хто косить.
— О-ой! Не патякай дурного! Жне, косить... Отак дурними й залишитеся, без знань. А я з такою новиною прийшла. Так хотілося всіх порадувати.
— Ви нас порадуйте, а ми іншим перекажемо, — запропонувала Людка.
Марусі й самій не терпілося.
— Діти! — почала урочисто. — Ви ж знаєте курган, що між Шанівкою та Килимівкою?
— Атож! — здивувалася Людка.
— А це ж не просто купа землі. Ви ж пам'ятаєте, я вам на уроці краєзнавства колись розповідала... Історична пам'ятка. Залишок древньої цивілізації...
— Якої саме? — запитав уїдливий Вадько.
— Дуже древньої, — відмахнулася Маруся. — І от... Степан Леопольдович, завідувач Килимівського культурного центру...
— Дядько Степан? Чоловік ваш? — уточнила Людка, яку формулювання «Килимівський культурний центр» збило з пантелику.
— А хто ж іще? Звісно, дядько Степан, завклубом, — підтвердив Людчину гіпотезу Вадька.
— Чого перебиваєте? Краще слухайте. То вчора...
— Коли ви картоплю копали? — не здавався Вадька.

— Коли ми — Степан Леопольдович і я — спілкувалися з ученими, — роздратовано підвищила голос Маруся. — То домовилися... Скоро до нас прибуде вчена експедиція, яка досліджуватиме курган. Бо з усіх українських курганів наш — найстаріший.

— Класно! — зрадів Вадька. — А коли ті люди приїдуть?

— Власне, через кілька днів. Іще хочуть пісень народних послухати, може, якусь нову для себе знайдуть. Отже... Щоб усі до одного з батьками поговорили, хай пісні згадують, до приїзду гостей готуються. Скоріше за все, вчені у Шанівці зупиняться.

— Тоді хай шанівські й готуються, — підсумував Вадька.

Удома Маруся пиляла очманілого від пиятики Степана.

— Ну, Стьопо, гляди мені! Якщо про вчених збрехав... Буде тобі і стопка, й пісня!..

— Марусю, хіба я собі ворог?! Хоч побожуся. Були вчені! Точно були. Випадково зустрілися на автостанції у райцентрі. Ну, я їх пригостив, ясна річ! Поговорили. Серйозні люди. Як про курган почули, загорілися. Кажуть: «Усе! Їдемо до вас!»

— І коли? Я дітям уже сказала, що вчені приїдуть.

— От ти базікало! — Степан потягся до акордеона. — Хоч у пекло, аби поперед батька.

Уже й сонце в потилицю припекло, а Роман усе сидів і сидів під копою недвижно, як та каменюка. Схаменувся тільки, коли гуркіт від дороги пішов. Ноги налиті розім'яв, із-за копи вийшов. Гля' — сам Залусківський із якимось незнайомим. ЗІЛа на дорозі кинули, до копи чешуть.

Залусківський Романа побачив — і незнайомцеві, тихо так:

— І ще одне прохання. Ви, Анатолію Петровичу, не кажіть, що ви зі страхової компанії, бо...

— Бо що?

— Та кровососи ж! Як узнають, що я копу застрахував, будуть із мене гроші тягти.

— Ну, я не знаю...

— Я віддячу! — Залусківський страховикові.

Той аж спину розправив.

— Оце діло. Добре, не скажу.

— Ну, здоров, Романе! Як справи? — Залусківський ляснув по Романовій долоні. — Горілки не пив? У дівок під копою не встромляв?

Роман око примружив.

— Та ні...

— А це людина із санстанції. Оце у справах їхали. Дай, думаю, на копу гляну.

— А що на неї дивитися. Стоїть собі.

— І ви тут цілодобово? — запитав незнайомець.

— Так. — Роман на нього око скосив: що треба?

— І нікуди ні кроку?

— Так.

— А ім'я ваше, прізвище...

Залусківський підхопив незнайомця під руку, потягнув від копи.

— Ну що ж ви, Анатолію Петровичу! Я вам потім його прізвище скажу. У машині собі спокійно запишете. Ми ж домовилися.

— Та стійте ви! Я ще копу хтів обійти, — пручався незнайомець.

— І що її обходити? Копа як копа. Головне — під цілодобовою охороною. Поїхали вже папірці заповнювати. Мені ще справ...

ЗІЛ загуркотів по дорозі, Роман услід машині глянув, насупився.

— Та ні... то я дурне сказав — «ні кроку».

І пішов у бік Шанівки.

— Це якими ж дурними мали би бути ті чужі курви, щоб серед білого дня в копі Залусківського колупатися, — розмірковував дорогою.

Раїса якраз примірювалася знести курці голову сокирякою. Обернулася.

— О! Чого це ти вдома, Романе? А копа? Залусківський вигнав?

— Та ні. Я на хвилю.

У жінки сокиру з рук.

— Давай сам.

Хрясь! Бідолашна курка й не кувікнула.

— То пощо прийшов? Дай картоплі наварю. Візьмеш.

— А хлопець де? — озирнувся. — Чуєш, Раю! Де Сашка?

— Де ж йому бути. У школі.

— От шкода. Я ж бо хтів, щоб він мене підмінив, а я б за соляру домовився.

— Давай я тебе підміню.

Рая на чоловіка дивилася — і не впізнавала. І тверезий, хай би йому грець!

— Ні, крутися вже по хаті. Піду. Хай завтра вранці Сашка на копу прийде.

— Добре. Стій! У мене тут... — Рая відсунула від стіни мішок із борошном, витягла з-під нього пляшку «Столичної». — Ось! Візьми із собою.

Роман — в очі жінчині.

— Рая... Я як схочу напитися, то знайду. Сховай. Хай буде.

— Ромчику...

Жінка — руками по столу безпорадно. От наче треба їй щось у руки, щоби надійніше стало. А тут — сокира. Рая на неї руки й поклала.

— Ромчику...

— Ну?
— Що з тобою? Якийсь ти...
— Та думаю... От відсіємося...
— І що?
— Та розлучуся...
— Що?! — жінка вухам не повірила. — Ти зі мною розлучишся?
— Розлучуся... Знайду покинуту хату, що ще не обвалилася, поремонтую і буду там...
— От чуло моє серце! Курву знайшов, падло недобите? Кажи! — Раїса вхопилася за сокиру.
— Та хоч убийся! Пішов я... На копу треба.
— Стій, сучий ти сину! У серце плюнув і йдеш?! Усю правду кажи! Чуєш?!
Роман від дверей обернувся.
— От дурна! Поле засіяти треба... Щоб завтра вдосвіта Сашка був мені біля копи.

Катерина моркву копала — аж гай гудів, а вона, клята, все не закінчувалася. Уже й шанівські зі школи додому почали повертатися, а Катя все з лопатою, як солдат із рушницею.
— Іще трохи! Впаду, а зроблю! І татко злитися не буде за ліфчика... Тільки б Микола погодився продати за олію! — сама до себе.
Перетягла викопану моркву на сонечко перед порогом, сіла.
— Ну, все!
Гля' — Людка! Катерина підхопилася.
— Люд! Зайди!
— Катька! Чуєш? Я б тебе не минула! Та-а-ка новина... — Людка підбігла, очі горять.
— А що?
— До Шанівки люди приїжджають! Ось! — вихлюпнула.
— Та де?.. — не повірила Катерина.

44

— Їй-бо! Маруся сказала. Учені. Будуть у нашому кургані копатися, бо він, бач, від древньої цивілізації.

— Брешеш? Я на кургані тисячі разів була. Нема там ніякої... цивілізації.

— От ти, Катька, журналів не читаєш і нічо' не знаєш. Під курганом — скарб древній. Точно. Люди ж колись не дурні були. Стільки землі на купу недарма наскладали. Щоб ніяка зараза до їхнього скарбу не добралася.

— Оце так...

— А ти що думала?

— Думала, курган для того, аби...

— Що?

— До неба ближче. І весь світ роздивлятися.

— Одне іншому не заважає, — вирішила Людка. — Ну, піду. Буду готуватися.

— До чого?

— Стиць, Катя! Стільки всього... Магазин завтра приїжджає! Сашка із Сергієм свій сюрприз для нас готують! А ще — ті люди вчені! Як думаєш, двох заколок досить? Чи, може, ще одну в Миколи купити?..

Людка не дочекалася відповіді, побігла геть.

Катерина схлипнула.

— Господи! Тут таке... А ще ж дядько Роман чекатиме під копою... Як же мені ліфчика треба!..

Надвечір мамка від закупівельників повернулася, кошики порожні, усміхається.

— Бачу, бачу... Моркву викопано. От і добре. Зараз ми, доню, яблуками займемося. Ану, командуй! Що робитимемо — повидла густого чи...

Катерина до неї.

— Мамо, таке горе...

— Що сталося? — мамка перелякалася, озирається, ніби те горе десь близько треться.

— Та Микола... Людка сказала... Тільки за гроші продаватиме. Олії не братиме. Чуєш, мамцю? Не буде мені ліфчика!

Мамка сіла, кошики в куток кинула. І сміється.

— От тебе, мамо, не розбереш! — Катерина в сльози. — Що тобі радість, що біда, все смієшся! А мені... мені так болить!

А мамка й далі — у сміх.

— От ми зараз твоє горе прикриємо.

— Чим прикриємо?!

— Ліфчиком!

Мамка сунула руку до кишені — і витягла... рожевий гіпюровий ліфчик.

Катерина як заверещить!..

— Мамцю! Мамцю!

Ухопила обнову — і до дзеркала.

— Мамцю! Мамцю! От ти в мене... А як не підійде?..

— Підійде. Давай уже, приміряйся скоро. Яблука тре' чистити.

— Та я скоро... Скоро!

Минула година, вже й татко прийшов, а Катерина все перед дзеркалом.

— Що то воно крутиться дзиґою? — татко мамці.

— А ось! — Катерина краєчок халатика відкрила. — Мені матуся ліфчика купила!

— От кляті баби! Так і знав — будемо без вугілля!

— Татку, ну не сердься, — Катерина до нього.

І мамка:

— Давай, Льончику, до столу. Вечеряти час. Утомився?..

Уже й повечеряли, вже й яблука втрьох перечистили, коли — стук хтось у двері.

Мамка відчинила:

— Тю! Раїсо! Чи ти п'яна?

— Дарино, позич двадцять гривень, — шепоче Рая від дверей. І хитається.

Коли справа про гроші — татко завжди пильнує. Можна навіть не казати про них, а подумати — все одно вчує. Як почув про двадцять гривень, із кухні вискочив.

— Ану, Рая, зайди... — каже, щоби мамка без нього грошей тринькала.

Сіли на кухні втрьох — мамка з татком і Раїса Романова. Катерина надвір вискочила — і під вікно: з кухні все чисто чути.

Татко командує:

— А тепер кажи, для чого тобі двадцять гривень.

— Убивцю найму. Хай Романа порішить.

— Та що ти мелеш! — мамка тихо. — Іди собі, бо ще почує хтось. Таке дурне придумати... Аж моторошно.

А татко:

— Та ні, Рая. Не йди. А скажи-но, сусідонько, за віщо ти мого друзяку Ромчика зі світу зжити хочеш, паскудна твоя натура?!

— І чого це ти напилася? — докидає мамка.

— Прийшов сьогодні... від копи... Каже: «Ох і набридла ж ти мені, клята Райко! Відсіємося, і піду геть! Розлучуся навіки — і крапка. Хату покинуту поремонтую і буду там жити зі своєю коханкою». Отаке стерво, щоб ви знали! Отаке підле стерво!

Татко аж присвиснув.

— Ну й діла!

А мамка не вірить:

— Раїсо, що ти на Романа намовляєш. Нормальний-бо мужик. Роботящий. Працює від зорі до зорі. І де йому час знайшовся на коханок... Пусте! Він пожартував...

— Не пожартував, — упирається Раїса. — То дасте двадцять гривень?

— Раїсо! — мамка не здається. — Та схаменися, голубонько. Таж твій Роман із Шанівки — ні ногою. Де йому тут коханку надибати? Сама подумай.

Раїса хитнулася та на мамку — зирк.

— А може, він до тебе бігає, коли Льоньки вдома нема?!

Мамка аж скрикнула.

— Ах ти ж дурна корово! Таке на чесних людей намовляти. Іди собі геть. А ми завтра Романові все чисто перекажемо про твоє лиходійство. Хай би тебе у тюрму забрали чи до скажених. Зовсім із глузду з'їхала.

Раїса схлипнула раз, другий — і як заголосить:

— Ой, людоньки... Що ж мені тепер робити... Зарізав, падлюка, без ножа! Вбив мене й пішов на свою копу... Ой, не можу...

Мамка до неї:

— Та годі вже. Годі. От побачиш, усе добре буде.

Татко кашлянув, стілець відсунув, уздовж кухні крокує.

— Так, баби! Слухайте, що я вам скажу. Ніякої коханки в Романа нема, бо якби... Я б знав. Он Залусківський до Тамарки бігає? Бігає, хоч і він, і Тамарка всім очі повидряпують, якщо їм указати, що Тамарчин молодший — точнісінька копія Залусківського. Так?

— Так, — мамка з Раїсою в один голос.

— Тепер далі. Роман як сказав? «Спочатку відсіємося». От і думай, дурна твоя голова. Поки він відсіється, йому всі кишки порве. Не те що про коханку — про маму рідну не згадає. Так?

— Льоню, як добре, що я до вас зайшла. — Раїса сльози втерла, на мамку з татком — кліп-кліп. — Такий ти розумний чоловік. Усе чисто роз'яснив. Пробач, що я на твою жінку... наговорила. То з горя.

— Та вже пробачимо, бо ж бачимо — зовсім ти не в собі, — мамка ще сердиться.

Раїса боком до дверей і все сльози втирає. Татко знову кашлянув:

— Ти теє... Про вбивцю забудь.

— Забула, забула... То з відчаю. Та й де б я зайвих двадцять гривень узяла. Не кажіть Романові нічо'... — проситься Раїса.

— Не скажемо, але ж... гляди мені! — татко суворо.

Вийшла Раїса від сусідів, долоні до очей приклала.

— Господи, що це я?! Наче сказ найшов...

Головою тряхонула, озирнулася.

— Катрусю? А чого це ти, дитино, під вікном сидиш? Змерзнеш навіки, а тобі ж колись діточок родити... Не можна. Піднімайся бігом.

— Та я... того...

Катерина ледь не розридалася. І така її лють охопила!.. Бісова Шанівка... Тітка Раїса вбивць найняти задумала... Сволота!

— І що вам до мене?! Чо' чіпляєтеся?! — вигукнула. І до хати. Дверима — грим!..

— Оце ще Сашко мені таким виросте, зовсім красно буде, — гірко прошепотіла Раїса й попленталася додому.

Ніч — як ворота в рай. Роман не спав. Ходив біля копи, тихо наспівував, чого за ним зроду не водилося.

— Ой ти, дівчино... З горіха зерня...

А вона все не йшла.

Роман подерся на курган. Руку до очей приклав.

— І де ти, Русалонько...

Мамка з татком півночі в ліжку шепотілися.

— Тре' сказати... — мамка.

— Здуріла?!.

— А як уб'є?

— Проспиться й схаменеться. Ти ж бачила... Як навіжена. Мабуть, забув Ромка свого списа в Райку встромляти, от вона й біситься.

— Годі, Льончику. Давай спати. Завтра ж...

— Е-е-е, люба, я ж не хочу, щоб моя жінка збісилася. Ходи до мене.

— Льончику...

— Ходи, сказав...

Катерина ледве дочекалася, поки мамка з татком поснуть. А як усе стихло, з ліжка підхопилася, ліфчика швиденько на себе напхала і... завмерла.

— Чи не йти?.. Он воно як...

Очі сині Романові згадала. «Русалонько, Русалонько... Ніжки дорогоцінні... Люблю тебе... Люблю...» Аж затремтіла.

— Та як не піти?!

Те-се накинула. Не пішла — бігма побігла.

Роман іздалеку розчув.

— Русалонько?..

— Тут я... — і до нього.

Притулилася, як собача. Рученятами тоненькими обхопила. І мало не ридає.

— Дядьку Романе, дядьку Романе...

— Та що з тобою?! — обіймає дівча й від жадання аж стогне. «Не можна! Не можна тобі до неї, падло ти паскудне!» — в голові стукає.

— Я зараз узнала...

— Та що?

— Люблю я вас...

Він — і закляк. Голова крутиться, земля з-під ніг іде. І в штанях — залізо.

— Хух! От ти... — ледь вистачило сил від Катерини одірватися. За плічки її взяв, на сіно вмостив. Сам — поруч. — І чого ж плакати? Сонце моє ясне...

— Бо ж тітка Раїса сказала, що вб'є вас...

Роман брови звів.

— Он як...

— Чесно, чесно... Я під вікном сиділа і все чисто чула. Тітка Раїса до мамки з татком приходила двадцять гривень позичати. Щоб вас убити... — і заридала.

Роман дівча до себе притулив, волося русяве цілує і... від щастя сльози котяться. Плаче — і сам не розуміє, як таке вийти могло, щоб він, тридцятишестирічний мужик, який навіть на маминому похороні зубами скреготів, а сльози не пустив, тепер труситься від сліз і ради собі дати не може.

Катерина очі на нього підвела.

— Вам страшно, дядьку Романе?

Усміхнувся.

— От дурненька! Зовсім не страшно. То я від щастя... Ніхто мене не вб'є. Тітка Раїса пустого язиком намолола, а ти й перелякалася.

— А як дізнається, що ми...

— А ми стерегтися будемо. Так? Ми нікому своєї таємниці не розкриємо до часу. Ось ти підростеш трохи, тоді вже...

— А як я не хочу чекати, поки підросту... Я вже доросла. Їй-бо! Онде, дайте руку... Помацайте по спині...

Роман поклав долоню на Катеринину спину. Дівча всміхнулося.

— От! Відчуваєте?

— Що?

— Та застібку ж! Ліфчик у мене! От...

— Господи... — Роман провів тремтячою рукою по дівочій спині, відкинувся на сіно.

Катерина схилилася над ним, погладила долонькою по неголеній щоці.

— Дядьку Романе... Ви спите? Мені бігти треба...

— Не сплю я, Русалонько... Думаю. Давай так... Місяць потерпимо. Зможеш?

— Зможу, — Катерина усміхнулася.

— А я за місяць відсіюся. А потім... Хай хоч світ померкне.

— То тепер до вас приходити не можна? — Катерина враз ізгасла.

— Та ні... Я без тебе не зможу. Хоч би глянути, хоч волосся торкнутися... Русалонько... Завтра вночі прийдеш?

— Прийду. Дядьку Романе... Поцілуйте мене.

— Ходи... — Роман простягнув руки, дівча впало йому на груди.

Ледь торкнувся гарячих губ, притис Катерину до себе і прошепотів:

— Біжи додому, любове моя...

Дісталася Катерина Шанівки і стала. Тремтить, щоки гарячі, а ноги так і просяться назад під копу бігти.

— Тю, я дурна, — розсердилася. — Дядько Роман подумає, що я слова тримати не вмію. Ото сказано — місяць терпимо, так і буде.

І пішла вулицею імені Леніна. Ні душі не стріла.

— А завтра ж, — сама до себе. — Не пробитися!

Розділ 2

Раз на місяць на вулицю імені Леніна виходять геть усі шанівці, бо останньої п'ятниці кожного місяця сюди через багнюку прориваєтся вантажівка товстого, як гарбуз, Миколи, вщент заповнена консервами, цукерками, чипсами та промисловим «ширпотребом», який навіть у поблизькій Килимівці називають не інакше, як «ширнепотріб».

Микола неспішно розставляє одинадцять старих розкладачок біля постаменту, на якому колись стояла колгоспниця із серпом, і вивалює на них свій товар.

— І щоб мені зайве руками не хапали! — кричить. — От би ви, як люди... Запитали... Чо' дивитеся? Кажу, питайте, що треба, а я все чисто покажу...

Хвилин із п'ять юрба слухається, й Микола намагається продемонструвати, як треба торгівлю вести. А потім махає рукою:

— Біс із вами! Дивіться, що хочете. Усе одно далі од Шанівки не втечете. Але знайте... Як чогось не дорахуюся, більше до вас не приїду!..

**

Катерина очі продерла, до мамки на кухню бігом:

— То тепер нам, мамо, до магазину і йти нема чого...

— Сходимо, сходимо, — мамка сміється. — Я вчора так ловко все поздавала. Трошки грішми розжилися. І олія є. Підемо, доню. Поснідаємо й підемо.

— От баби! Не зберемо грошей на вугілля з вашими витребеньками. Самі взимку по дрова до лісу ходитимете, — татко сердиться, а мамка йому в тарілку підкладає і своєї веде:

— А ти, любчику, з нами підеш.

— Якої холєри я там не бачив?

— Баби казали, минулого разу Микола такі гарні сорочки теплі привозив. І черевики чоловічі.

— Де мені ті черевики носити? Біля трактора? Чи на городі? А може, свиням показувати?

— Так і чоботи твої кирзові вже... того. Латка на латці.

— От причепилися. Дайте хоч доїсти.

Цього ранку біля постаменту розлягалися і прогнулися під товаром аж дванадцять розкладачок.

— Росте бізнес? — прошамкотіла стара Ничипориха.

— Росте собі, — кивнув Микола. — Ви, бабо, не відволікайтеся. Оце всі мені слухайте! Удруге повторювать не буду. На цій розкладачці — концерва різна й макарони, тут — приправи, перці-шмерці, хмелі-сумелі, сіль. Онде — все паперове: і зошити, і конверти, і журнали всякі. Тут — усе чоловіче. Сорочки, чоботи, труси є. А тут жіноче: халати й сорочки нічні байкові, колготи для дівчат, черевики й чобітки з підборами, спідниці — хоч завалися. І довгі, і коротші. А оце всяка лабуда — гребінці, ножиці, заколки, леза... Самі собі шукайте, що треба. А на цій розкладачці — цукерки, чипси, жувачка. А оце — до зими. Пальта різні, куртки чоловічі й жіночі, модні шарфи з китицями. Хух!.. То що?

— Миколо, а олією візьмеш? — спитала сумна тітка Орися, яка тільки-но чоловіка поховала.

— Гривня за літру! — оголосив Микола, і шанівці захвилювалися.

— Та хіба так можна?! Що то за ціна? Нам Залусківський по два п'ятдесят за літру рахував, коли олією за трудодні віддавав.

— Що мені до вашого Залусківського?! Я собі своє міркую. Гривня за літру. Або гроші!

Мамка обскакала оком усі розкладачки і до Катерини:

— Доню, давай татка спочатку взуємо, а потім уже...

— Добре... Я поки все чисто роздивлюся.

За п'ять хвилин татко вибрав кирзові чоботи й теплу сорочку в карту, запхав онови до сітки. І мамці:

— Піду до кіоску. З мужиками побалакаю...

— Ой, Льончику, гляди мені. У нас роботи сьогодні — краю не видно.

— Яка така робота?

— За Килимівкою на полі багато буряків лишилося...

— У мене й так поперек рипить, а ти хочеш, аби я знову мішки на горбу пер?.. Та не лупай! Підемо. Я... пити не буду.

Татко пішов, а Катерина мамку за руку вхопила.

— Мамцю! Очі розбігаються!

— А ми по порядку. Ходім пальта дивитися.

Катерина влізла в дешеву китайську курточку, розцяцьковану штучним хутром, розпромінилася.

— Таж гарно, мамо! Ти дивись...

— Коротенька якась. Між ноги дути буде.

— А онде така сама, тільки довша.

Зупинилися на рожевому, твердому, як скло, пальті з білим хутряним капюшоном.

— І скільки? — гукнула мамка до Миколи.

Микола придивився, рукою махає.

— А-а-а! Так і бути. За двісті віддам.

— Скільки?! — мамка аж присіла. — Ти що, з глузду з'їхав?

— Тітко, це ви ненормальна. Таж такі дешеві ціни тільки в мене. Ви в люди поїдьте — з розбитим серцем повернетеся.

— Та де ж такі гроші взяти? — мамка на Катерину дивиться, а та стоїть у пальті рожевому, й ув очах сльози бринять.

— Добре, сто вісімдесят, — змилувався Микола.

— А якщо половину грошей зараз, а половину — через місяць?.. — мамка просить.

— От, тітко, яка ж ви хитра! Та вже хай так і буде, бо дівча ваше зараз розридається.

Мамка гроші Миколі відрахувала, з Катерини пальто стягла, в поліетиленовий пакет склала.

— А чобітки хай чекають, поки свиню заколемо, — каже.

— Мамцю! Мамцю рідненька! Ну скажи, яке пальто гарне! От ні в кого такого пальта не буде!

Мамка Катерину по волоссі погладила і сміється.

— А ще сюрприз маю...

— Який?

— От тобі цілісіньких п'ять гривень. Хоч — прокладок накупи, хоч — журнал чи цукерок.

— Я знаю! Знаю що... Я вже примітила! — Катерина оббігла розкладачки, зупинилася біля крайньої.

— Скільки заколка ота коштує? — тицьне пальчиком у велику штучну ромашку на ґумці.

— Та бери вже за три гривні, — відповідає Микола.

— А дасте на п'ятірку дві ромашки? — насмілилося дівча.

— От спекулянтка! — Микола вихопив п'ятірку й кинув Катерині заколки. — Гляди мені! Щоб із такими заколками на слідуючий мій приїзд заміж вискочила.

— І вискочу! — ляпнула Катя і розсміялася.

Мамка — очі на лоба. І Миколі:

— І що ти, дурний, дитині кажеш?!

А потім Катерині:

— А що, доню... Може, повернемо Миколі ті заколки?
— Мамо! Я ж пожартувала! То з радощів. Ти на мене тільки подивись. І пальто в мене гарне, і заколки красиві... І ліфчик у мене є!

Від Миколиного магазину мамка з Катериною пішли до кіоску, але й здалеку було видно: татко здимів.

— Пропали буряки, — зітхнула мамка. — Ходімо додому.

І знову вони йшли повз Миколину торгівлю, і так мамка сумно на розкладачки подивилася, що Катерині аж сльози в очі.

— Мамо, стій. А давай і справді ті заколки повернемо. Ти до п'ятірки трохи докладеш і купиш собі щось гарне. А хоч би й шарфа з китицями. А можна — у борг.

— Нащо воно мені? У мене намисто коралове є. Яке татко подарував.

— Таж скільки років тому подарував...

— Пусте, доню, — мамка розсміялася, пішла далі, а Катерині від того сміху на душі ще сумніше.

Догнала мамку, за руку обійняла.

— Матусю... ким мені стати, щоб так не жити?..

Мамка й про сміх забула. Очі одне кричать, вуста інше кажуть.

— То хай чоловік думає, ким йому стати. А дівчині думати — з ким бути.

— Як це?

— А так... Жінці вірного чоловіка поряд треба. Щоб за ним — як за стіною.

— А наш татко такий?

— Такий... Хіба сама не бачиш?

— А чого п'є?

— Роботи нема. Хіба сама не бачиш?

— А тітка Рая дядька Романа вб'є? — вихопилося.

Мамка знову зупинилася.

— Що ти сказала?!

Катерина і собі стала. Серце калатає.

— Матусю! Невже тітка Рая і справді дядька Романа вб'є? Я ж після цього жити не зможу...

Мамка Катерину обійняла, головою похитала, мов та берізка на вітрі.

— Що воно за день такий сьогодні?.. Ніхто, доню, нікого не вб'є. Усі житимуть. А тітка Рая п'яна вчора була. Так завжди... Од тої горілки — самі біди. Гляди мені, нікому не кажи. Обіцяєш?

— Обіцяю...

Людка на Миколиному торжищі дві години тирлувалася. Старих журналів про моду накупила, черевики на підборах у матері випросила і, хоч та противилася п'ятдесятилітровий бідон олії за шкірзамінник віддавати, благала:

— Мам, я без цих черевиків пропаду. Як же вони мені нужні! Украй...

Бідон із олією Людка сама кравчучкою до Миколи приперла. Замість того черевики отримала — і до Катьки. Хвалитися.

Катерина якраз у рожевому скляному пальті по хаті швендяла. І туди! І сюди! І до дзеркала! І ромашки у косах...

— Ульот! — визнала Людка. І свою коробку розкрила.

— Класні черевички, — Катерина крутила в руках шкірзамінник на підборі — і надивитися на могла.

— Кать, я чо' прийшла... — Людка озирнулася й зашепотіла. — Хлопці просяться... Кажуть, хай би той сюрприз сьогодні вночі влаштувати. Сашкові завтра батьку в полі помагати, Сергій із Тамаркою по товар для кіоску поїде.

— Та хай буде сьогодні, — Катерина згадала про рожевий ліфчик, задерла кофтину. — Людка! Глянь! Мама ще мені ліфчика купила...

Людка так і сіла.

— Оце вже — повний ульот!

Оговталася — і далі веде:

— Тоді так. Опівночі я під твоїм вікном пошкребуся — виходь. Підемо.

— Мені б тільки щоб усе швидко, — Катерина згадала дядька Романа і пожалкувала вже, що погодилася з Людкою кудись поночі йти.

— Людка... А де він буде, той сюрприз?

— Великий покинутий будинок за балкою знаєш?

— Без даху?

— Хлопці казали, щоб опівночі ми до того будинку прийшли.

— А біди не буде? — Катерина так на Людку зиркнула, що та аж зашарілася.

— От дурна! Невже думаєш, я погоджуся на всяку глупоту? Та якщо вони щось погане вдумали, ми їх... А хочеш, я із собою батькового ножа мисливського візьму?

Катерина лоба наморщила.

— А я спиць в'язальних наберу. Перештрикаю усіх гадів, якщо будуть чіплятися.

Людка аж зайшлася сміхом. Коробку з черевиками на підлогу кинула, на Катрусине ліжко впала.

— Ой, не можу! Перештрикає вона... Штрикалка!

— От я тобі зараз покажу!

Кинулася Катерина Людку лоскотати, а та за коробку та з хати. Стоїть біля хвіртки, сміється.

— Ой, не можу! Катька! Побігла я додому, а то помру зо сміху.

У п'ятницю пообідь Сашко ще сидів під копою, хоча зранку батько обіцяв:

— Підміниш мене, сину, ненадовго. Я години на дві відлучуся. Поїду домовлюся, щоб завтра соляри в борг дали. Трактор теж буде. Нас уже поле зачекалося.

«Щось там у батька не зростається з тією солярою», — подумав хлопець.

Аж по дорозі йде хтось. Придивився — Сергій.

— Привіт! — Сергій упав у сіно, в очах бісики. — Усе, Саня! Сьогодні час-ікс, чувак! Дівки погодилися. Я все знайшов. Дивися!

І заходився виймати з рюкзака все по черзі, як той ворожбак.

— Ось парафін! Тут нам на двох вистачить. Бач, етикетка. Читай! Чистий парафін. Далі! Два шприци. Нові. Дві голки товсті. Є таке. Теж — нові. Далі! Миска алюмінієва. Нова. Сухе пальне у таблетках. Ціла упаковка. У мамані нову простиню стягнув. Ще дві треба...

— Навіщо стільки?

— Одну ми розстелимо і на ній вмостимося. А зверху кожен своєю простинею вкриється. А потім... Трах! Сюрприз! Я просто не можу дочекатися! А ти?

— Та щось воно... страшно.

— Ти чого, чувак? Обісрався? Ти тільки уяви... Дівки заходять, а ми... Бля-а! Як подумаю, аж...

— Та ні, я не передумав... Я теж... Як подумаю...

— Ну все! Я погнав. Іще одну простиню візьму, а ти для себе з дому стягни. Я ввечері заскочу.

— Добре.

Сашко дивився вслід Сергієві, а бачив чогось... Катю.

— Хоч би не втекла, — подумав.

Близько десятої вечора у п'ятницю, коли в кожній шанівській хаті роздивлялися обнови, рахували витрачені гроші, зойкали й бідкалися, Сашко із Сергієм крадькома пробиралися до великого покинутого будинку, що вишкірився за балкою осторонь інших руїн.

Шифер із даху кмітливі шанівці розтягли на другий день після від'їзду хазяїв, а потім іще з пів року трусилися, що хазяї повернуться й буде всім непереливки. Але ніхто не повернувся, і з часом усе, що хоч більш-менш для господарства годилося, зникло з покинутого дому. Залишилися тільки поцвілі шпалери на стінах і груба кам'янка без затулки.

Хлопці ступили в будинок, і Сергій хмикнув:

— Аж мороз шкірою...

— Чого? — Сашків голос чогось захрип, дух забивало.

— Не від страху, чувак! Від майбутньої насолоди!

— Ти ж мене...

— Що?

— Та навчи хоч, що робити. Я ще з дівками не того...

— А це, бля, не вища математика. Простіше, ніж гроші рахувати. Навчу, не сци! Я тих дівчат уже... — Сергій поліз у рюкзак. — Ось! Ліхтар прихопив, бо ж тут темно, як у болоті.

Сергій поставив ліхтарик на кам'янку, обдивився.

— У кутку є шматок вцілілої підлоги. Там база буде. Рядно розстелимо, зверху — простиню... Чого стовбичиш? Розпалюй сухе пальне, кидай парафін у миску і на вогонь. Парафін не тільки розтопитися має, а й охолонути трохи. Хутчіш, чувак, бо не встигнемо.

Сашко й заходився: дві цеглини руба поставив, на них — миску з парафіном, під миску — сухе пальне, розпалив.

— А що далі?

Сергій тим часом свічок повсюди понатикав. Кинувся до рюкзака.

— Зараз, Саньок. Прочитаю.

Вийняв із рюкзака папірець, розгорнув, ліхтарика підсунув ближче і лоба наморщив.

— Ага... Ось воно, — і давай читати. — «Розігрійте парафін до тридцяти п'яти градусів за Цельсієм...» Бля! Хоч кидай тут усе чисто й біжи по градусник. Ні фіга! Пальцем градуси поміряємо. Правильно, чувак?

Кинув Сашко миску з парафіном пильнувати — і до Сергія:

— А що за бомага?

— Інструкція, чувачелло! Інструкція з отримання неземної насолоди.

— А де взяв?

— Я ж казав. На базарі у райцентрі купив. Маманя товар тягала, а я бачу — мужики товчуться коло одного дядька. Підійшов, а дядько інструкції ці продає. Ледь за десятку сторгувався. Останню викупив.

— А може, це липа якась?

— Нє, бля, не липа. Я про цей парафін і раніше від одного чувака чув. Так він казав: «Хлопці, хто з парафіном спробує, за тим баби все життя навколішки повзати будуть! Оце будуть повзти і лизати на ходу». Ясно?

— Що лизати?

— Усе підряд, Саню! Що ти на мене вилупився, як баран на нові ворота? Годі вже, бля, з себе целку вдавати.

Сергій глянув на миску з парафіном і сплюнув.

— Тьху, твою мать! Парафін закипить зараз! Знімай! Знімай його, Саня, скоріш!

Алюмінієва миска розжарилася. Сашко спершу хотів був скинути із себе футболку, обгорнути нею миску і відсунути від вогню, а потім розчовпав: дмухнув. Вогонь згас, а миска так і лишилася на розпечених цеглинах. І парафін — як опара. Дихає.

Сергій знову читати взявся.

— Так... «Рідкий, охолоджений до двадцяти двох градусів парафін обережно влийте в медичний шприц». Нє, ну це просто знущання! Які такі двадцять два градуси. От паскудство! Коротше! Будемо на глаз усе робити.

62

Сергій всунув палець у миску з гарячим парафіном, обпікся, тихо вилаявся.

— Оце такі муки терпіти... Нічо'... Ми ж чуваки дорослі. Втерпимо.

— Та звісно, втерпимо, — Сашко супився, а очі блищали, як блищать у кожного, хто за крок від незвіданого.

Хлопці схилилися над мискою.

— Ну що? — Сашко.

— А швидко застигає, зараза! — Сергій підхопив миску за край і почав обережно вливати у шприц рідкий парафін. — А що, Саня? Ти — перший?

— Та я...

— От, бля, напарник! Добре, почнемо з мене.

Сашко тримав шприц із парафіном, а Сергій здер штани разом із трусами, сів на простирадло й наказав:

— Так... Шприца мені давай, а сам картинку з голою бабою переді мною тримай.

— А де картинка?

— У рюкзаку. Та швидше ти!

Баби на картинці не було — лишень окремі частини тіла, і коли Сашко врешті втямив, які саме, йому аж голова закрутилася. Він виставив картинку Сергієві під ніс, і в того враз пика наверх задерлася.

— Ну, поїхали!

Сергій обережно підтягнув пеніс ближче до живота, примірився — і встромив голку.

— Півсправи зроблено, — тоненьким, як здалося Сашкові, голоском видихнув Сергій. — Випускаю...

Натиснув на шприц. Тепла в'язка рідина повільно затікала під шкіру.

— Ха! А-а-а-а! — Сергій іще натискав на шприц. — Саня... А воно... Я вже кайф відчуваю. Ой, не брехав мужик. Бля-а-а! Давай тепер ти! Мерщій, бо парафін застигне.

Сашко тремтячими руками зняв спортивки, труси. Сів поряд із Сергієм.

— Серього! Може, ти мені... того... сам проткнеш?..
— Давай!

Сергій набрав повний шприц рідкого парафіну, без вагань усадив у збуджений пеніс друга, натиснув на шприц.

— Ну як?
— Болить...
— То від голки. — Сергій видавив зі шприца весь парафін, висмикнув голку. — Бля, які ж у нас тепер пики великі! І довгі!

Сашкові щось підкотило під горло, голова закрутилася, між ніг — пекло пекуче.

— Що далі? — ледь вимовив.
— Дівок чекатимемо...

Близько опівночі Людка пошкреблася під Катерининим вікном. Катя глянула на кухню: татко з мамкою ще з яблуками зайняті. «Однаково б до копи не втекти», — подумала.

— Мамо, я з Людкою на лавці посиджу трохи, — гукнула в кухню.

Замість мамки татко гримнув:

— От би все їй поночі вештатися! Щоб мені скоро дома була!
— Та буду...

Вийшла.

— Гей, Катька! Ну що? Побігли? — шепоче Людка від хвіртки.
— Цить тобі! Я мамці сказала, що на лавці посидимо.
— А що це ти цитькаєш? Я теж своїй так сказала, а на тебе не цитькаю! — образилася Людка.

Катерина на неї глянула:

— Оце! А черевики нові нащо? У балці болото не просихає.

— Зніму, не дурна, — сказала Людка і потягла Катерину геть від хати.

Продиралися між бур'янами з пів години.

— Оце б не пішли сюди, то й не повірили б, що Шанівка колись аж за балку була, — бідкалася Людка. — І як тут жити можна було? Як не яма, то рівчак!

— Та, мабуть, тоді вулиці ще були, — припустилася думки Катерина. — Татко казав, бруковані вулиці... У нас із того каміння в корівнику стінка.

— Катька... Дивись! — Людка зупинилася. — У великому будинку щось світиться.

Катерині — дрижаки під колінки. Очі витріщила. Йой! Темно ж як! Якісь тварюки підвивають та шурхотять собі, у хатах покинутих вітер грає, і серед того всього — мерехтить ледь помітне світло у стінах великого будинку без даху.

— Люд... Може, не підемо?..

— Отакої! — Людка тицьнула Катерині під ніс нові черевички, які вже встигла зняти й несла в руках. — Я всі ноги поколола, поки ми йшли.

— Та я так...

І дівчата крадькома — до будинку.

Стали під стіною.

— Що тепер? — Катерина до Людки.

Людка набрала повні груди повітря й хоробро вигукнула:

— Агов! Джентльмени! Ми прийшли! Де ви є?

А сама до Катерини, пошепки:

— Чуєш, Катько... а ти спиці взяла?

— Та я жартувала.

— А дарма... — і Людка знову голосно вигукнула: — Нема вас? То ми пішли собі...

— Тут ми. У хаті, — почулося у відповідь. — Заходьте... Ми чекаємо.

Дівчата ступили за поріг і пішли на світло.

— От набудували... Кінця й краю нема, — бурчала Людка для підтримки духу. — Стій, Катька! Взуюся.

Обтерла долонею поколоті ноги, взула черевички.

— І де той сюрприз...

Велика, метрів із двадцять, кімната світилася. П'ять свічок, закріплених битими цеглинами на підлозі, чаділи, і сині волошки, намальовані на облізлих шпалерах, здавалися чорними. У кутку, вкриті простирадлами по груди, сиділи хлопці. А з неба на них дивився місяць. Гострий, як серп колгоспниці з постаменту.

Катерина стала на порозі кімнати, глянула на Сашка із Сергієм.

— Що з вами? Захворіли?

Хлопці і справді вигляд мали дивний. Лоби спітніли, щоки горять, очі блищать. І самі не рухаються. Дивляться, як заворожені, і — ні пари з уст.

— Коноплі нажерлися. Чи п'яні. Оце й весь їхній сюрприз. Пішли, Катька?

Сергій ворухнувся.

— Стійте...

Катерина завмерла зі страху, а Людка:

— Ну! Стоїмо! Що далі?!

Сергій облизнув гарячі губи, усміхнувся через силу. До Сашка:

— Готовий?

— Готовий, — прохрипів Сашко.

— Ну, дівки! Ось воно, ваше бабське щастя! Не помріть мені од радості, бо не буде вам тоді неземної насолоди.

Сергій взявся рукою за простирадло. Сашко — теж.

— Раз... — Сергій дивився на Людку. — Два... Три! — вигукнув, і хлопці одночасно скинули із себе простирадла.

— Та вони голі! — заверещала Людка, смикнулася, підвернула з переляку ногу в черевику на підборі і впала навколішки.

Катерина глянула — і обмерла. Між ногами в Сашка лежало щось напухле, синьо-червоне, велике й огидне, схоже на домашню кров'янку. Катерина зиркнула на Сергія — той ухопив у руку таку саму «кров'янку». Кричав:

— А що, дівки?! Хіба ви таке бачили? Ходіть уже сюди! Ходіть!

І тут жаху додалося. Сергієва «кров'янка» раптом ожила, смикнулася догори і завмерла під кутом сорок п'ять градусів. От ніби простісінько в Людку цілилася.

— Саня! Давай! Візьми пику в руки, і вона стане! Давай! — кричав Сергій.

Людка повзла до порога, а Катерина наче скам'яніла.

Сашко безпорадно подивився на свою в'ялу опухлу «кров'янку», простягнув до неї руку...

Катерину ніби хто по щоці — лясь!

— Мамо рідна! — як закричить. — Людка! Людка, тікаймо!

І з будинку! Косою за гвіздок у стіні зачепилася, смикнула ту косу кляту — і геть. Так пасмо на гвіздку й лишилося.

Мчалися між бур'янів світ за очі. Зупинилися, як упали.

— Де ми? — Людка плакала, терла долонею по подертих черевичках. — Нові туфлі змарнувала... Ой, лихо! Мати вб'є... Кать! Та не реви ти!

— А сама... — захлиналася Катерина.

— Мені тухоль шкода...

— А мені страшно ще. Раптом вони за нами крадуться...

Людка завмерла.

— Ану, цить! — прислухалася. — Та ні... Нема ніко'...

За пів години допіру вгамувалися. Сиділи на шорсткій стерні посеред поля. Шанівка десь ізбоку світилася.

— От я скільки журналів передивилася. Ну, не бачила такого! — розмірковувала Людка. — Що то було? Може, така в них любов?

— Ні, любов не така, — ляпнула Катерина.

— А ти звідки...

— Та нізвідки. Мені так здається, — насупилася.

— Ой, Катька... Як же мені страшно! Давай нікому про це не казати...

— Давай.

— Підемо?

— Давай...

До Шанівки підійшли, Людка й придумала:

— Як питатимуть, скажемо: а не знаємо нічого, сиділи собі у тракторі Залусківського і ляси точили.

Катерина кивнула.

— Знаєш, Людко? Пішли й справді туди. Трохи посидимо.

— Для алібі?

— Просто так. Ноги додому не несуть.

Залусківський щоночі ганяв зі свого мехдвору шанівських підлітків, а для них, здавалося, кращого місця зустрічі й уявити важко. Зберуться під трактором чи в комбайні — і сидять по пів ночі.

Катерина з Людкою дійшли до приватної власності Залусківського, всілися під комбайном.

— Оце тепер думаю... — озвалася Людка після довгої мовчанки. — Мабуть, старою дівкою буду.

Катерина відповісти не встигла, аж тут — кроки чиїсь.

— Мамо рідна, — Людка шепоче. — Це вони! Я боюся...

— Сашко-о! Сашко! — чують, гукає тітка Раїса.

Прийшла до комбайну.

— Дівчата? Це ви тут? — стала. — А Сашку із Сергієм часом не бачили?

— Не бачили, — шепоче Катерина, а Людка зі страху:

— А чого це ви, тітко Раїсо, про Сашка із Сергієм у нас питаєте? Хіба ми — хвости їхні?

— Та де ж вони ділися? — тітка Раїса Людку ніби не чує. Озирається.

І пішла далі.

— Сашко! Сашко-о!

Сашко сидів на простирадлі й дивився на свій розпухлий, посинілий пеніс, повний застиглого парафіну.

— Серьога... Я ворухнутися не можу. Болить...

Сергій лежав горілиць і захлинався від сліз.

— Суки! Стерви погані... Ми заради них... Суки, — вив тоненько. — Так перепаскудити перший секс!

— Перший? Ти ж казав...

— Саня, не чіпляйся, курва!

— Серьога... Я ворухнутися не можу... Шукай швидше свою інструкцію. Треба все назад вертати, — Сашкові вже й говорити несила було. У голові паморочилося, тіло трусилося, як у лихоманці.

Сергій спробував ворухнутися.

— Ку-урва! Що ж це таке?! Наче гирю стокілограмову хто підвісив...

— Скоріше...

Сергій доповз до рюкзака, знайшов папірець.

— Написано... Що посікаєш, то парафін розплавиться і сам зіллється.

— Давай сікати.

Тужилися щосили. Не допомогло. Під простирадлами хлюпало, а парафін так і не розплавився.

Сашко сидіти вже не міг. Ліг у загиджене простирадло боком. Сергій тремтів поряд.

— Саня, треба щось робити.

— От... я зараз... сил наберуся... — Сашко йому. — І виколупаю той парафін.

— Пішли...

— Куди? Я з таким добром у село не піду.

— Пішли до Килини. Кажуть, вона все чисто лікує.

— Нащо мені той сором... Сам... виколупаю...

Над ранок, коли стало видно все навкруги, Сашко обдивився себе — і заплакав:

— Мамо рідна!..

Поліз гвіздок зі стіни висмикувати.

— Саня, не треба, — просив Сергій і вже сам не розумів, що ж тоді треба.

Сашко видер гвіздок, глянув на друга.

— Якось воно буде. А ти до Килини добирайся. Може, і...

Сергій кивнув, приклав між ноги шматок простирадла і поліз рачки геть.

Сашко заплющив очі й гукнув:

— Інструкцію лиши. Може, вичитаю, як парафіну здихатися.

Сергій оглянувся з порога:

— Он вона, на простині валяється... А може, зі мною, Саня?

— Сам виколупаю, — прошепотів Сашко.

Татко з мамкою спали без задніх ніг. Катерина навшпиньки — повз батьківське ліжко і мишею у свій малий закуток. Двері зачинила. На рожеве пальто, на ліжку розкладене, глянула, застібку на ліфчику помацала. А сльози — кап-кап... «Отепер дядько Роман точно подумає, що я дурна малолітка, — в голові. — Казала, прийду, не дійшла через отих хлопців дурних... А він же сказав: помру без тебе. А як і справді помре?»

Вийшла тихо з дому, сіла під стіною і дивиться в бік кургану, де копа Залусківського, а під копою — він... І нічогісінько ж не видно — ні кургану, ні копи, — а Катерина сидить, як прив'язана. Так до ранку й не встала.

Схаменулася, як мамка надвір вискочила. Підхопилася Катерина, біля будки туалетної стала.

— Доню, а що ти тут робиш?

— У туалеті була.

— А вдягнена... — Ох і важко ж мамку обдурити. — Чи — не лягала?

— Одягнулася вже.

— І чого?

— Мамо, ти ж сама казала: по буряки із самого ранку підемо. Чи забула?

— Золота ти моя дитино, — мамка Катерину до себе притулила. — А чого ж мене не збудила, як прокинулася рано? Пожаліла?

— Пожаліла, — каже дівча, а само дивиться в бік кургану і сльози ховає.

Поки до мамки звістка про розкидані на полі буряки долетіла, поки мамка з татком та Катериною до того поля дійшли, спритніші всі буряки начисто з поля злизали. Татко лаявся:

— Оце більш ніколи не слухатиму тебе, Дарино!

А мамка теж зла на нього:

— От якби ти, Льончику, вчора під кіоском друзяк своїх не надибав та не напився з ними, були б нашим свиням буряки!

Полаялися трохи і за діло взялися: викопувати ті буряки, що в землі лишилися.

Татко — лопату в землю і матюки гне:

— От йо... Копай тепер.

— А не пий! — мамка буряки витягує, обтрушує — і в мішок. А потім до Катерини: — Щось накопала, доню?..

Надвечір татко тяг на горбу добрячий мішок буряків, а за ним мамка та Катерина ще один кравчучкою везли. До Шанівки — з передишками.

Татко мішка на дорогу скинув і не розуміє:

— А що? Сьогодні хіба п'ятниця?

— Субота, — мамка каже.

— А чого народу біля постаменту повно?

— А може, Микола тепер щодня приїздити буде, — вигадала дурне Катерина.

— Та ні, доню... — мамка з Катериною розмовляє, а сама у вулицю імені Леніна вдивляється. — Хіба біда яка?.. Мо', помер хто... — Катерину по волоссі долонею: — Ану біжи, розпитай, що сталося.

Катерина вдихнула — і не видихає. Очі округлилися.

— Не піду.

— Та не трусіться, — татко. — Сам сходжу.

Мамка з Катериною біля буряків стоять, а татко цигарку в зуби — і в натовп.

Мамка дивиться, мнеться...

— І я піду...

— Я з тобою, — Катерина за мамку вчепилася — так буряки посеред дороги й лишилися.

Раїса сиділа на каменюці біля постаменту і сіпала спідницю. Руки тремтять. Бліда як молоко. Розгублений Роман стояв поряд і все озирався, ніби шукав когось. Шанівці групками — навколо.

— Що? — мамка прилаштувалася біля Ничипорихи.

— Сашка Райчин зник, — відшепотіла баба. — Оце в п'ятницю ввечері додому як не повернувся, так і досі нема.

— Таж діло молоде, — мамка. — Може, десь із хлопцями загуляв...

Горе зробило Раїсу чуткою.

— Що? — стрепенулася. — Загуляв? Та мій Сашка зроду ніде не затримувався, а як затримувався, то мене завжди попереджав...

— Так теє... — татко кашлянув. — Чого стоїте? Давайте шукати. Усім селом підемо.

— От дивіться! — зметнулася Ничипориха. — Самий розумний об'явився! Та й без тебе, Льонька, знаємо, що шукати треба. Тамарку виглядаємо...

— А нащо? — татко.

— Вони із Сергієм учора поїхали по ту горілку кляту для свого кіоску. От, думаємо, хіба й Сашка із собою підманили...

Катерина з-за мамки на дядька Романа — зирк! І погляду відірвати не може...

Він спідлоба на неї — хлюп! Синє горе як синє море... І очі відвів. Голову опустив, кулаки з кишень повипиналися.

Катерина за мамку сховалася. «Що ж то воно...» — душа плаче.

А тут Людка ззаду — сіп за руку.

— Катька...

Катерина на подругу глянула — і не впізнала. Ні тобі помади, ні заколок.

— Гайда... — Людка тихо.

Із натовпу вибралися, край дороги у траві сіли.

— Я боюся, — сказала Катерина.

— І я, — голос у Людки тремтить, а все одно командує. — Катька, нам не можна про хлопців сюрприз нікому казати. Бо на нас усе повернуть. Скажуть, отакі вони стерви малолітні, через них хлопці пропадають... Проходу не дадуть!

— Добре, — прошепотіла Катерина.

— Я оце ледь докумекала, що мамані про нові черевики збрехати.

— І що?

— Сказала, що з комбайна стрибнула і підбора зламала, — Людка потерла плече. — То вона мене як огріла!

— Людка... — Катерина наче прокинулася. — А де ж вони?

— Хто?

— Сашка із Сергієм. Онде всі чекають на Тамарку. Думають, що вони з нею, а ми ж знаємо... Вони у райцентр не їздили. Куди вони поділися?

— А я так думаю, — Людка око примружила. — Ми відмовилися, а вони, падлюки, побігли інших дівок собі шукати. Сама ж бачила. Зі штанів усе чисто повивалювали... Я в одному журналі читала... От як чоловік уже штани зняв, так не вдягне, поки дівку не примусить до сексу.

— І де ж вони так довго тих дівок шукають?

— Та думаю, може, в Килимівку подалися чи ще кудись...

— Хай і так. Уже мали б повернутися.

— А може, їм такі дівки доступні попалися, що самі з них не злізають, — знайшла аргумент Людка.

Коли сонце вже сідало, на околиці Шанівки зачхав і заглух Тамарчин «пиріжок».

Юрба захвилювалася, Раїса підхопилася, Роман побіг до «пиріжка». Шанівці потягнулися за ним.

— Де хлопці? — Роман з ходу спантеличив дебелу Тамарку.

— Які хлопці? — звела жінка підмальовані брови.

— Твій Сергій і Сашка мій. Хіба вони з тобою в райцентр не їздили?

— Сама! Оце всюди сама! — почала жалітися Тамарка. — Так ящиків натягалася, аж дихати не можу. А дороги самі знаєте які! А я за кермом!.. Очі на лоба лізуть...

Роман опустився біля «пиріжка» на землю, затулив обличчя руками.

— Синочку!.. — заголосила Раїса. — Де ти, сонечко моє!

— Та що тут у вас? — Тамарка насупилася. — Що сталося?

Мобілізація відбулася без зайвих формальностей. При ночі шанівці розпалили під постаментом багаття, наробили смолоскипів, ліхтарі похапали і — врізнобіч. Хлопців шукати. Навіть стара Ничипориха заприсяглася, що всі городи обнишпорить, а здорові хай далі від села йдуть.

Ніч — як ворота у пекло. По темряві за селом застрибали вогні смолоскипів, залунало: «Сашко-о-о! Сергі-і-ію! Хлопці, відгукніться!» Катерина й Людка між бур'янів ішли за татком та Залусківським, тримали одна одну за руки і тремтіли.

А як від великої покинутої хати поночі розлігся вий тітки Раїси, так Людка впала на землю і заридала.

— Що то вона? — татко зупинився від Раїсиного крику. Каже до Залусківського:

— Треба до покинутої хати йти. Мабуть, знайшли щось... Глянув на дівчат:

— А йдіть додому. Користі від вас ніякої. Ще переживай, куди ви самі подінетеся...

За годину біля великої покинутої хати зібралося все село. Роман роздивлявся загиджені сечею простирадла, обгорілі свічки, покинутий Сергіїв рюкзак і Сашкову сумку.

Розкидав уламки цегли, витяг іще одне простирадло. Закривавлене. З простирадла випав іржавий гвіздок. Теж — у крові.

Раїса простирадло закривавлене побачила — навколішки впала:

— Це ж наша простиня!..

Роман задихнувся.

— Та що ж тут відбулося? І де діти наші?

Залусківський кахикнув.

— От я думаю — живі вони. Це все нагадує якесь чаклунство. Свічки, простирадла... Мо', начиталися про якісь ритуали. А кров, скоріш за все, собача. Чи котяча. Мо', вони тут потойбічні сили викликали.

— Нащо? — татко питає.

— Ну там, дощу в Бога попросити чи ще щось...

— Треба до міліції, — прошепотів Роман і раптом...

Око зачепилося за щось знайоме — настільки знайоме, що аж серце зайшлося.

Ступив ближче до стіни: за гвіздок у стіні зачепилося пасмо русявого волосся.

— Боже... — скрипонув зубами — і спиною до стіни. Аж гвіздок у спину вп'явся.

— Яка міліція?! Завтра неділя, — зауважив реаліст Залусківський. — Краще самим шукати.

У суботу надвечір баба Килина вийшла з мазанки, гукнула псів.

— Гей, Чубчику! Рудий! Ану за мною!

І баба впевнено пішла до поваленої огорожі розтрощеної ферми.

— Та де ж він? — шепотіла. І псам: — Шукайте! Шукайте! Десь він поряд... Чую...

Рудий першим загавкав, потім заскавчав тихо, мов заплакав.

Баба Килина дошкандибала до собаки.

— Де?

Пес замахав хвостом, тицьнувся носом просто в землю в кутку колишнього корівника.

Баба схилилася.

— Господи всемогутній...

У кутку лежав непритомний Сергій.

Баба обережно зняла зім'яте, брудне простирадло...

— Ой, дитино... Що ж ти наробив собі...

Перехрестилася й потягла хлопця до мазанки. Біля порога лишила, а сама в хату. Повернулася з кухликом глиняним. Трохи з кухлика хлопцеві до рота влила, що лишилося — на рушник, а той рушник — Сергієві між ноги.

Далі рядно на землі розстелила й довго силкувалася хлопця на нього перекласти. Ледь упоралася. Потім прив'язала хлопця до рядна, сама за край учепилася та псам:

— Чого чекаєте? Хапайте скоріш! Поспішати треба.

І потягли втрьох.

Після ночі безрезультатних пошуків на ранок неділі вся Шанівка зібралася під постаментом.

Командував Залусківський.

— Тре' корів подоїти, худобі дати... Чоловіки будуть далі шукати, а баби — по хатах. Швидко все зробіть і до чоловіків приєднуйтеся.

Мамка ледь на ногах тримається, а протестує:

— Ні, я шукатиму. В мене донька вдома все зробить. І ще комусь допоможе. Давайте вже далі шукати, бо серце розривається.

— А де? — з такою гіркотою спитав татко, що мамка заплакала. А й справді? Усе навкруги оббігали. Наче крізь землю хлопці провалилися.

— Мо', вони поїхали із села геть, — сумно сказала Ничипориха. — Онде як люди... Пам'ятаєте? Жили собі, а ранком прокидаємося — ще одну хату покинуто. І все нишком. Жоден не казав: «Поїду із Шанівки!» Мо', й вони?..

— Не вірю! — закричала Тамарка, як навіжена. — Мій Сергій нікуди із села не збирався. Не збирався!

— Не вірю... — прошепотіла безсила Раїса. Вона сиділа просто на землі і притискала до грудей закривавлене простирадло.

— Устань уже, — Роман допоміг дружині підвестися. — Ще сама зляжеш, кому краще?

— А може, тобі й краще, — із шаленим вогником ув очах раптом заговорила Раїса. — Ти ж розлучитися хотів... У покинуту хату перебратися... А синочок заважа-ав! Ой, і заважав тобі синочок єдиний, бо ж соромно тобі, паскуді, йому в очі дивитися. Та це ти його вбив! Ти, проклятий...

— Що ти верзеш, дурна?! — Роман брови звів, руку в кишеню сунув, намацав пасмо волосся, стис його. — Я не те що інші... Вбивць не наймаю...

Мамка — очі на лоба, за татка вхопилася. Шепоче:

— Льончику... Як він узнав? Ти сказав?

— Чи я здурів? — татко каже.

А тут Ничипориха:

— Ой, дивіться! Дивіться ж! Іще не було такого... Це ж світ перевернувся!

Шанівці глянули туди, куди вказувала тремтячою рукою стара Ничипориха.

І побачили те, чого в Шанівці, дійсно, ще ніколи не було. Вулицею імені Леніна до них ішла баба Килина з Рудим і Чубчиком.

— Матір Божа! — злякалася мамка. — Щоб Килина в Шанівку спустилася від своєї мазанки?! Це ж і справді світ перевернутися має.

Юрба заніміла, наче хто рота всім позатикав. Стоять шанівці і трусяться, ніби баба Килина — то страшний суд.

Дошкандибала баба до шанівців:

— Хай Бог помагає...

Поглядом Тамарку відшукала, підійшла до неї і протягує щось.

Тамарка руку простягла — і в сльози.

— Та це ж Серьоженьки хрестик!..

І спитати боїться.

Баба Килина на камінь біля постаменту сіла, пси поряд примостилися.

— Учора надвечір... Знайшла хлопця в корівнику. Якби до вас ішла, час би згаяла. Не вижив би... Трави дала, аби не помер хоч добу, та потягла до килимівського ветеринара Петра.

— Нащо? — прошепотіла Тамарка.

— Я його од смерті врятувала колись. У нього «жигуль» є. І серце є. Притягла й наказала хлопця в місто везти. До лікарні... Операція йому потрібна. Термінова. І... молюся, щоб Петро встиг. Усе.

— А де... — шепоче Роман.

— Де другий — не знаю, — баба йому. — Ніби серед нас іще... А на землі — не бачу...

— Яка операція? — Тамарка ридає. — Що із Сергієм? Що з моїм синочком?! Хто його скривдив?

— Не відаю, — баба їй. — Їдь до міста, лікарі краще за бабу все пояснять.

Килина підвелася й пішла геть, а юрба з тим самим страхом і шаною дивилася їй у спину.

За двадцять хвилин Тамарка залила в «піріжок» бензину, зібрала сякої-такої їжі, гроші в пазуху запхала та загальмувала біля постаменту.

— Раю! Чуєш? — гукнула до Раїси, яка так і сиділа на землі під постаментом із простирадлом у руках. — Поїхали зі мною. Мо', в Сергія взнаєш, де Сашку шукати...

— Їдь, жінко, — тихо попросив Роман. — А ми тут із мужиками далі шукати будемо.

— Не поїду, — захитала головою Раїса. — Серцем чую... Десь він поряд, синочок мій...

Катерина сиділа у своїй кімнатці, дивилася на рожеве скляне пальто. І таке воно їй огидне здавалося, ніби винувате у чомусь.

Мамка вранці в хату заскочила.

— Ти й не лягала?

— Хлопці знайшлися?

— Сергія баба Килина до міста у лікарню відперла, а Сашку не знайшли. Я чого... Хліба із салом візьму, бо аж звело в животі, й побіжу.

— Куди? — Катерина їй.

— Як це — куди?! Сашку й далі шукати. А ти мені... Корову подоїш, курям даси, до свиней глянеш. І щоб удома мені була. Боюся я, доню. Наче біда якась у Шанівку приповзла. Кажи мені вголос: «Мамо, я буду вдома».

— Буду, — прошепотіла Катерина. — А дядько Роман?..

— Що?

— Шукає?

— Що це ти? А як же батько сина може не шукати? — мамка брови звела. — А ходи-но сюди, Катрусю...

— Що?

— Ти часом не розповіла Сашкові про теє...

— Про що?

— Ну, як тітка Рая до нас п'яна приходила і верзла дурниці?

— Не розповідала. А чого питаєш?

— Таж дядько Роман усе чисто знає. Звідки ж тоді? Я собі подумала, як ти Сашкові розказала, так він міг батькові... І сам щось дурне втнути...

Мамка замовкла, заплуталася. Рукою махнула.

— Та ні! Що я кажу? До чого тут Сашко... Побігла. Дома мені будь.

Недільного вечора шанівці знову зібралися під постаментом. Похмурі, втомлені. Сашка не знайшли. Шукати вже не було де.

Баби повели Раїсу до хати, Роман пішов до килимівського ветеринара Петра.

— Ромку, може б, завтра вранці? — запропонував татко. — Ветеринар іще, мабуть, із міста не повернувся.

— А як повернувся? — відповів Роман і пішов багнюкою на Килимівку.

Мамка з татком у понеділок ізранку піднялися й вештаються по хаті — самі не свої.

— От йо… — татко вхопив цигарку — і з дому: — Я до Романа. Може, щось нове дізнаюся.

За п'ять хвилин — знову до хати.

— Чого ти, Льончику, сюди-туди? — мамка спересердя. — Ти ж до Романа хтів…

— Та був, — татко каже, — нема його. Від ветеринара ще не вертався. А Райка лежить у ліжку вдягнена і виє. Отакі справи.

— Біда! — мамка аж сіла. — Та що ж це за лихо на Шанівку насунуло?!

Катерина вийшла зі своєї кімнати.

— Мамо… Я сьогодні до школи не піду.

— Тоді ти сьогодні на господарстві, доню. Бо за тим сумом голодні лишимося. Так? А ми з татком — знову буряки копати.

У понеділок із усіх шанівських тільки Людка до школи пішла, а звідти на хвості принесла Катерині звістку:

— Дядько Роман іще вчора вночі від ветеринара пішов. Наталя казала, дочка ветеринарова.

— А де ж він? — Катерина так і застигла з порожнім відром у руках. По воду йшла, курям дати.

Повернулася в бік кургану.

— А може, він біля копи? Йому ж копу Залусківського стерегти…

— Здуріла?! — Людка видерла з її рук відро. — Кинь це кляте відро! Без того погано, ще ти з порожніми відрами швендяєш!

— То де ж дядько Роман дівся? — товкла своє Катерина. Людка розсердилася.

— Ти не про дядька Романа розпитуй, краще слухай, що у Килимівці брешуть...

— А що?

— Наталя підслухала, як її батько матері розказував... Він, як Сергія до лікарні доправив, то лікарів розпитав усе чисто...

— І що?

— А те! Сергій собі у теє... Ну, туди... У член... залив щось. Мабуть, Сашка теж. Ото ж воно й порозпухало все. А ми злякалися.

— Он воно що... А про нас... Що ми бачили... Хтось знає?

— Ніхто. Оце тільки як хлопців вилікують, вони одні й можуть усе розпатякати...

— Ото сорому буде! — прошепотіла Катерина... — А Сашка не знайшли?

— Не знайшли, — Людка озирнулася. — Піду я додому, Катько. Аж руки трусяться від страху.

Надвечір повернулися втомлені мамка з татком. Буряки притягли.

— Ну, що там? Не знайшли Сашка? — Катерина до них.

— Ні, — татко похмуро.

— А... дядька Романа?

— Знайшовся, — татко каже. — Не йде до села. Оце всюди лазить по ямах та балках, Сашка шукає.

Уже й понеділок минув, і вівторок, а Сашка наче вітром звіяло. Шанівка обімліла й завмерла. На вулиці імені Леніна — ні душі. Кожне собі на подвір'ї порпається і в бік

Романової з Райкою хати зиркає. А там — ніби вимерли всі. Раїса з дому не виходить, Роман цілісінькими днями по околицях бродить і йде до хати аж тоді тільки, як ніч лягає. Упаде, очі заплющить... А чи спав, чи ні?.. Зранку — знову за село...

Ничипориха трохи посумнівалася, а потім відвела Райчину корову до себе. Каже до Райки:

— Погодую корову, поки у вас таке... Бо ж корова ні при чому. Реве, голодна, на все село. Добре?

Раїса як лежала, так і не ворухнулася.

У середу з міста повернулася заплакана Тамарка. Кіоск відкрила, мужикам по одній безоплатно налила, а на всі питання:

— Жити буде, де Сашка — не знає, що сталося — не питайте. Усе одно не скажу.

А мужикам і не треба казати. Через килимівського ветеринара Петра давно все знають. Мужики раз навіть за комбайном сховалися, штани постягували і все роздивлялися: куди ж це дурні хлопці примудрилися парафіну накачати? Навіть Залусківський не зміг второпати.

— Не інакше, якась ворожба, — сказав. — Може, то Килина їх підмовила, а потім, клята, злякалася та стала Сергія рятувати.

— А Сашко тоді де? — питали мужики.

— От цього не знаю.

Цього ніхто не знав.

У середу Роман вийшов світ-сонця за село, вийняв із кишені русяве пасмо, глянув на нього — й ноги самі понесли до великого покинутого будинку.

Укотре зайшов до кімнати, де й досі валялися обгорілі свічки та пошматовані простирадла. Сів просто на підлогу, зашепотів палко:

— Боже, віддай мені сина! Віддай його! Віддай, прошу... Живого чи мертвого — віддай! Боже всемогутній! Ти ж можеш... Віддай мені сина!..

Ніби у відповідь — промінячко крізь розбите віконце. Простісінько на захаращену підлогу.

Бачить Роман — на підлозі щит із дощок збитий. Спочатку подумав — шмат від підлоги лишився. Придивився — та це ляда! Такими лядами льохи у хатах накривають.

Поліз до ляди. Тремтить, наче вже знає все.

Відсунув... Схилився, глянув у чорне провалля. Промінь — туди ж. До самого дна. А на дні...

— Синочку...

І знепритомнів.

Тієї вересневої середи морозно стало — хоч нове пальто вдягай. Катерина вперше за тиждень до школи хотіла. Сяк-так зібралася, в чоботи влізла, вийшла з дому. От-от Людка має підскочити.

А замість Людки мчить вулицею Тарасик-першокласник, Тамарчин молодший син.

— Дядько Роман Сашку несе! Дядько Роман Сашку несе! — кричить.

Шанівці з хат вибігають, та так коло них і кам'яніють.

Катерина завмерла і голову підвести боїться, ніби винна у чомусь страшному. А вже й мамка з татком із хати вибігли. Мамка плаче, татко цигарку мне.

— Йо...

Катерина насмілилася. Очі звела...

Ступає дядько Роман... Крок зробить — і ніби дрижить усе серед тиші раптової і неймовірної, ніби шифер зараз із дахів позлітає, стіни долу впадуть, кури розлетяться, корови попробивають загородки і геть... геть від біди.

Без сорочки йде. «Холодно», — Катерині чогось у думку.

Сорочкою Сашко прикритий.

Несе Роман сина на руках, а очі... Очі заплющені. І в Романа. І в Сашка... Згасло синє світло.

— Лишенько, лишенько... — мамка шепоче.

Катерина крутнулася — і до хати. На ліжко впала...

— Лишенько, лишенько, — мамчині слова повторює.

Так до вечора і проридала. Мамка доньки не чіпала.

Як сонце впало, Катерина до мамки в кухню вийшла.

— Що ти робиш, мамо?

— Раїсі збираю на похорон, — мамка. І складає: яйця, олію, сала шмат, самогонки десять літрів, борошна мішечок, капусту, моркву.

— А татко?

— Пішов труну робити. Залусківський дощок дав добрих. Безплатно.

Мамка сіла біля столу, на Катерину глянула.

— Як ти, доню? Вже не плач. Сашка не повернути.

— Я піду...

— Та куди? Страшно, їй-бо, з дому виходити.

— Я до Людки...

— Ну, сходи. А може, зі мною до Раїси підеш? Сашко в хаті лежить. Посидиш, попрощаєшся... Більше не побачиш...

Катерина в сльози.

Мамка головою похитала: мовляв, отаке життя, доню. І далі харчі збирати.

Катерина з дому вийшла, і ноги повели до кургану.

***

За село вийшла — змерзла. Глянула в бік кургану, і ніби такий міцний вітер над курганом свище... От-от знесе курган, а кволої копи й не торкне. А як курган із землею зрівняється, вітер за Катерину візьметься, закрутить і кине в поле — подалі від копи.

Катерина кофтину запахнула щільніше, повернула й пішла до баби Килини.

Рудий і Чубчик признали. Хвостами крутять, ластяться.

— Та нема в мене нічо', — Катерина каже, а тут і баба Килина з мазанки виповзає.

— Проходь, проходь, сердешна, — каже.

Катерині від тих слів — сльози з очей. «Трималася, трималася, а баба мовила, я й розквасилася», — сердилася.

Баба біля мазанки сіла й заспівала тихо:

> — Ой летіли дикі гуси...
> А за ними і Катруся...
> Ой летіли, ґелґотали,
> Милій Катрі щастя дали...

— Бабо! Звідки? — дівча плаче, а не спитати не може. Це ж її пісня... Її. Тільки вона її знає, сама вигадала.

— Почула...

— Ви ж глуха!

— То й що?

Баба Катерину за руку взяла і в мазанку повела. До столу посадила.

— Пригощати не буду.

— Яке там їсти?! — Катерина їй. — Серце розривається, і знов я, бабо, сліпа... Онде так усюди вдивляюся, аж очам болить, а нічо'... Нічо' не бачу, бабо! Тільки... його. Весь світ синім став.

— Дала б тобі узвару такого, щоб заснула. Помолилася б над тобою, та не час. Додому біжи. Мамка вже, мабуть, на сполох б'є.

— Дайте хоч із собою узвару того, — Катерина просить.

— А от ковтни трохи та йди... — баба простягнула глиняний глечик.

Катерина ковтнула раз, другий...

— Що це? Ніби сила влилася...

— Іди.

Дівча вибігло, зупинилося.

— Я ще прийду...

Баба Килина перехрестила Катерину у спину й тихо мовила:

— Ще раз побачимося...

Катерина дісталася Шанівки, порожньою хатою пройшлася.

— Усі біля тебе, Сашко... — і заплакала.

На ліжку сіла, під ніс шепоче тихо:

> — Ой летіли дикі гуси,
> А за ними і Катруся.
> Ой летіли, гелготали,
> Тільки щастячка не дали...

Незчулася, як заснула. І сниться їй: от ніби Сашко стоїть. І такий гарний, усміхнений. Очі сині сяють.

— Я живий, — сміється. — А ти, Катька, дурна! Мелеш усяку глупоту, а важливого не кажеш.

— Якого такого важливого? — Катерина йому. І на себе дивиться. Ніби спека, а вона у пальті рожевому пріє.

— Що батька мого любиш! — Сашко каже — і змарнів на лиці вмить.

— Звідки ти знаєш? — дивується Катерина.

— А я тепер усе чисто знаю, — Сашко відповідає.

— Таж то добре, — Катерина каже.

— Та ні, то сумно, — Сашко їй.

— Та не сумуй, ти ж живий, — Катерина підбадьорює.

— А ви — ніби мертві, — Сашко відповідає.

І — нема його. Катерина дивиться, дивиться, а звідусіль сліпить щось яскраве, різке...

— От дурний! От дурни-и-й! — Катерина шепоче, а в пальті їй зовсім зле. — І чого це ми мертві?! Вигадає ж таке. Он у мене пальто нове, і ліфчик є. Свиню заколемо, то й чобітки будуть. Мамка казала, як перезимуємо, то, може, швейну машинку купимо. І таткові велосипеда.

І замовкла, бо звідкись на неї велосипед котиться.

— Як проїдуся Шанівкою, Людка вмре від заздрощів! — Катерина у пальті рожевому на велосипед залізла. Педалі тисне. Онде й вулиця імені Леніна. Виїхала, а Шанівки впізнати не може. Уся вулиця — з отих страшних великих покинутих будинків. Вікна побиті, дахів нема. І шанівців щось не видко.

Бачить Катерина — від одного будинку йде хтось. Вона до нього. А це — Сашко. Лізе на постамент, Катерині каже:

— Я тут постою. Добре?

Катерину сльози душать.

— Та звичайно, що постій, — каже. — Тобі там ізверху все чисто видно. Глянь, Сашку, де шанівці ділися? І чого село таке побите? Може, побачиш...

Сашко розреготався. Відлуння — аж до кургану.

— Яка шана селу, така і Шанівка! — сказав і впав із постаменту.

Катерина на ліжку підскочила:

— Мамцю, рідна...

І з порожньої хати геть.

Бігла, бігла, під Романовою хатою стала. А тут Людка крутиться.

— Ой, Катька! Як же страшно... А Сашка такий... як ангел.

— Людка, сходи до хати, мамку мені поклич, — Катерина просить.

— А сама чого? — Людка сльози втирає, на подругу дивується. — Іди! Сашка побачиш...

— Не піду, боюся, — Катерина їй. — Поклич мені мамку.

Мамка вибігла.

— Отакої! І що це ти, доню?

— Мамо... Не можу сама в хаті. І тут — боюся.

— А я тобі діло знайду, — мамка каже. — Підеш вулицею, квітів нарвеш. Багато... Щоб усю підводу обкласти.
— Я з тобою піду, — Людка каже.
— Мамо, немає на вулиці квітів, — Катерина озивається.
— До кожного двору зайдеш і нарвеш найкращих, — мамка повчає.
— І ніхто лаятися не буде?
— Ні, доню. Ніхто лаятися не буде, — і мамка пішла.

Усю ніч шанівці не відходили від Романової та Раїсиної хати. До поминального столу позносили, хто що мав.

Баби на кухні по черзі поминальну їжу готують. Плачуть і курчат скубуть, плачуть і буряки на борщ чистять, а потім із Раїсиної вітальні хтось із сусідок зайде:

— А йдіть! Посидьте біля Раїси, а ми тут вас підмінимо.

І йдуть баби з кухні до вітальні, де на ліжку лежить спокійний Сашко, а поряд сидять німі, сліпі й глухі від горя Роман із Раїсою. Присядуть баби поряд і тільки — то на Сашка, то на Раїсу — уважно, щоб устигнути підхопити, як раптом упаде.

Мужики — все більше на ногах. За селом на кладовищі яму рівненьку викопали, труну зробили, оббили її матерією. Підводу не дуже стару знайшли, коняку сумирну, щоби не жахалася. У підводу сіна свіжого поклали, рядном гарним застелили — на це рядно труна ляже. А потім хреста зробили, рушниками обв'язали, а Залусківський заприсягся, що привезе на ранок батюшку.

— Ой, це таке гарне діло! — із шаною кивала головою стара Ничипориха. — Таке благо для душі!

Навіть перехрестила вантажівку Залусківського, коли той із Шанівки по темному рвонув.

На десяту ранку мужики переклали Сашка з ліжка у труну, і Раїса вперше ворухнулася. Виболілі очі підвела, труну побачила, впала біля неї і так моторошно завила, що вся Шанівка задихнулася.

— Синочку мій... Сонечко моє ясне! Дитино моя дорога! Прокинься, любий мій! Прокинься, бо жити без тебе не зможу... Синочку...

Баби відтягли Раїсу, всадовили на стілець. Мамка Раїсу за плече тримає, а сама на Романа дивиться. А той стоїть — мов стовбур. Ні тобі пари з вуст, ні сльозинки. Чорний увесь! Із тіла зійшов за добу. Тільки голова геть біла стала й волосся купи не тримається. Чогось віється... Глянути збоку — кульбаба зів'яла, а не чоловік.

Мужики шепотіли, що треба вже тіло з хати виносити, а баби протестували.

— Треба Залусківського дочекатися! — шипіла Ничипориха. — Хай би батюшку привіз.

Залусківський обіцянку перевиконав. Близько одинадцятої привіз священника, двох тіток-півчих і завідувача килимівського клубу Степана з акордеоном.

— Святий чоловік! — сплеснула руками Ничипориха, а мужики зітхнули з полегшенням: мовляв, можна вже виносити? Баби головами закивали: виносьте, виносьте, бо яке ж це серце треба мати, аби Раїсині плачі витримати. Не вернути вже Сашка... Край ховати треба!

Мужики труну винесли, на підводу поклали. Таткові довірили хреста нести. За підводою — Роман із Раїсою та чоловік зо п'ять, щоби пильнувати за ними. Позаду батюшка, тітки-півчі та Степан із інструментом. Залусківський командує:

— Давай музику! До цвинтаря грай мені без передиху, а на цвинтарі батюшка службу відправить. А ти, Степане, перепочинеш.

Степан тихцем чарку хильнув, потім другу...

— Буде музика!

І як заграв! Ничипориха аж усміхнулася в долоню.

— Ой, який ловкий похорон! От і мені б такий! І батюшка... І музика... І квіти! А яке рядно на підводу гарне поклали... Це ж — просто в рай!

Раїсу за підводою тягли. Роман ледь переставляв ноги сам по собі і, здавалося, взагалі нічого не бачив. Катерина з Людкою пленталися позаду всіх і за розпорядженням Залусківського тягли важкі торби з харчами для батюшки й тіток-півчих. Ревли, аж очі попухли.

На цвинтарі батюшка відправив службу, а тітки-півчі так гарно виводили чистими голосами, що шанівці заслухалися, захрестилися. «І нині, і присно»... «Амінь»... Незчулися, як Раїса вирвалася. А її ж троє міцних чоловіків підтримували.

Татко кинувся Раїсі просто під ноги, вхопив. І якби не це, стрибнула би, бідолашна, у рівненьку одномісну яму.

— От йо... — татко перелякався. — Годі, годі вже, бабо! Не погань хлопцеві останню путь.

Мамка брови насупила: мовляв, які ж ти дурні слова знайшов, Льончику!

А Раїса на татка глянула:

— А й то! — прошепотіла. — Що ж це я?..

І знепритомніла.

Із цвинтаря шанівці поверталися групками. Мужики дмухали цигарками без фільтру, зупинялися, наливали по одній із пластикової пляшки, йшли далі. Жінки бігли попереду: треба стіл підготувати, скатертиною вкрити, тарілки позносити...

Непритомну Раїсу до села везли тією самою підводою, на якій годиною раніше лежала труна із Сашком. Роман ішов за підводою, і, хоч як Ничипориха не вмовляла його сісти, тільки хитав сивою головою: мовляв, відчепіться.

Край села татко зупинився, з подивом глянув у кінець вулиці імені Леніна.

— Дивіться... Онде люди! — і показує мужикам на двох незнайомих чоловіків. А ті на місці тупцюються, між собою про щось говорять, а поряд — валізи стоять.

— Може, жити до Шанівки приїхали, — каже Тамарчин чоловік Федір.

— Я ще такої глупоти, йо..., не чув! — каже йому татко.

А Степан із плеча акордеона зняв та аж захлинувся з радощів:

— Приїхали... Приїхали! Ну, Маруся! Тепер ти мене не зачепиш!

Мужики йому:

— Та хто такі? Що їм тут треба?

Степан аж підскакує:

— Учені люди! Мо', зі столиці... Я й сам точно не знаю. Мужики, чуєте? Зустрілися на автостанції в райцентрі, а вони кажуть: шукаємо справжню Україну. Щоб усе по-справжньому. З піснями, кіньми, хлібом-сіллю... Шукаємо традицій, обрядів... Я їх у Килимівку хтів затягнути, та вони як узнали про ваш курган... Уперлися! Кажуть, поїдемо туди, де курган...

— Археологи, — припустив Тамарчин Федір. — Копати будуть.

— Щось я лопат не бачу, — татко каже, а Степан з місця зірвався, та до людей.

— Ет, якби знати, що приїдуть! — кинув. — Могли б обряд того... поховання показати. А так — тільки поминки.

Татко на мужиків дивиться.

— Ходімо... — каже. — У нас на сьогодні плани помінятися не можуть.

Баби в Раїсиній хаті вже тарілками дзеленчали.

Розділ 3

Кандидат історичних наук Ігор Богданович Крупка вважав, що йому в житті пощастило. Батько — відомий український історик, хоча пів життя і провів у Москві, на батьківщину повернувся на початку дев'яностих старим і вшанованим, усе бився, щоби виростити на дачі манго, і, хоч склерозив, сина не забув. Допоміг. Дозволив поритися у своїх чернетках. І у двадцять вісім Ігор Крупка захистив кандидатську. На зламі тисячоліть захистив — у двотисячному.

— «Зв'язок між культурою та побутом на Придніпров'ї у догетьманські часи», — відповідав зі значенням худорлявий, як малозначущість, Ігор, коли хтось цікавився.

Від батька Ігореві дісталися не самі чернетки, але й засвоєна з дитинства аксіома: шануй свою землю, і вона тобі щастя вродить. Малий Ігор пам'ятав, як під час періоду їхнього родинного життя батько-професор повертався зі вченої ради, кидав чорний портфель у коридорі, наливав на кухні «Московську», випивав, плювався і кричав:

— Кляті москалі! Навіть горілку доводиться москальську пити! Вижити мене звідси хочуть! І виживуть колись. Бо нема в мене під ногами опори. Нема землі рідної. От і знай, Ігорю! Шануй свою землю, і вона...

— Щастя вродить, — декламувало професорське дитя, а потім наївно пропонувало: — Папа, давай поедем на родную землю.

Професор теж переходив на вживану.

— Поедем, сын! Обязательно поедем...

— Когда?

— Вот на ноги встанем и поедем...

— Так ноги только на родине крепко стоят, — нагадував малий.

Професор дратувався, зачинявся в кабінеті, а Ігор біг на вулицю. Потім — до школи, ще пізніше — на історичний, звичайно, факультет університету. І все не міг розглядіти серед друзів і знайомих «клятих москалів».

Уперше Ігор відчув себе «хохлом» після розвалу Радянського Союзу. Батька випхнули на пенсію, а завідувач кафедри порадив:

— Ехали бы вы, Крупки, в Украину.

Студент Крупка перевівся до Київського університету, пів року винаймав квартиру на Подолі, а потім викупив її за батькові гроші. А скоро батько-професор із мамою-домогосподаркою й самі до Києва перебралися. Купили квартиру на Великій Житомирській, дачу у Вишеньках. Здихалися «клятих москалів».

Батько-професор вечорами гуляв київськими вулицями, повертався і звірявся дружині:

— Да, Тася! Киеву до Москвы далеко... Размах не тот! Эх, если бы не Горбачев... Мы б с тобой сейчас в Большом театре «Аиду» слушали.

— А мне тут нравится, Богдан, — втихомирювала професорську гординю дружина-росіянка. — А как тебя уважают! Разве этого можно было ожидать в Москве?

Знала жінка чоловікову слабину.

— Это точно! А знаешь, почему меня уважают? Потому что я преподавал в Москве! Понимаешь? Чувствуешь парадокс, Тася?

На відміну від батька, Ігореві московське минуле ні допомагало, ні заважало. Для докторської професорських чернеток було замало, тож Крупка-молодший викладав у приватному інституті, підпрацьовував експертом ув антикварному салоні, звідки потроху стягав «усілякий непотріб», як пояснював хазяїнові. Отой «непотріб» і став основою колекції старожитностей Крупки-молодшого. А коли професора, крім манго на дачі, вже не цікавило нічого, Ігор спокійно перетяг до своєї оселі раритети, накопичені батьком. І зрозумів: любов до історії може зробити його багатим. Відтоді пошуки нових екземплярів для колекції стали метою, захопленням, збоченням і суттю життя худого й довгого, як голобля, Крупки-молодшого. Окуляри та виразка шлунка логічно доповнювали образ звихнутого колекціонера.

Про курган під Шанівкою Ігор Богданович Крупка почув випадково. Від розхристаного дядька на автостанції у далекому райцентрі, куди занесла Крупку ностальгія за студентською юністю. А всьому виною — Денис Актубов. Разом Київський університет закінчували. Приліз у столицю зі свого Полісся, як вовкулака. І до Крупки...

— Ігорьоха! Сурми чуєш?

— Які сурми?

— Пригод, пошуків, відкриттів!

Наче й не було десяти років після альма матер. Волосся в Актубова не порідшало, сало не висить, м'язи грають, очі блищать.

— У мене робота, потім іще одна робота, а потім... найголовніша робота, — Ігор пальці загинає.

— А в мене — джип! Місяць вільного часу, два ящики коньяку, диктофон і...

— ...і зуд у жопі! — Ігор йому.

— Точно! Сверблячка в жопі, — Денис сміється. — Поїхали, брате! Нащо нам чужі землі, ми й про свою мало знаємо.

— Докторську захищати готуєшся? — здогадався Ігор.

— Воно, воно... Селами поблукаємо, пісень назбираємо, емоцій позитивних нахапаємося, у землі поріємося...

Слово вилетіло. «Поритися — не зайве», — подумав Крупка. Перед антикварами вибачився, в інституті собі підміну знайшов і — гайда!

Того разу тільки до райцентру й доїхали. Джип зламався, Ігор застудився й засумнівався: може, дурне вигадали?

Денис три дні поїв друга горілкою з перцем, на четвертий сказав:

— Ти здоровий, не придурюйся! Поїхали! Дуже мене заінтригував той мужик, що на автостанції про курган розказував.

Джип Дениса Актубова закляк у багнюці між райцентром та Килимівкою. Чисте поле. Пів дня історики виглядали живу душу. Змерзли. Напилися. Знову змерзли, і коли Ігор забіг під деревце, щоби не сідати посеред болота з туалетним папером у руці, на дорозі з'явилася вантажівка.

Літній чолов'яга підозріло обдивився джип і запитав:

— По зерно? Нема зерна!

Із пів години Ігор просив чолов'ягу дотягнути джип до райцентру.

— Тільки соляру палити, — пручався чолов'яга.

Зійшлися на пляшці, двадцяти гривнях і каністрі солярки. Чолов'яга повеселішав:

— Можете вашого джипа на моєму дворі лишити. Жінка весь час удома. Під охороною буде. Якщо заплатите...

Денис мовчки поліз по гаманець.

— Нормально? — запитав, простягаючи п'ятдесят доларів.

— Овва! — сказав чолов'яга і знову підозріло подивився на вчених. — Грішми розкидаєтеся. Може, по зерно приїхали?

Денис розсміявся і запитав:

— Як вас... по батькові? Іванович? Петрович?

— Та якесь жидівське, — зітхнув чолов'яга. — Мануїлович.

— Чому ж жидівське, — втрутився Ігор. — Мануйло... Дуже розповсюджене колись українське ім'я.

— Е-е-е, ви не плутайте, люди добрі. Мануйло — то одне, а Мануїл інше, — розсудив чолов'яга... — А в мене у паспорті записано Мануїлович. А все та дівчина у конторі. Їй писати треба уважно, а вона хлопцям бісиків розкидає.

Денис витяг блокнот, почав записувати.

У райцентрі джип дотягли до дому Мануїловича, чолов'яга показав жінці краєчок купюри і наказав:

— Гості у нас. Люди вчені... Їдуть курган вивчати. Тож давай на стіл.

Жінка крутнулася, грюк-стук каструлями. Ігор і рук помити не встиг у мисці з холодною, як лід, водою.

Мануїлович гостей усадовив, пляшку витяг, наливає і примовляє:

— У місті — їсти нема чого. Одна хімія... А ми вас зараз нагодуємо. Ковбаса домашня, курка ще вранці бігала, яйця домашні, огірки малосольні — сам солив, картопля клята — не вродила. Та нічо'... До весни вистачить. А самогонку жінка робила. Ох, вона у мене самогонку добру жене...

Учені вже по третій прийняли під курку і домашню ковбасу, коли знадвору чують:

— Мануїлович! Мануїлович!

Чолов'яга у вікно висунувся.

— Мануїлович! Дам соляри, тільки звози мене на поле за током. Кукурудзу треба перевезти, а мій «газик» зламався.

— Не можу.

— Мануїлович...

— Люди в мене! — похвалився Мануйлович, почухав потилицю. — Добре, бери вантажівку і сам їдь. Та гляди мені!

Під вечір «учені люди» могли тільки кліпати очима та слухати оповіді Мануйловича про одну доярку, яка колись на рекорд пішла, добу доїла, вже корови від неї сахалися, а вона засинала і все руками коров'ячі дійки шукала.

— Треба їхати, — сказав Денис і захропів.

Ігор притулився до нього і за мить уже теж спав.

— Не вміють городські пити, хоч і вчені, — констатувала жінка Мануйловича, прибираючи зі столу недоїдки.

— Нічо'... Зранку — розсіл! Умиються... І буде діло, — відповів Мануйлович. — Ти, жінко, постели гостям. Хай висплються.

Мануйлович розбудив істориків, коли надворі ще темно було.

— Ану! Ось вода. Вмивайтеся. Ось розсіл! І — до столу, — скомандував.

— Я пити не буду, — гикнув Ігор.

— А який же дурень ізранку п'є? — здивувався Мануйлович. — Ізранку — яєчня зі шкварками, ковбаска, салатик.

Учені подивилися на тарелі, великі, мов тазики.

— Може, із собою? — спитав Денис.

— І з собою... Аякже ж! — запевнив Мануйлович. — Їжте вже скоріш. До Килимівки я вас довезу, а далі — самі.

У вантажівці Мануйловича тряслися мовчки. Перед Килимівкою вчені вийшли, валізи витягли.

— Мануйлович, ми вас не забудемо, — сказав Денис так душевно, що чолов'яга засіпався, потилицю почухав:

— Ану, давайте в кабіну! Біс із ним! Довезу вас до Шанівки!

— Ні, не треба, — Денис знітився. — Ви й так... Дякуємо за все. Стійте!

Денис поліз у кишеню, простягнув Мануйловичу візитку.

— Це що? — спитав чолов'яга.

— Мої телефони. Приїжджайте. Зустріну вас так, як і ви мене.

Мануйлович зовсім розім'як, візитку сховав, усміхається.

— А джипа ви мені подаруєте?

— Що?

— Так прощається, ніби більше не побачимося. А джип ваш у мене стоїть. Чи вже й забули?

— Тьху ти, чорт! — засміявся Денис. — А все ваша самогонка...

— Ото ж... — Мануйлович витер долонею носа. — Може, візьмеш свої телефони назад?

— Ні, — Денис потис Мануйловичу руку. Ігор за ним.

— Бувайте. За джипа не хвилюйтеся, — Мануйлович газонув, і вантажівка заплигала на нерівній дорозі.

Денис із Ігорем тягли до Килимівки валізи мовчки. Нарешті Денис зупинився, валізу кинув, закурив. Сів на камінь.

— Отака вона, історія... Щоразу переконуюсь: історія — це філософія. Філософія нації. Цей мужик, Мануйлович... У чому суть? У чому раціональне зерно його вчинків? У повній відсутності раціонального? Тільки тоді нам — добре!

— Про що ти? — Ігор сів поруч. — І кому «нам»?

— Усе ти розумієш, не вдавай! — роздратовано кинув Денис. — П'ятдесят доларів! Каністра солярки! Пляшка і двадцять гривень... Брате, це мізер за королівські вечерю та сніданок, чисту постіль, доставку в Килимівку й охорону джипа. Він же витратив утричі більше, ніж... заробив. Це просто нонсенс. Мені соромно, а він... Він до всього цього зобов'язаним почувався. Ти помітив?

— Я не сліпий...

— І я не сліпий, — Денис кинув недопалок. — Я часто думаю... Вони ж... Такі, як Мануйлович... Вони ж роблять щось набагато вагоміше, ніж я... Без них утрачає сенс будь-що... Ні, не будь-що — геть усе!.. Ти розумієш?

— Шануй свою землю, і вона вродить тобі щастя... — сумно сказав Ігор, і, може, вперше з часів дитинства думка ця вразила його.

— Ні, я серйозно. Не буде на землі Мануїловичів, буде дике поле, а в дикого поля нема історії. Тільки географія.

— Треба йти, — Ігор підвівся. — До Шанівки доведеться пішки пиляти, а ми ще й Килимівку не минули.

У багнюці за Килимівкою диспут учених мужів упав до рівня брутальної дійсності.

— Чорт! Нові черевики! — лаявся Денис.

— Тепер уже не нові, — усміхався Ігор, хлюпаючи в болоті. — А проклади-но сюди асфальт, проведи газ, кабельне телебачення, набудуй кінотеатрів, комп'ютерів навези, інтернет... І все! Усе пропаде. Щезне. Зникне.

— Що пропаде?

— Усе! Традиції, пісні, щиросердість, столи накриті... Нічого не залишиться.

— Залишиться... У селі люди особливі, — почав був Денис.

— Село — не люди, — відповів Ігор. — Розглядати село як скупчення людей — величезна помилка. Село — це традиції, це скарбниця нації, це продовження природного способу життя на противагу звихнутій урбанізації.

— Згоден. Як ти добре сказав: на противагу звихнутій урбанізації.

Ігор глянув на пожухлі польові квіти край дороги.

— Село повертає розуміння істинних людських цінностей. Радість простого... Оці зів'ялі квіти...

— А ця колюча стерня... А небо... А ця тиша... — Денис задер голову догори. — У мене відростають крила.

Раптом зупинився, повів носом.

— Звідки тхне? — запитав.

— Ти у коров'яче лайно вступив, — спокійно відповів Ігор.

— Розрив! Це називається технікою розриву. Ти навмисне збиваєш мене з хвилі. Я хочу влитися у цей світ. Я хочу тремтіти від захоплення й відчувати щастя бути тут, а ти... Ігорю, віднайти невідомі старі пісні — не проблема. Проблема — зробити це, відчуваючи себе частиною цих пісень, частиною кургану, людей, які навколо нього живуть.

— Вийди з лайна — і техніка розриву закінчиться, — засміявся Ігор.

— А ще друг! — Денис мотиляв ногою, але коров'ячий корж не відвалювався.

— Це просто, — сказав Ігор. — Мабуть, ти, сидячи у своєму кабінеті, намалював собі картинку під назвою «Українська глибинка», а тепер дратуєшся, бо у справжній глибинці, як виявилося, є те, чого твій олівець не відтворив. А село від того гіршим не стало. Воно таке саме ірраціональне й мудре. І в тому його грандіозність.

— Тебе послухати, то села повинні на резервації перетворитися. Ніяких доріг, ніякого телебачення, газу, електрики...

— Тебе ніхто не примушує «вливатися» в нього. Просто прийди та спостерігай.

— Чому? Бо ми теж — частина звихнутої урбанізації?

— Тебе ж дратує коров'яче лайно...

— І де тут ірраціональність?

— Якраз тут — суцільна раціональність. Лайно — органічне добриво, для землі підкормка. А був би тут асфальт?..

До Шанівки Ігор із Денисом добралися пообідь.

Стали край села, валізи важкі покидали — втомилися.

— Ігорю! Дивися... — Денис кивнув у бік шанівців, які поверталися з цвинтаря. — Може, у цьому селі свято? Наприклад, свято врожаю.

Ігор подивився на юрбу, потім на свої брудні штані й черевики:

— Я б умився, поїв...

— Оце так сюрприз! — не слухав його Денис. — Таж це наш старий знайомий...

До вчених біг завідувач килимівського клубу Степан.

Степан Леопольдович добіг до вчених, розкинув руки, серйозно так каже:

— Оце діло! Слово — як камінь! Сказали — зробили.

— Добрий день, — Ігор потис Степанові руку. — Допоможете нам?

— Які можуть бути сумніви? Допоможу, — кивнув Степан.

— Нам треба кімнату зняти для початку, — сказав Ігор.

— Буде!

— У вашому селі свято? — запитав Денис.

— Яке там свято! Похорон, — кинув Степан. — Хлопця поховали.

— Невчасно ми... — знітився Ігор.

— Ні, ні! Усі образяться... — заметушився Степан. — Ходімте.

— Куди?

— Пом'янемо хлопця, а потім знайдемо вам кімнату.

— Ні, так не можна! — розгубився Денис.

— Не можна похорону зневажати, — сказав Степан. — Що подумають батьки хлопця? А сусіди? Приїхали в село люди, а на похорон не прийшли.

— Ви не хвилюйтеся, ми підемо, — сказав Ігор. — Тільки трохи незручно... З валізами.

— Десь прилаштуємо, — вирішив Степан. — Ходімте вже. А то всі, мабуть, і до столу без нас не сідають...

Завідувач клубу легко підхопив важкі валізи вчених, побіг попереду.

— А ви за мною! — крикнув.

— Ігорю, це нонсенс. Куди ми йдемо? Ми не знаємо ні хлопця, ні його батьків... Узагалі нікого, — не міг прийти до тями Денис.

— Здається, ти хотів «улитися»...

— Передумав. Краще спостерігати.

— Ясно, що краще, тільки своїх життєвих уявлень ми тут теж нікому не нав'яжемо. Яке в нас на це право? Тим паче що це уявлення...

— ...звихнутої урбанізації. Ти це хотів сказати?.. — запитав Денис.

Поминальні столи гнулися у дворі під вишнями. Шанівці товклися поруч. Не сідали.

Баби винесли й поставили трохи збоку ще один маленький стіл — для каструль та посуду. Мамка з половником орудувала біля каструль. Наливала борщ у тарілки, а дівчата носили на столи. І Катерина між них. Тарілку на стіл поставила, обернулася: дядько Степан незнайомих людей веде.

І Людка вже під боком шепоче:

— Катька! Дядько Степан міліцію привів! Точно кажу! Ой, що буде?

Катерина Людку від столу відвела.

— Чуєш... А давай покаємося...

— Здуріла?! — Людка відсахнулася, очі — мов тарілки.

— Скажемо: «Простіть, люди добрі! Ми все тієї ночі бачили»...

— Здуріла! Чисто здуріла! І кажи, коли хочеш... Усе село на тебе плюватиме і шльондрою зватиме. А я не признаюся! Так і знай! Скажу, що не було мене там, а ти все брешеш!

— Як це — не було?..

— Не було! Не було! І скажу, що ти під комбайн до мене прибігла і казала, що... — Людка надулася. — ...що з хлопцями там... сексом займалася! Ось!

— Та це ти здуріла, підлото, — прошепотіла Катерина, а сльози вже до очей підступають.

— Хай здуріла, тільки не кажи нічого. Хіба зовсім сорому не боїшся?! Та на тебе після цього жоден хлопець не подивиться. Або навпаки... Будуть тягати по кущах, поки не здохнеш!

Катерина схлипнула.

— Не скажу.

Людка озирнулася: шанівці біля столу топчуться, перемовляються пошепки, мужики з незнайомими людьми про щось балакають, баба Ничипориха до них прилаштувалася... Ні, ніби ніхто дівчат не почув.

Людка очі примружила.

— Поклянися!

— Клянуся...

— Ні, неправильно клянешся! — капризує Людка. — Треба поклястися найбажанішим і найдорожчим!

— Клянуся синіми очима, — прошепотіла Катерина.

Людка рота роззявила.

— Ка-а-атька! То ти Сашку любила?! А чого не казала? Оце лихо! Оце лихо...

Катерина на неї:

— Не твоє діло...

І тут усі замовкли: Роман із хати вийшов.

— Не може жінка встати, — каже. — Сідайте так...

Мамка головою хитає, сльози втирає:

— Ну, як не може...

А Ничипориха сіла біля вишні, руками розвела:

— Та ні! Не можна так! Щоб мати не пом'янула сина! Не будемо ми за стіл сідати... Треба щоб Раїса була. Ми ж не напитися й наїстися зібралися... душу світлу пом'янути.

Підвелася й пішла до хати.

Із заплющеними очима Раїса лежала на ліжку, на якому ще зранку спочивав вічним сном її єдиний синочок Сашко.

Ничипориха сіла поряд, забубоніла тихо та смиренно:

— 'Би я не знала смерті, я би не зуділа тобі... А я знаю. І чоловік, царство йому небесне, помер, і дочка вдавилася, двох сиріток лишила. Оце сьогодні на цвинтарі й до них на могилки зайшла. Як чоловіка ховала — захиталася, як дочки не стало — думала: жити не зможу. А найстрашніше... воно пізніше приходить. Спати ляжу — донечка перед очима. Сльозами вмивається і каже мені гірко: «Мамо, чого ж ви мені хрестика на шию не повісили, отця-священника не покликали, душу мою не врятували...» Я їй: «Ти ж сама занапастила душу, доню. Вдавилася... Діточок кинула...» — а вона мені: «Як ховали мене, я все чисто згори бачила. Не повісили хрестика. Не покликали отця-священника». От і ти...

Раїса розплющила очі. Ничипориха перехрестилася.

— От і ти... Не про душу Сашкову думаєш — про себе, про серце своє зболіле... А то — гріх! На цвинтарі ледь труну не зламала... Добре, Льонька за ноги вхопив. А якби плигонула до ями? Ото гріх! А тепер... Пом'янути хлопця треба, все село зійшлося, а ти лежиш... А хлопець усе бачить... Дивиться з небес і плаче, бо мамця себе жаліє, а не душу синову...

Раїса сіла на ліжку — крізь бабу дивиться.

— Ходімо..

Ничипориха головою захитала.

— Зараз підемо. Голова не крутиться?

— Не крутиться...

— Ти ще молода, — Ничипориха їй. — Будуть у вас іще з Ромкою діти.

— Не будуть.

— А ти не зарікайся, — Ничипориха Раїсі.

— У мене, бабо, по-женськи геть усе чисто вирізане. Коли ото в компостну яму впала та п'ять годин у ній топилася, застудилася навіки. Один він у мене був, синочок мій золотий... — і завила.

— Це коли ти в місті два тижні була? Ой-ой! А я ж тоді грішним ділом думала, що ти на курорті вилежуєшся. А тебе, значить, порізали...

— Порізали... Оце пів жінки від мене й лишилося.

— Підемо, підемо, Раєчко. Не гніви Бога, не тривож душу синову....

Слаба Ничипориха підперла Раїсу і потягла з хати. На порозі Роман жінку підхопив, до столу довів.

Незнайомці сиділи в кінці столу, зиркали на всі боки й лякалися. Дядько Степан підвівся, чарку в руці красиво підняв:

— Упокой, Господи, душу раба Твого Олександра.

Випив, перехрестився, до борщу взявся.

— Упокой... Упокой... — зашелестіло над столом.

Мамка Катерину гукнула:

— Ану, з дівчатами тарілки позбирайте. Вимийте швидко.

— Хай дівчата збирають, а я помию, — донька їй.

— Та не барися, — мамка каже.

Шанівці борщ поїли, тихо сидять — другої страви чекають. Катерина тарілки миє, мамка в них картоплю з м'ясом накладає. І — на стіл.

Чарки підняли вдруге:

— Упокой... Олександра... Хай буде йому земля пухом.

Після картоплі з м'ясом третю налили.

— Упокой...

Ще хвилин зо п'ять посиділи, та по одному — до Романа з Раїсою.

— Хай Сашкові буде земля пухом. Хай... — І з двору. Катерина — серед них, очі долу.

— Вічна пам'ять... — І тікати.

Раїса голову опустила: от і пом'янули синочка. Тільки баби каструлі миють, недоїдки збирають. Та Роман сидить під хатою, смалить одну цигарку за одною.

Раїса підвелася. Баби каструлі покидали — та до неї. Дарина під руки Раїсу підхопила:

— Посидь, голубонько. Ми все зробимо...

Раїса подивилася на неї з подивом, прошепотіла:

— Не хочу жити...

А та їй:

— От якби ж то на все наша воля... А дев'ять днів синові справити? А сорок? А пів року, рік... Пам'ятник поставити... Уже не кидай його. Зроби все як треба, голубонько.

Після поминок дядько Степан зібрав мужиків біля постаменту. Поставив акордеон на каменюку і представив товариству вчених.

— Оце — люди! Вчені! Приїхали до Шанівки пісні збирати та у кургані копатися.

— Ігор, Денис, — відрекомендувалися вчені.

Татко гикнув:

— Таж теє... ти, Степане, у нас щодо пісень головний спеціаліст.

Степан розцвів.

— Аби не похорон, я б заспівав...

Тамарчин Федько втрутився:

— А пішли за комбайн... І бабів гукніть. Ничипориха так виводе, аж серце розривається.

Ігор Крупка окуляри поправив:

— Може, завтра? Незручно... У людей горе, а ми...

— Не ви, а ми, — виметикував Федір. — Може, у вас часу й досить, а мені завтра кукурудзу лущити. А сьогодні все одно день пропав.

— Ми спочатку хотіли кімнату знайти, — нагадав Степанові Денис.

— А йдіть до Ничипорихи, — придумав Федір.

— Може, в неї запитаємо? — запропонував Ігор.

— А що її питати? — здивувався татко.
— Ні, ми так не можемо, — підтримав друга Денис.
— Не можете? От чудасія! — ще більше здивувався татко. — То вибирайте собі покинутий дім. Он їх скільки... Живіть... хоч завжди.

Мамка йшла вулицею за Ничипорихою — аж гнулася від каструль, повних недоїдків.
— Свиням однаково, — бубоніла баба. — Їм — хоч кожен день похорон... Аби їсти.
— Ничипорихо, я у вас усе лишу. Каструлі потім заберу, — мамка їй.
— Куди це ти так поспішаєш?
— Та, бачу, Льонька мій із мужиками кудись намітив, — мамка каже. — Ще нап'ється, зараза.

Поки до свиней Ничипоришиних дійшли, поки з каструль у корито покидали, мамка на вулицю вийшла — нема нікого! А баба слідом.
— Та де їм бути? Мабуть, за комбайном горілку допивають.

***

Степан накинув ремені акордеона на плечі...
— Українська народна пісня «Гандзя», — прошепотів урочисто.
Денис кашлянув.
— Вибачте... Ми... Розумієте, ми шукаємо старі пісні. Такі, яких, може, тільки у Шанівці співають...
Товариство задумалося.
— «Горіла сосна», «Ой на горі два дубки», «Їхав козак за Дунай»... — посипалося.
— Знаємо, знаємо, — розгублено усміхався Денис. — Ці пісні всі знають...
Аж чують — хтось із-за комбайну:

*— Через село гусак летів,
А мене кожен хлопець хтів.
Через село на долину,
Пусти, мамо, бо я згину...*

Денис підскочив.

— Хто це? Де? Я цього ще не чув.

Татко усміхнувся:

— То жінка моя! Дарина...

І гукає:

— Виходь, жінко! Та не бійся, я горілку не п'ю. Онде людям допомагаємо... Вони пісні шукають.

Мамка підійшла.

— І чого у траві сидіти?

— Нам би кімнату найняти, — Ігор окуляри поправив, на мамку дивиться.

— А що, Льончику, хай люди в нас поживуть? — мамка каже.

— Так теє... — татко, а Ігор поспіхом:

— Ми заплатимо.

— Оце діло, — татко каже. — Тоді ходімо до нас. А завтра почнете шанівців випитувати.

Татко ніс валізи, а мамка гостям хвалилася:

— А наша донька, Катруся... То вона перший рядок пісні проспіває, а до нього потім свої слова чіпляє. Так воно чудно виходить. Поетеса мала.

— Ти ж казала, лікаркою буде, — буркнув татко.

Шанівці порозходилися, Раїса впала на Сашкове ліжко та безперервно тихо вила. Роман усе сидів біля хати. Перед очима — чорне провалля льоху, на дні його — Сашко... Напівголий, між ногами кривава мішанина, в одній руці шматок скла, у другій — зібганий папірець...

Роман дістав із кишені той папірець, розгорнув. Почав читати.

— Де ж він цю гидоту взяв?! — прошепотів уражено. Дивиться — за папірець пасмо волосся русявого вчепилося.

— Ні, — мов ошаленів. — Бути не може. Не може...

Запхнув папірець назад у кишеню, долонями лице закрив.

— Романе, — чує. — Я тут подумав...

Підняв голову — Залусківський стоїть.

— Вип'ємо? — Роман питає.

— Давай.

Роман приніс пляшку, дві стопки.

— Хай земля буде пухом, — Залусківський перехрестився.

— Спасибі тобі... — Роман каже.

— Та ти що!

— Льонька казав, ти дощок дав.

— Та хіба тільки дощок?! — Залусківський витер губи рукавом. — І хіба я один? Усе село... Я тут подумав...

— Спасибі тобі. Ніколи не забуду, — Роман говорив і хмелів. — Жінка он виє, а я — не можу! І хотів би... А щось воно здавило всередині... І все. Наче вікна хто камінням закидав. Дихати не можу...

— Е-е-е, то не діло, — веде своєї Залусківський. — Я тут подумав... Отак сидіти будеш — пропадеш. Іди, мабуть, далі копу стерегти.

— Нащо мені тепер? — Роман до нього тоскно посміхається. — Я хотів трактора в тебе взяти, поле засіяти. Із Сашком... А тепер...

— Та що ж тепер — твоєму полю довіку бур'янами цвісти?

— Е-е-е, не гризи душу! Потім засію... На той рік.

— Мені душа болить. Твоє поле з моїм межує. На моєму пшениця, на твоєму — хащі.

— Не тре' мені того поля.

— То продай.

— Не продам. Хай стоїть. Може, засію на той рік.

Роман ізнову налив. Випили.

— Ішов би на копу, — все про одне Залусківський. — Без роботи — біда. Однаково гроші заробляти треба.

— От далася тобі та копа! — шепоче Роман. — Не піду. Інших шукай...

Катерина з Людкою після поминок, як перелякані курчата, на лавці біля Людчиного дому причаїлися.

— Отут посидимо й подивимося, до кого дядько Степан міліціонерів поведе, — розсудила Людка.

А дядько Степан ніби навмисне: то в один бік із незнайомцями, то в інший. Аж дивляться дівчата: нема вже дядька Степана, а незнайомі люди йдуть до Катерининої хати. З мамкою і татком.

— По тебе, — видихнула Людка.

— А навіщо татко валізи їхні тягне? — Катерина зовсім розгубилася.

Мамка Катерину помітила.

— Доню, а ходи до мене. Гості в нас.

Катерина до Людки обернулася.

— Гості! Ясно? А ти, дурна, «міліція», «міліція»...

Іще ніколи не було в домі Романа та Раїси такої жахливої ночі, як перша ніч після похорону сина.

Роман і не помітив, як пішов роздратований Залусківський. Допалив останню цигарку. Допив пляшку з горла — і протверезів раптом. А в очах — темне провалля...

Схаменувся від тиші. «Раїса вити перестала», — здогадався. Підвівся. Що там із нею? У хату ступив... Сидить жінка на підлозі, речі Сашкові перед собою виклала, складає все — одне до одного.

Зітхнув — мов серце вирвав. Сів поряд, обійняв.

— Що ти робиш?

— Синочку понесу завтра...

— Не тре' йому вже цього.

— Ще й як знадобиться, — Раїса шепоче.

— Лягай поспи... Звалишся, що буде?

— Однаково, — каже.

— А де корова наша? — Роман питає.

— У Ничипорихи.

— Я, мабуть, завтра на копу піду, — Роман їй. — А ти корову додому пришени.

— Як тобі корови треба, то й пришени, — Раїса каже. — А мені нема коли. Я до Сашки зранку. Дитина чекатиме, а я коровами займатися буду. Таке дурне бовкнув...

Наскладала купу, в хустини позв'язувала. Не вгамується. Пішла на кухню. Роман за нею.

— Чи їсти хочеш?

— Сашкові зберу.

— Ну, збирай, — сів біля столу.

Упоралася, торби в руки вхопила — і до дверей.

— Піду я...

— Та стій, Рая... Ніч надворі... Сама ж казала — ранком підеш. І я піду. Разом підемо. Куди ти? — Роман жінку за руку вхопив.

— Ой, не втримуй мене, Ромка! Дитина чекає, а ти за руки хапаєш.

Він міцніше вхопив.

— Не пущу!

Раїса торби кинула та — на Романа. Вчепилася чимдуж.

— Пусти мене до дитини, Романе! Пусти мене до дитини! Пусти... — захлинається.

— Рая, схаменися, — просить і не відпускає. — Хоч души мене, хоч ріж... Хлопця не вернемо.

А вона своєї:

— Пусти мене до дитини...

До ранку вже недалеко було, коли жінка зовсім знесиліла. На підлогу впала біля торб. Лежить... Очі розплющені, дивиться кудись, дихає, а Роман дивиться на неї — мертва... Геть мертва!

— Ти тут полеж трохи, а я піду, — каже, а чорне провалля стоїть перед очима. — Справа в мене є. Скоро повернуся.

Кинув жінку в хаті, вийшов надвір.

Ніч — як ворота в безодню. Жодного вогника, ніби й немає зовсім ніякої Шанівки, а тільки чорне безкрає марево.

До великого покинутого будинку навпомацки йшов. За собою каністру тягнув.

У кімнаті без даху запалив обгорілу свічку, сів на підлогу й довго дивився у чорне провалля, з якого витяг холодне тіло Сашка.

— Що ж тут було?.. Що ж тут було, сину... — шепотів.

Потім відкрив каністру і вилив бензин просто в льох. Сірника кинув.

— Згоріть же ви у пеклі всі, хто мого сина занапастив, — прошепотів затято.

І пішов геть. Ніч пручалася, темрявою кидалася, та за Романовою спиною дедалі сильніше палав великий покинутий будинок. Тріщав од жару, сипав іскрами і скоро перетворився на велетенське вогнище.

Були б люди поряд — задивилися б.

Катерина аж ротик привідкрила від захоплення — так цікаво оповідали чужі люди. Про древнє поховання, що неодмінно має бути під курганом, про історію краю, яка лишається у піснях. Мамка вечерю готувала, а татко з Катериною «городських» слухали.

— Ви будете курган розкопувати? — запитала дівчина.
Гості перезирнулися.

— Ну, взагалі, на розкопки дозвіл треба... Ми спробуємо тільки зрозуміти, що в кургані може бути, — уникнув прямої відповіді Ігор.

А татко — тямущий, його не проведеш.

— А яким інструментом розуміти будете? Лопатами? — каже.

— А чого питаєте? — Ігор йому.

— Так, думаю, мужиків би вам привести... З лопатами. Як заплатите, вони вам той курган хоч знесуть, хоч на інше місце переставлять.

Учені пожвавішали.

— Обов'язково заплатимо! Обов'язково! — наввипередки.

— А по скіко? — ох і діловий татко. — По десять гривнів заплатите?

— По двадцять! — Денис каже.

Татко руки потер:

— Хоч зараз піду копати! — каже. — І жінка піде. І донька... нащо нам мужиків гукати? Правильно я кажу?

Мамка з кухні визирнула.

— От якби копати години з десятої, — просить. — Ми б ранком усе по господарству встигли зробити.

— Ми не проти, — Ігор каже. — Хоч відіспимося тут у вас на природі.

По руках ударили. Мамка сяє.

— До столу, до столу... На поминках — яка радість? Щось перехопили — і з двору. А ми вас зараз почастуємо.

— А... — Ігор розгублено.

— Умитися? — мамка здогадалася. — То я вже й води нагріла. Зараз ми з кухні вийдемо, таз із гарячою водою вам лишимо... Рушничок чистий. Мийтеся.

Ігор озирнув маленьку, метрів із десять, кухню.

— А де ж тут...
— Зараз, зараз! — мамка йому.
Стола відсунула до стіни, табуретку — посеред кухні, на неї — таз.
— Прошу...
— А туалет? — подав голос Денис.
— За хатою, — татко каже. — Гайда покажу...
Учені похнюпилися, але за татком рушили.

Катерина з татком і мамкою сиділи у кімнаті на дивані. Чекали, поки гості вмиються.

На кухні Ігор і Денис розгублено дивилися на таз із гарячою водою.
— Я думав, у них є ванна, — прошепотів Денис.
— А я думав, нам хоч два тази з водою наллють, — відшепотів Ігор.
— Здається, щедро тут наливають тільки горілку, — спробував пошуткувати Денис.
— Ти краще придумай, як нам удвох у одному тазу помитися, — сказав Ігор.
— Помитися? — хмикнув Денис. — Ще скажи — душ прийняти!

Ігор озирнувся навкруги. Поліз до мисок на полиці.
— Я собі в миску віділлю трохи води і хоч обличчя вмию, — заходився.

А у вітальні татко дратувався.
— Що вони так довго роблять?
— Та не кипи, Льончик, — мамка йому. — Бач, гості вигідні... Заробимо трохи.
— Стільки бовкаються, що вже, мабуть, вечеря прохолола, — татко бурчить.
— Підігрію, Льончику, — мамка сміється. — Тобі б оце тільки їсти.

***

Ігор із Денисом одна назва, що помилися. В очі побризкали, по шиях мокрими долонями поляпали. Готово!

— І добре! — мамка їм. Таз ухопила, надвір вискочила. Денис руками розвів.

— Не встигаю я за вашою Дариною, Льоня! Хотів допомогти, а вона вже... — каже.

— Не чоловіча то справа — тази носити, — татко йому. — Сідайте до столу, повечеряємо.

І ставить на стіл пляшку.

Мамка в хату вскочила, на пляшку зиркнула. Промовчала.

І вчені пручаються:

— Не треба пити...

Денис навіть таємницю відкрив:

— Ми в райцентрі джипа лишили, а в ньому два ящики коньяку. Зумисне лишили, — бреше, бо не казати ж, що на горбі нести не хотілося. — Ми приїхали село досліджувати, а не пити. До того ж на поминках...

— Е-е-е, хлопці, тут ваша неправда, — татко їм. — Де ви таке в Україні бачили, щоб гості в хату, а хазяї пляшку не виставили? От ви Україну досліджуєте — то скажіть: є в Україні таке місце, де від гостей пляшки ховають?

Учені плечима знизали.

— Хіба по одній? — кажуть.

— По одній, по одній, дві за раз не наллю, — татко каже і вже наливає.

Пляшку справно прикінчили. Ще до того, як тарілки спорожніли. Спочатку Сашка пом'янули, потім за українську науку випили, третю — гості наполягли — за жінок. Потім — за хазяїв, потім...

— Давайте вип'ємо за Шанівку вашу чудесну, — підхопився Денис.

— Зара... — татко каже і нову пляшку дістає.

Гості захміліли і вже не просили хазяїв пісень співати. Денис одне зумів вимовити:

— А... де...

— ...спати будете? — здогадалася мамка. — Уже постелила. У вітальні на ліжку.

Гості попадали, а татко з мамкою надвір вийшли. І Катерина за ними.

— От ці городські, зовсім пити не вміють, — сказав татко і задимів цигаркою.

— Слабі, — погодилася мамка. — А як нам, Льончику, краще завтрашній день розпланувати?

— Поки проспляться, худобі дамо, корову подоїш. Я збігаю до Залусківського, відпрошуся, бо казав, щоб я кролями його зайнявся: тре' йому забити голів двадцять. На базар хтів везти. Катерина гостям сніданок організує. А потім лопати в руки — та на курган, — татко командує.

— Мо', я до школи? — Катерина питає.

— Яка там школа, — татко буркнув. — Цить мені з твоєю школою. Аби бігати сюди-туди, а потім дурного ліфчика просити. Ото й зароби на свій ліфчик.

— Ой, Льончику, ще наробиться дитина, — мамка зітхає.

— Ти мені, жінко, дурного не мели! — татко їй. — Чи хочеш, щоб воно ледачим виросло?!

— Таж мала ще... — мамка.

— Як ліфчики дурні, то й не мала, а як працювати — мала? — татко злиться.

— Та годі вже, — мамка й собі пихає. — Ходімте краще спати!

— А де ви ляжете? — Катерина очима кліпає. — На вашому ж ліжку гості хропака задають.

— Підемо на солому в сарай, — мамка каже. — А ти тихесенько до своєї кімнатки йди.

— Мамо... Холодно вже. Та й сором, — Катерина їй. — Гості проснуться, запитають: а де, дівчино, твої батьки? І що мені казати? Що ви в соломі?

— А ти, доню, скажи... Мовляв, на дачі батьки ночують. Урожай стережуть, — мамка сміється.

— На якій іще дачі? — Катерина й собі сміється. — Де це в Шанівці дачі об'явилися... І з поля вже зібрали все чисто.

— А їм звідки знати? — мамка роз'яснює. — Вони ж городські...

Зранку Катерина тричі чайник на вогонь ставила. Усе хотілося їй одразу гостей гарячим чаєм пригостити. А вони знай собі сопуть.

— І коли вони працюють? — не розуміла.

Татко з мамкою ще вдосвіта розбіглися, сама Катерина вже й води від криниці наносила, худобі дала, сніданок організувала. Навіть останні новини від Людки дізналася.

Біля криниці й зустрілися.

— Катька, то що за люди у вас? — питає Людка, і очі горять.

— Учені з міста. Пісні записують, у кургані ритися будуть.

— Пісні? — Людка аж підскочила. — То я прийду до вас? Можна? Я багато пісень знаю. У Миколи стільки касет накупила... Цілу торбу! І Руслана, і Білічка, і Могилевська. І Орбакайте, і ця... як її... Маша Распутіна.

— Вони старі народні пісні записують, — Катерина каже.

— Да? — Людка задумалася. — Ну, нічо'. Однаково прийду, бо ж так цікаво, аж дрижаки під колінками.

— Приходь, — Катерина їй. — А до школи не підеш?

— Не піду. Маманю понесло за село до покинутих будинків, веліла мені в хаті прибрати.

— До покинутих будинків? — Катерина питає. — А чого це?

— А ти не чула? — Людка їй. — Таж уночі дядько Роман великий будинок геть чисто спалив. Навіть Залусківський перехрестився, що вітру не було. Каже, був би вітер, спалило б Шанівку.

Людка озирнулася.

— Ти ж нікому?..

— Ні, — Катерина їй.

— І добре. Піду я, а ввечері припрусся до вас, — Людка підхопила повне відро, потягла до хати.

Катерина сиділа на кухні в кутку, спостерігала, як гості снідають.

«І що вони оце довбають ту яєшню пів години?! — не розуміла. — Ще й ножа якогось біса їм треба... Мало того, що проспали майже до обіду, тепер до вечора снідати будуть. Коли ж ми до того кургану дійдемо?!»

Ігор доїв, чашку з чаєм підсунув до себе.

— Ну, як тобі тут живеться, Катерино?

— Добре живеться, — каже Катерина з осторогою.

— А ви мух із кухні не виганяєте?

— Адже ж осінь, — Катерина всміхається.

— То й що? Ви їх перезимувати пустили?

— Восени мухи завжди злі. Та ви сидіть, я зараз їх рушником... — підхопилася.

— Не треба, — Денис каже. — А скажи... Ванни тільки у вас нема чи у всіх шанівців?

— А нащо ванна? — Катерина питає.

— Помитися, — Денис із іронією.

— Щоб помитися, води треба, а не ванни, — Катерина йому, а Ігор у сміх:

— Знову «техніка розриву»? — питає.

— Та зачекай, — Денис аж почервонів. — Ну, а туалет... От буде зима... І ти будеш надвір бігати? Змерзнеш.

— На ніч мамка відро в хату внесе, а вдень — не холодно.

— Добре. А телевізор? Є у вас телевізор?

— Чого ж, був, — Катерина каже. — Тільки зламався.

— І ви не знаєте, що в країні відбувається. Так?

— А онде радіо, — Катерина знов осміхнулася — такими чудними гості їй здавалися. — А ще минулого року мені один татків знайомий плеєра подарував. Тільки... він теж зламався. Тепер до Людки бігаю пісні слухати. Мені Ірина Білик дуже подобається.

— Краще сама заспівай пісню якусь. Твоя мама казала, що ти до пісень свої слова придумуєш, — Денис просить.

— Та я так зразу й не можу, — почервоніла Катерина.

— А давай я рядочок скажу, а ти продовжиш...

А тут саме мамка з двору зайшла, бо вже все переробила, а чекати несила. Стала тихо у коридорі. «Ану, — думає, — послухаю, як донька гостей уразить».

Денис мить подумав.

— *Ой на горі два дубки...*

Катерина голову опустила й шепоче:

>...Люблять Катю парубки,
>А Катрусі то не треба,
>Заховай мя, люба нене.

Мамка брови звела, руку до грудей приклала. «Оце такої!» — вразилася.

Денис розсміявся.

— Дуже добре! Тільки чого ж таке сумне вигадуєш, Катрусю? А давай іще! *Горіла сосна, палала...*

>...Мого коханого пекла.
>А я коханого знайду
>По тому адському вогню.

Мамка зовсім розгубилася. До кухні заглядає тихенько. Стоїть Катерина посеред кухні, очі долу — і співає.

— Стоп! Стоп! — Денис просить. — Мені записати треба. Хто б міг подумати?! Це ж зовсім новий пласт народної творчості. Як думаєш, Ігорю?

— Цікаво... От ніби що на серці, те й на вустах. Чуєш, Катю! А як би ти продовжила... *Била мене мати березовим прутом...*

— Ні, такої не можу, — Катерина каже.

— І чому?

— Бо мене матуся ніколи не била, — сміється.

— Ну, тоді... *Ой у вишневому садочку, там соловейко щебетав...* — захопився Денис.

Мамка — до кухні:

— Смачного, гості дорогі. А до кургану ми сьогодні не підемо?

— Підемо, підемо, — Ігор першим підхопився.

На ранок після похорону Роман із Раїсою довго сиділи на цвинтарі. Мовчали. Раїса обклала свіжу могилку пиріжками, котлетами, ніжками курячими, помідорами, огірками.

— Потім поїси, синочку, — прошепотіла.

— Людям сміх, — Роман вимовив. — Зробила з могили якийсь натюрморт. Бомжі будуть по могилі скакати з радощів, що їсти мають.

— Де тут бомжі?

— Як не бомжі, то собаки розтягнуть. Збери все докупи, поклади красиво на рушник...

Ледь умовив. Раїса все на рушник склала й питає:

— А нащо ти, Ромку, будинок спалив?

Роман голову опустив і зубами скрегоче:

— А я кожного спалю, хто мою дитину занапастив. Знайду і живцем спалю.

Раїсі — ніби ляпаса хтось дав. Схаменулася. Ожила. Перелякалася.

— Боронь Боже! Боронь Боже, Ромчику! Синочка все одно не вернемо...

— Та щось же його змусило таке паскудство собі зробити?! — Роман уперше заговорив про причину загибелі сина. — Я все одно взнаю правду.

— Ой, як боюся я тієї правди, Ромчику! — прошепотіла Раїса.

— Гірше вже нема куди, — відповів Роман.

Раїса лишилася біля синової могили, а Роман пішов дорогою на курган.

— Краще буду копу Залусківського стерегти, — пояснив жінці. — Бо звихнуся.

Курган і велика копа Залусківського вже виднілися, коли Роман побачив на дорозі купку людей.

— Точно, чужі курви мойому горю радуються!.. — і очі шалені.

Гілляку товсту із землі підібрав, у другу руку каменюку — і пішов на таран... Ближче, ближче...

— Тьху, трясця твоїй матері! — каменем об землю.

Мамка з татком Романа ще здалеку побачили. І Катерина побачила. А зупинилися, бо вчені втомилися — перепочинку попросили.

Татко до Романа ступив, руку простягнув:

— Привіт, Ромка.

— Привіт, — голови не підіймає.

— А ти чого тут? — татко йому.

— На копу йду, — сказав і пішов.

А Катерина з-за мамчиної руки на нього дивиться. Очі плачуть. Так би й рвонула. Притислася б, слова б ніжні говорила і все просилася би, щоб із собою взяв...

Мамка доньку обійняла. Сама ледве втримується.
— Зовсім горе чоловіка з розуму зводить, — каже.
І вченим:
— Ходімо, ходімо... Бо ж і часу не лишиться.
Копали дивно. Не так, як от картоплю на городі. Ігор оббігав курган, щось покумекав і наказав потроху копати в одному місці. До вечора з'явився рівний рівчачок, що вів у серце кургану. Через кожні пів години вчені копачів зупиняли:
— Перепочиньте, а ми глянемо.
— І що вони там дивляться? — казав татко.
— Та ти радій, — мамка йому. — Бо я думала, добряче копати будемо, а ми тюкаємо лопатами, мов ті хворі. Я й не втомилася зовсім.
...Увечері йшли до Шанівки. Учені несли в хустині дрібні залізячки й раділи, як діти.
— Це фантастично! — вихоплювалося в Дениса.
— Я навіть боюся подумати, що ще ми можемо знайти, — Ігор йому.
А Катерина все оберталася.
— Шию скрутиш! — сказав татко. — Краще заспівай, чи що?
Катерина чогось усміхнулася — та як загорланить:

> — Не сідай коло мене,
> Скажуть люди — люблю тебе.
> А я роду не такого,
> Щоб любити будь-якого!

Людці — дякувати. Прискакала ввечері. Нові черевики начистила, заколок у руде волосся наштрикала.
— Можна, я пісень послухаю?!
Учені кивають. Їм що? Чим більше людей, тим більша ймовірність рідкісне відшукати.
Катерина сіла у кутку — геть кам'яна, а всередині труситься вся. «Скоріше б ніч! Скоріше б ніч! — одне в го-

лові. — Побіжу до копи. На коліна впаду, доповзу до нього, скажу — хоч убийте мене, а я лишуся!»

А вечір — тягнеться і тягнеться. Ничипориха бабів привела. Мужики припленталися. Як заспівали — аж дзвенить. Наче сам Господь підспівує.

Потім татко пляшку витяг, а Федька Тамарчин по ковбасу додому збігав. Пляшку прикінчили та ще краще заспівали.

> Гоп, чук по вечері —
> Зачиняйте, діти, двері,
> А ти, стара, не журись
> Та до мене пригорнись.
>
> Сип борщ, кидай кашу,
> Люблю, діти, матір вашу.
> Не так матір, як дочку,
> Бо хороша на личку.

Катерина як почула — до своєї кімнати суне. А мамка:
— Куди це ти?
— Та голова болить, — Катерина бреше. — Полежу трохи.
— Ну, йди, доню, — мамка з тривогою.
Аж раптом Ничипориха пісню на півслові зупинила і зойкнула:
— Гой! Чия то корова реве?
— Твоя і реве, — сказав татко.
— От біда! Тре' додому, — схаменулася Ничипориха. До всіх: — Ану, гайда, гайда... Не останній день живемо. Ще поспіваємо.

Шанівці розійшлися, гості полягали, мамка з татком на солому подалися, а Катерина на постіль сіла і так просиділа, доки всі не позасинали.

Рожеве пальто в целофані лежало біля ліжка. Катерина пальто вдягнула, гумові чоботи в руки взяла. Навшпиньки — з дому.

Прислухалася. Тихо на соломі, сплять мамка з татком. І — до кургану.

Півдороги бігла. Чоботи гумові у руках. Зупинилася.

— От я дурна!

Чоботи взула. Озирнулася. Ніч — як чорнило.

— Нічо', нічо'... — прошепотіла і, хоч упала душа, пішла далі. Не бігла вже.

Чим до копи ближче, тим тихіше йшла. Мовби за ноги хтось хапав: утримати хотів. Дійшла, вдивляється — нічогісінько не видко.

Набрала повітря у груди, видихнула тихо:

— Дядьку Романе...

Від копи — шурхіт.

Катерина очі витріщила — хоч би щось побачити! А раптом — чуже, зле...

Перелякалася — та ще тихіше:

— Дядьку Романе...

— А-а-а, це ти, — почула.

Ніби дядька Романа голос, а чужим здавався. Голову опустила. «Уже не Русалонька я». І всі чисто слова забула, що сказати хотіла.

Роман підійшов ближче.

— Чого прийшла? — мов ляснув.

— Піду...

Обернулася, бреде від копи.

Роман смикнувся, за руку вхопив.

— Та ні вже, стій!

— Піду я...

— Не підеш, — сичить. — Є в мене до тебе розмова, Русалонько!

І з такою ненавистю сказав він те «Русалонько», що Катерині сльози в очі:

— Та ніяка я вже не Русалонька! — каже. — Хоч вирвіть мені ту косу, бо не хочу, щоб іще хтось мене так звав.

Роман під копу завалився, Катерину за руку — сідай! Сіла, тремтить.

— Чого вам?

Роман пальці зчепив. Мовчить. І вона — ні слова. Аж він:

— Ти... була там?

— Де? — цокотить зубами зі страху.

— Там, де Сашка знайшли...

— Була колись раніше...

— Тієї ночі була? — аж булькотить гнів у горлі.

— Ні...

— Брешеш... — і пасмо русяве з кишені дістає. — Твоє? Твоє...

Катерина в ноги Романові ткнулася, рученятами обхопила:

— Усе чисто розкажу. Усе чисто, тільки не женіть мене від себе. Не женіть, бо... який там місяць — і тижня не протримаюся!.. Щодня хочеться мамку на кухню покликати, зачинитися там, щоб татко не чув, і сказати їй: «Мамцю, я дядька Романа люблю. І він мене любить». Чи вже не любите?

Роман закрив лице руками, заскреготів зубами.

— Що ж це воно! Що ж це...

Катерина голову до його колін притисла.

— Усі ці дні... Усі дні... Оце тільки б обняти вас і жаліти. Щоб хоч поплакали...

Роман наче схаменувся. Катерину підняв:

— Розказуй...

— Сорому боялася. Боялася, як узнаєте, розлюбите...

— Та кажи ж!

— Сергій із Сашкою усе грозилися нам із Людкою сюрприз зробити. А який сюрприз — не казали. Ми й не знали нічого. Хлопці сказали, щоб ми у п'ятницю вночі до великого будинку прийшли... Ми зайшли, а вони сидять, простинями понакривалися. Нас побачили, простині повідкидали, а там... Вони голі були. Ми перелякалися і втекли.

— І все? — Роман запитав — і раптом страшне відчув: на душі легше стало. Перелякався.

— Клянуся, клянуся, — шепотіла Катерина. — Як не вірите, в Людки спитайте чи в Сергія... Брехала, бо сорому боялася. А зараз — усе розказала. Не вірите?

— Вірю, — видихнув. Притис дівча до себе.

Вона тремтіла і шепотіла:

— А у вас дрижаки... Змерзли.

— Зовсім не змерз... Зовсім...

— Я зараз побіжу, а завтра вночі прийду. Можна?

— Можна, можна...

— І голос у вас хрипить. Точно змерзли.

Глянула йому в очі.

— Поцілуєте мене?

— Поцілую...

Долонями обличчя її торкнувся, в голові запаморочилося. А Катерина пригортається:

— А можна, я сама?

— Можна, Русалонько...

Вона щоки неголені цілує та примовляє:

— Оце мені таке щастя... таке щастя...

Схаменулася, як чорнило ночі геть вицвіло.

— Ой, боже ж! А як мамка прокинулася?

Роман личко поцілував і прошепотів:

— Одна ти в мене залишилася, Русалонько, на всьому білому світі.

— Чи, думаєте, покину вас? — як у гарячці.

— Біжи, Русалонько.

— Я скоро повернуся. День тепер короткий. — І побігла.

До Шанівки добралася, коли небо сірим стало. Хотіла в хату шмигнути, а потім придумала. До сараю підійшла.

— Мамо, татку! Ви ще спите? Не померзли?

Мамка одразу прокинулася.

— Доню, ти вже встала?

— Чо'сь встала, а тепер би ще поспала.

Татко ворухнувся.

— А може, людей побудимо, бо знову спати будуть до обіду?

Учені люди очі продерли, побігли вдвох до туалету за хатою. Про щось там побалакали тихцем, повернулися, Ігор каже:

— Сьогодні копати не треба. Ми підемо самі, будемо розбирати той ґрунт, що вчора з кургану відкинули.

— Плакали наші грошики, — зітхнув татко.

Ігор усміхнувся, наче вибачився:

— Та ні. Ми однаково будемо по шістдесят гривень на добу платити. Ви ж нас годуєте, спати гарно вкладаєте. Зараз і заплачу́ за два дні. А потім іще.

Татко в долоні — лясь!

— Оце діло! Ну, як не треба сьогодні копати, то ми своїми справами займемося. Добре?

— Добре, — вчені кивають.

Поснідали і мерщій до кургану.

— От і біжи до своєї школи, поки час є, — татко Катерині каже.

Довелося йти. Та й Людка вже під хвірткою стояла.

Учені тягли лопати, в кожного сумка через плече.

Денис зупинився, кинув сумку на землю, гукнув спересердя:

— І навіщо ти селян відмовив? Самому копати хочеться?

Ігор теж зупинився, глянув на друга:

— Ну як ти не розумієш?! Навіщо нам зайві свідки?

— Ігорю, невже ти думаєш, вони уявляють цінність того, що ми знайшли? Ти подивися на них... Примітивні... Примітивні, як таз із водою...

— Брате, нам іще пару днів треба, щоб зрозуміти цінність кургану, і ми все зробимо самі, без свідків, — Ігор йому.

— Чому? Скучив за радістю фізичної праці?

— Облиш. Щоб цілком перекопати цей курган, треба більше людей, техніки... Нормальні умови... Я не можу жити так, як ці аборигени.

— Здається, ще на шляху до аборигенів ти звав їх скарбом нації і радів із відсутності асфальту.

— Я й зараз так вважаю. Був би тут асфальт, ти б стількох пісень не знайшов. А від кургану взагалі б нічого не лишилося. Досить дискусій. До нашої справи це не має жодного відношення. Треба повернутися й ретельніше підготуватися, а то... підхопилися, коньяк у джип закинули і вперед. Так справи не робляться.

— А як вони робляться?

— Приїдемо пізніше. За зиму курган ніхто й не торкне, а ранньою весною ми повернемося.

— Друже, а що зміниться? Може, думаєш, тут побудують готель із номерами люкс і гарячою водою, що буде литися у ванни? Копати курган треба зараз, поки про нього ще ніхто не почув. Я заради того, що ми вже знайшли, готовий витерпіти не тільки туалет надворі, але й необхідність спати разом із тобою на одному ліжку.

— Не зрозумів? Що значить — *ми* знайшли? Ми про інше домовлялися... Ти свої пісні збираєш, а мені курган цікавий. Я ж на твої пісні не зазіхаю...

— Можу віддати половину.

— Не треба, — Ігор насупився.

— А ти мені — половину того, що ми викопали...

— Денисе...

— Ігорю... Це було б чесно.

— Ні, не чесно...

— Чекай... Цей похід... Це взагалі була моя ідея. Я міг без тебе тут і пісень назбирати, і в кургані поритися.

— То, може, тобі все віддати за твою ідею?!

Крупку-молодшого аж перекосило від люті. Він недобре зиркнув на друга, пішов до кургану.

— Добре, потім поговоримо, — наздогнав його Денис, закрокував поряд.

— Ми ні про що не будемо говорити, — відрубав Ігор.

— Та добре, добре, — погодився Денис, але під курганом сів розбирати ґрунт не коло Ігоря, а на віддалі.

— Це буде справедливо, — сказав. — Що знайду, те й моє...

Ігор глянув на друга холодно:

— Ну, дивись...

Біля кургану до вчених підійшов зболілий Роман.

— Кажіть, що робити. Усе одно нудьгую біля копи.

— А скільки... — для годиться спитав Ігор.

— Та ніскільки. У роботі краще... — відповів Роман і взявся за лопату.

Раїса метушилася на кухні. Каструлі дзвенять, дрова у печі потріскують. Тамарка ступила на поріг — очам не повірила: Раїса в чорній хустині пече пироги з таким натхненням, ніби з хвилини на хвилину дорогих гостей чекає.

— І з вишеньками... І з вишеньками, — бурмоче під ніс.

Тамарка кашлянула.

— Рая...

Та обернулася.

— Чого тобі? Бач, зайнята я.

— Куди це ти стільки? — Тамарка питає.

— Таж синочкові... Нащо йому вчорашнє їсти. У нього мати є. Свіженького наготує...

Зупинилася, дивиться на Тамарку.

— Тобі чого?

Тамарка опустилася на табуретку в Раїсиній кухні.

— А чого пічку розпалила? Онде на плитці зручніше.

— Газ у балоні скінчився. — Раїса до Тамарки ближче ступила. — Ти оце прийшла мене про газ питати?! Від справ відволікати?

— Від Сергія оце приїхала. З лікарні... — Тамарка зітхнула. — Усе чисто мені розказав.

Раїса й про пиріжки забула. Ноги підломилися. Сіла навпроти Тамарки.

— Кажи...

— А не зомлієш?

— Не зомлію...

Тамарка деко з пиріжками від печі подалі поставила:

— Ну, слухай тоді...

Замовкла, перехрестилася.

— Значить, так було. Сашкові твоєму Катька Льоньчина голову заморочила. Він до неї, а вона пхикала, пхикала... Мовляв, не до пари ти мені.

— Катька? Льоньчина? — Раїса здивувалася. — Таж вона мала...

— Отака мала... Сергій сказав... Катька й постановила: хай Сашка її здивує, тоді вона буде з ним зустрічатися... Й інструкцію дала, паскудна стерва!

— Яку інструкцію?

— Сергій сказав, Катька дала інструкцію, як у член закачати парафін... А Сашка сам побоявся таке робити, Сергія підбив. От вони вдвох і зробили ту біду...

— Господи...

— Сергій казав, Катька підмовила, щоб вони у покинутому будинку її чекали. Хлопці, дурні, й повірили... А та курва прискакала серед ночі і каже: «Чого так мало парафіну? Зовсім у вас малі члени. Не підходите ви мені». І здиміла.

— Господи... — Раїса затрусилась.

— Твій помер. Мій тепер дітей ніколи не матиме, та й до жінки, мо' бути, не зможе підлізти. Геть усе чисто понівечив. У село повертатися не хоче. Плаче, бідний, увесь час. У лікарні всі з нього глузують. Такого сорому набути через якусь курву!

— Я її зничтожу, — прошепотіла Раїса.

Тамарка кивнула.

— Разом зничтожимо. Хай тільки спочатку перед усім селом покається.

Раїса на ноги зіп'ялася. Два кроки до печі — як механізм поламаний.

— Іди, Томо... Не лишати ж мені хлопця голодним через якусь підлоту. Він і так натерпівся.

— Піду... А ти, Раю, поки мовчи... Ми їй должні страшну смерть придумати. Щоб помучилася, бля, як наші хлопці...

Того ж вечора пів села набилося до мамки з татком. Це ж яка нагода себе людям показати. Ничипориха поназгадувала ще тих пісень, якими її малою мати заколисувала.

Ігор із Денисом щось не дуже світилися. Насуплені сидять, один на одного — вовком.

— Чи, може, вже пісень набралися? — Ничипориха метикує.

— Ні, ні! Просимо, — Денис підхопився. — Просто втомилися... Незвичні ми пішки по десять кілометрів відмахувати.

«А потім іще й у тазу бовкатися», — додав подумки. І міцніше притис до себе згорточок зі знахідками. На Ігоря й не дивиться, а той усе й без слів розуміє. «Падло, — психує. — Скоріш за все, знайшов щось дуже рідкісне. І мовчить...»

Катерина з Людкою у кутку сиділи. Шанівці трохи посперечалися, кому першому затягувати, аж на порозі — Раїса. Усі й замовкли.

Мамка підхопилася.

— Рая... Голубонька... От і добре, що прийшла. Сідай, люба, пісень послухай...

Раїса всміхнулася — мороз по шкірі. Каже:

— Та чого ж слухати... Я й сама заспіваю. Я таких пісень знаю, що ви й не чули.

Шанівці брови звели — оце так!

А Денис не помічає нічого, пожвавішав:

— Це добре. Ми вас уважно слухаємо.

Раїса оком по хаті:

— А де твоя донечка, Льоня?

— Он сидить. Де їй бути? — татко каже.

— А ходи сюди, доню. Сідай поряд, — Раїса мовить, і так, що заперечити страшно.

Мамка Катерину підштовхує.

— Піди... Бач, як тітці Раїсі погано.

— Не піду, — Катерина шепоче їй, а йде.

Сіла поряд. Раїса всміхнулася гірко.

— Ну, слухайте... — і рукою — за Катрину руку. Стиснула.

> Чом дуб не зелений? Бо 'го туча збила,
> Чом хлопець зажурений? Кинула дівчина.
> А хто хоче знати, хай мене спитає,
> Що дівчина любить, як сім років має.
> Як сім років має, то до школи ходить,
> А вже за собою троє хлопців водить.
> А як десять має, то вже милується,
> Вийде на вулицю, до хлопців сміється.
> Як тринадцять має, то вже віддається,
> А подругам каже: «То вам лиш здається».

Раїса замовкла.

Денис почервонів, плечима знизав:

— Це просто якесь дитяче порно! — каже. — Ніколи не чув народних пісень про таких малих дівчаток. Це знахідка... А ще знаєте?

Раїса Катерининої руки не випускає:

— Я багато знаю... Ой, як же я багато знаю... Жити не хочеться.

Мамка з тривогою на неї:

— Ходімо, голубонько... Я тебе проводжу. Мабуть, відпочити тобі треба...

— Та ні, я тільки співати настроїлася, — Раїса їй.

І як затягне:

> Оженився у Петрівку
> Та взяв дівку-семилітку.
> Узяв дівку-семилітку,
> Не вимете хати влітку.
>
> Треба няньку, треба мамку,
> Ще й до печі куховарку.
> Поки діжку замісила,
> Свиня двері розносила.
>
> Свиня двері розносила,
> Дівку в діжі утопила.
> Прийшлось волів наймати,
> Дівку з діжі рятувати.

Зупинилася, Катерині у вічі:

— Ну що, доню? Гарно я співаю?

Катерина — німа од страху.

Мамка доньку від Раїси відірвала. До себе пригорнула. До Раїси:

— Та що з тобою, голубонько? Нащо мені дівча лякаєш?

Раїса підвелася. Навпроти мамки стала. Губи тремтять, а очі — геть скажені.

— Будеш мені парою... — мамці, і як зарегоче!

Татко Раїсу за руку — та до дверей:

— Іди собі... Не буде вже сьогодні пісень. Наспівалися...

Раїса вирвалася — ніхто й чхнути не встиг.

Плигонула, за Катеринину шию вчепилася:

— Курво малолітня... Я тебе розіпну... — ридає.

Крик здійнявся. Мужики Раїсу відірвали, потягли з хати. Мамка жене всіх:

— Ідіть, ідіть! Чого роти пороззявляли? Божеволіє жінка від горя, кидається на всіх.

— Та не на всіх, — каже Ничипориха. — Тільки на твою Катрусю. — І до Катерини: — Може, ти щось знаєш, Катю?

Людка з кутка мотає головою: мовляв, не кажи нічого!

— Ні... — Катя прохрипіла.

Шанівці розходилися з неохотою. Оберталися.

— Та йдіть уже! — татко гримнув.

— Таж теє... — Ничипориха вставилася. — Щось воно не те...

Мамка зметнулася:

— Та ви себе, Ничипорихо, згадайте... Усім селом вас від доньчиної труни відтягували... Ідіть уже, не ятріть душу!

Як усі вийшли — на вчених глянула. Сидять, як дві миші. Тільки очима лупають.

— Дивовижно, — Денис каже, а мамка йому:

— Хіба у вас у місті сміються, як дитину втратять?

— Та ні.

Ледь повкладалися.

Татко на солому пішов, а мамка від Катерини не відходить.

— Посиджу з тобою, доню...

Катерина плаче, шию руками тре:

— Болить...

— Лежи, лежи тихенько, — мамка їй. — Завтра зранку до баби Килини збігаю, може, травиці якої дасть, щоб легше було.

— Добре...

Трохи заспокоїлися, мамка й питає:

— Доню, а чого Раїса на тебе кинулася? Може, Ничипориха права? Може, знаєш щось про Сашкову загибель...

— Нічого не знаю, мамо, — прошепотіла, очі заплющила. Хай краще мамка думає, що спить донька.

Мамка ще довго сиділа, а Катерині перед очі — дядько Роман. Посивіле волосся куйовдить, озирається... «Русалонько, чому ж не прийшла? Забула мене?» А вона йому ніби відповідає: «Тільки не зліться на мене! Не думайте, що я малолєтка дурна! Так воно вийшло... Та й мамка не спить».

Доки наступного ранку вчені продерли очі, мамка встигла збігати до баби Килини, подоїти корову і зліпити гостям сніданок.

— Їжте, гості дорогі, — всміхалася, ніби нічого незвичного вчора не сталося.

— А як Катеринка? — спитав Денис.

— Та лежить... — мамка каже. — Онде трави принесла, зараз запарю. Перелякалася дитина.

І гостей з хати випроваджує.

— Ідіть на курган, поки погода є... А то раптом дощ? Пропадуть усі ваші труди...

Ігор із Денисом вийшли на вулицю імені Леніна. Біля колодязя — Ничипориха. Манить їх до себе.

— Ой-ой! Усього було у Шанівці, а такого ще не було! — шепоче. — От ви люди вчені... Скажіть: хіба таке може бути, щоб дівка хлопця до смерті довела своїми витребеньками...

— Що сталося? — Ігор питає.

— Ой, усе село гуде... Катька у всьому винна.

— У чому? — Денис їй.

— У смерті Сашка.

— Що вона зробила? — не повірив Ігор. — Таке симпатичне дівча. І наївна... Скільки ж їй років?

— Років вистачило, щоб розпусту придумати і хлопців підманити, — Ничипориха шепоче. — Притягла звідкись інструкцію... Узяла шприца і напустила хлопцям у їхнє єство парафіну... Отака сучка! Вбити її мало!

Учені почервоніли.

— Хіба в це можна повірити? Катерину, мабуть, іще й не цілував ніхто, а ви таке кажете, — Ігор відповідає. — Ви б, Ничипорихо, не соромили дівчину дарма.

— Пліток не розпускали, — Денис докинув.

Ничипориха губи підібрала:

— А я вам це для діла кажу... Хочете й далі пісень співати — вибирайтеся від Льоньки з Дариною. Шанівці тепер до них увечері нізащо не прийдуть. Можете в мене зупинитися, я не проти.

— Ми подумаємо, — відповів Ігор.

До кургану йшли — самі не свої. Про скарби та знахідки, пісні й романтику пошуків забули. Мовчали. Озиралися, ніби за ними гнатися мали.

— Територія без законів, — урешті вимовив Денис.

— Свої закони, — відповів Ігор.

— Слухай, вони ж можуть це дівча на шматки порвати.

— Боюся, що можуть, — відповів Ігор.

— І з'ясовувати нічого не стануть. От ти віриш, що Катерина могла влаштувати таке собі шоу для збоченців? Вона ще, мабуть, у ляльки грається...

— Я думав... Може, подзвонити кудись, у міліцію, приміром. Таж тут мобільний не бере.

— Може, ти й правий, — сказав Денис. — Давай звідси вибиратися. Приїдемо пізніше. Навесні.

— Сьогодні однаково день треба попрацювати, а завтра поїдемо, — відповів Ігор.

Біля кургану вчених уже чекав Роман.

— Допомагати буду, — сказав, як відрубав.

— Дякуємо, ми сьогодні останній день, — Ігор йому.
— А чого?
— Справи...
Денис прокашлявся, на Ігоря блимнув.
— Чуєте, Романе... Учора ваша дружина...
— Що? — спитав Роман байдужим голосом.
— На дівчину накинулася...
— На яку дівчину? — Роман якось дивно тріпонувся, на Дениса дивиться.
— На Катерину, дочку хазяїв, у яких ми зупинилися, — чогось швидко почав роз'яснювати Денис. — Ми, звичайно, люди чужі, втручатися не хочеться, але нам здалося...
— Нам здалося, що може статися щось лихе, — завершив його думку Ігор.
— Он воно як, — тихо вимовив Роман.
— Може, вам би в село сходити... Жінку заспокоїти... Ми розуміємо... таке горе... — сказав Денис.
Роман очі відвів, набрав повні груди повітря,
— Та ні... Вам допоможу. І... копу мені тре' стерегти.

Ігор із Денисом просіювали ґрунт із кургану, дивилися здалеку на Романа, який махав лопатою без упину.
— Ти щось розумієш? — спитав Денис Ігоря.
— Може, він не хоче руки бруднити, — висунув версію Ігор. — А що? Без нього дівчину приб'ють, а він — чистенький.
— Не схожий Роман на такого, — зауважив Денис.
І раптом:
— Ігорю, може, нам сьогодні раніше в село повернутися? У мене якесь недобре передчуття...

Коли вчені добігли до села, під Льоньчиною з Дариною хатою переминалася з ноги на ногу юрба шанівців. Мовчали.

Перед дверима стояв Льонька, і видно було: так просто до його оселі ніхто не продереться.

Ігор із Денисом перелізли через низький парканчик, до нього:

— Що тут у вас, Льоня?

— От чекаю, поки дурні заспокояться...

Юрбою покотилося:

— Усе життя ховати не будеш! Хай вийде! Хай покається! Хай правду скаже...

Льонька — і не глянув. Ученим:

— Їсти будете? Жінка вареників наварила...

Денис головою мотнув, Ігореві каже:

— Техніка розриву... Ти ж так це називаєш?

Ігор питає:

— А де Катя?

— Лежить... — на шанівців глянув. — Оце їсти піду. І хто тільки на двір зайде...

— Давай сюди шльондру свою! — крикнув Тамарчин Федір.

— Я тобі зараз так дам, що ти, йо... аж у кінці вулиці візьмеш, — відповів татко.

Їлося. Крупка-молодший не міг повірити: їлося. Одну тарілку вареників навернув, за вікном шанівці гомонять, а йому б іще вареників.

Мамка підкладає:

— Їжте, їжте, гості дорогі.

Ігор гикнув.

— Як ви тепер...

— А що? — мамка сміється, а очі плачуть. — Не бійтеся. Ніхто нас не зачепить. Один дурне бовкнув, а інші повірили. Минеться... Минеться.

— А Катя як? — Ігор їй.

— Лежить... — мамка відказує. — Горло болить... Перелякалася. Оце й не відходжу...

— Ми завтра ранком їдемо, — сказав Денис. — Справи...

Татко криво всміхнувся:

— Е-е-е, які справи? Мабуть, Шанівки перелякалися...

Після смачного обіду вчені вийшли з хати, а шанівці — ну їх до себе гукати.

— Чого ви у паскуд лишилися? Ідіть до нас.

— Давай підійдемо, бо якось незручно, — Ігор Денисові шепоче.

Підійшли.

— Нам в іншу хату перебиратися немає смислу, — пояснив Ігор. — Завтра їдемо додому.

— Ех, я й не поспівала, — зітхнула Ничипориха.

— А я б і хвилини у збоченців не лишилася, — сказала Тамарка.

Денис блимнув на неї з подивом, а всім каже:

— Невже ви дійсно вірите, що Катя... ця маленька дівчинка... зовсім дитина... могла...

— Могла! — прошипіла Тамарка.

— Чекайте. Давайте спробуємо поміркувати... — Денис завівся. — Дівчина, яка на таке здатна, повинна бути сміливішою, розкутішою, навіть агресивнішою! А Катя... Вона зовсім інша... Таке добре і славне дитя...

— Отаке кляте стерво! — вигукнула Ничипориха. — Удавало з себе янголятка!

— Та стривайте, — Денис до неї, а Ничипориха його по щоці — лясь!

— А ти, мабуть, такий же збоченець! — крикнула. — Чого захищаєш?!

— Що ви собі думаєте?! — аж заверещав Денис. — Чого руки розпускаєте?!

— А був би ти шанівським, то взнав би, як тут руки розпускають! — ще гучніше розкричалася Ничипориха. — Хвали Бога, що чужий...

До ночі мамка так і просиділа біля ліжка Катерини, татко двері боронив, аж поки шанівці не порозбрідалися, а гості отаборилися за хатою у сараї — знахідки розглядали, курили.

— Я їх боюся, — признався Денис. — Вони такі... могутні, мудрі та жахливі. Ховають, тут же пісень співають, до схід сонця вже працюють, не розгинаючись до ночі, самі суд творять, по щоках б'ють. Хіба то правильно?

— То село, громада, — сказав Ігор. — Тут — або так, як усі, або ніяк.

— Що з дівкою буде?

— Не знаю, то від багатьох причин залежить. Може, встигнуть розібратися, може... не схочуть чекати.

Мамка теж розуміла: шанівці можуть не дочекатися, поки повернеться з лікарні Сергій і розповість про події страшної ночі. Травою доньку відпоювала і все благала:

— Доню, ну невже зовсім без причини село вишкірилося?

— Не знаю нічого, — знай твердила Катерина, а як мамка вийшла на хвилю, то сіла в ліжку, шию косою обмотала — і дивиться навкруги, наче гачка шукає.

Мамка вскочила:

— Ти що робиш?!

— Не лякайся, мамо... Я так... Не зроблю дурного.

— А чого шию обмотала? От обріжу тобі косу, знатимеш!

— А я й сама хотіла.

— Ні, не будемо косу різати, — мамка охолола. — Не можна. Дівка не косу ріже — долю собі.

— І що то вона за доля, якщо від коси залежить? — Катерина їй.

— А в кожного своя, доню. Хоч як не крути, а йдеш однією дорогою. На дві одразу не скочиш.

Мамка говорила, говорила, а Катерині Роман перед очима стояв. «Уже, мабуть, і знає, які побрехеньки про мене селом ідуть, — плакала душа. — Та ще й не прийшла до нього. Зовсім йому там на копі погано... І мені... І мені...»

Уже й ніч лягла, а мамка все боялася від донечки відходити. Катерина дивиться на неї — очі злипаються, втомлена, знервована.

— Лягай, матусю. Мені вже краще... І не бійся. Нічого собі не зроблю.

Мамка з недовірою:

— Добре...

Татка гукнула.

— А, ходімо, Льончику, «на дачу». Хоч поспимо трохи.

Татко потилицю почухав.

— Так теє... У сараї гості засіли. Як ми їм скажемо...

— А нічого не будемо говорити, — сміється мамка.

До сараю зайшли.

— Я вам уже постелила, — мамка лагідно. — Прошу, прошу... Останню нічку у Шанівці виспіться мені добре.

Ігор із соломи піднявся.

— А це, значить, і є ваша «дача»?..

Мамка зітхнула.

— Вона... Грошей треба.

— То, може, ми тут... — Голос в Ігоря геть захрип — розхвилювався Ігор, сам не знав від чого.

Тут і татко розсміявся.

— Куди вам, городським! Померзнете. Ідіть, ідіть. Ми звикли... Зимою, як грубу не протопити, — що в хаті, що в сараї...

***

Катерина не спала. Лежала у своїй маленькій кімнатці, чогось гладила долонею скляне рожеве пальто. І до чого воно тепер, коли і з хати не вийти?

Від віконця — зашкреблося щось. Не злякалася. З постелі скокнула, до вікна.

— Дядьку Романе?... — і заплакала.

А він стоїть під вікном і благає:

— Тихо, не плач... Відчини вікно, Русалонько.

Руки розтремтілися — ледь із клямкою впоралася. Відчинила, руки вперед простягла:

— Дядьку Романе...

І — до нього в обійми.

— Змерзнеш, змерзнеш... — він і сам тремтів. — Чекай, пінжака на тебе накину.

— Дядьку Романе...

— Чекай, люба. Ходімо трохи далі від дому.

— Ходім, ходім...

Усілися за хатою, а тут — мамка з сараю. Чи наснилося, чи просто на доньку глянути хтіла... Чує — голоси. Причаїлася. Катерина з Романом нічого не чують.

— Дядьку Романе, — Катерина шию Романову обійняла, схлипує. — Не можу я вже більше. Не можу, хоч так стараюся. А ще селом про мене погане кажуть. А то неправда! Геть усе — неправда. Ви мені вірите?

Мамка й дихати забула, завмерла.

— Вірю, вірю, Русалонько. Я вже й сам не можу без тебе. Куди не гляну — ти перед очима.

— Дядьку Романе, я боюся... Боюся, що тітка Раїса мене вб'є.

— Е, ні! — Роман шепоче, дівча по волоссячку гладить. — Нікому тебе не віддам. Ніхто тебе не скривдить, Русалонько моя.

— Та ви ж на копі, а я тут... Страшно... І сказати боюся, що люблю вас. Навіть матусі, а вона ж у мене найкраща...

— Не бійся. І з дому більш нікуди не йди. Хай у селі перестануть дурню нести. І на копу до мене не приходь. Я сам до тебе приходитиму.

— Дядьку Романе! Я хоч усе життя у хаті просиджу, тільки приходьте...

— Не мину, не бійся. І все життя у хаті не сидітимеш.

— Правда?

— Поїдемо. Дев'ять днів по Сашкові справлю, і поїдемо. Далеко-далеко...

— А не брешете?

Роман засміявся — полином повіяло.

— Люблю тебе, Русалонько. Жити без тебе не можу.

— І я без вас... І я без вас... — торохтіла. — Це ж щастя яке...

Роман поцілував дівча у щоки, пішов геть. За парканами згинався, аби не побачив ніхто. Катерина — до віконця.

А за хатою мамка — мов кам'яна. Долонями рота затулила, бо кричати хтілося на весь світ.

Ранком із гостями прощалися. Мамка пишний сніданок затіяла, всі за стіл повсідалися: мамка, татко, Катерина й Денис із Ігорем. Денис стопку підняв:

— Дякуємо вам за все. Прекрасні ви люди! Будемо вас згадувати.

Татко не знає, куди очі подіти. Коли б оце його отак вихваляли... І — за що?

— Та пийте вже, — сказав, стопку перекинув.

Ігор теж хильнув. Поставив стопку на стіл і до мамки:

— Може, давайте ми в райцентрі в міліцію зайдемо?

— Навіщо? — мамка — брови колесом.

— Погрожують Катрусі... тут, — Ігор їй.

— Розберемося, — мамка каже.

І — сама не своя. Навіть татко помітив:

— А чого ти, Дарина, крутишся, як дзиґа...

— От ти скажеш, Льончику! — відмахується мамка.

— Ні, я серйозно, — наполягає Ігор. — Погоджуйтеся. Ми зайдемо до районного відділу міліції, розкажемо, що дівчині погрожують фізичною розправою... Що вона з хати не може вийти.

Мамка не встигла відповісти. Катерина ложку кинула, очі сяють.

— Не треба міліції. Усе добре...

Денис вухам не повірив.

— Катя, у тебе все добре?!

— Добре, — каже і сміється. — Я щаслива...

Татко насупився.

— І з чого ти щаслива, мала дурепо? З того, що по селі про тебе дурне плетуть?!

— А хай плетуть! До мене не прилипає, — Катерина йому.

Учені розгубилися, татко плюнув, а мамка гіркоту в очах ховає.

— Досить уже про це, — каже. — Розберемося...

Після сніданку — перецілувалися і в путь. Татко зголосився донести валізи вчених до Килимівки, мамка до вулиці проводжала, а Катерина далі порогу не ступила.

Ігор обернувся, зітхнув.

— Я зараз, — і до Катерини.

Візитку простягнув.

— Тут мої телефони київські й адреса. Якщо зовсім зле буде, приїжджай. Чим зможу, допоможу.

Катерина візитку взяла, усміхається:

— Ну, тоді прощавайте навіки.

— Чому?

— Бо у гості кличете, як мені зле буде. А мені не буде зле.

— Твої б слова та до Бога, — відповів Ігор Крупка і пішов із двору.

Того дня шанівці хату не блокували. Тільки Ничипориха підійшла ближче, криконула:

— Катерино, курво паскудна! Радієш, що хлопця згубила? Ото й сиди у чотирьох стінах довіку! А вийдеш — пошкодуєш.

До неї прилаштувався Тамарчин синочок молодший — Тарасик-першокласник. Заверещав голосно:

— Катька — бля! Катька — бля!

Мамка надвір вийшла, до Ничипорихи кинулася:

— Іди геть, стара відьмо! Своєї дочки не встерегла! Народила вона двох байстрюків бозна від кого, спилася та вдавилася! А ти, стара потворо, сиріт до себе не забрала! У дитбудинок здала! А в мене дочка не така! Злого не робила... А ти, Ничипорихо, курва і є! Бо віриш побрехенькам!

— Це я курва? — Ничипориха — руки у боки і по вулиці. — Ей! Ви чули? Тепер у Шанівці нові порядки! Хто правду говорить — той курвище! А хто хлопців губить — той ляля та янгол.

Мамка плюнула Ничипорисі вслід, пішла до хати. Ледь ноги тягла.

Сіла на кухні й заплакала.

Катерина до неї:

— Матусю, рідненька моя... Як же я тебе люблю! Ну, чого плачеш? Не треба, не треба. Усе добре буде. От побачиш...

Мамка сльози втерла, Катерину — за руку:

— Ану, сядь...

Донька вмостилася, мамку обійняла.

— Яка ж я щаслива, мамцю! Як я тебе люблю...

Мамка помовчала та й каже:

— А я вчора вночі із сараю вийшла...

Катерина так і заклякла.

Мамка їй:

— Чого це ти? Чи не чуєш? Кажу, вийшла я вчора вночі із сараю...

Катерина обличчя долонями закрила:

— Не лайся, мамо! Я тобі усю правду розкажу...

— То кажи, поки татка вдома нема. Бо як він дізнається — кістки переламає.

— Кому? — Катерина шепоче, а долоньок від лиця не приймає.

— І тобі, люба доню. І... Романові, старому паскуднику.

Катерина — мамці в ноги:

— Хіба можна дядька Романа чіпати? Хіба можна? У нього горе таке... Сашко... А ти... таке страшне кажеш.

Мамка Катерину з підлоги підняла:

— Кажи вже всю правду, бо помру від горя! — прошепотіла так гірко, що Катерина перелякалася.

— Нема чого казати, матусю. Люблю його. І він мене. От і все.

— Як це?! — мамка питає. — Ти дівча мале, а він дядько старий. Кажи правду — занапастив тебе? Де це сталося?

— Ні, матусю! Не занапастив! Жодного разу з тих пір, як полюбилися...

— Боже милостивий! — мамка розридалася. — Що ти кажеш, доню?!

— Святу правду, мамо!

— І коли ж устигла його полюбити?! — мамка все не могла до тями дійти.

— І сама не знаю. Але мені крім нього ніхто не милий. А Сашка... Та хіба могла б я Сашку скривдити?! Хіба могла б?! Це він усе до мене чіплявся. Казав: «От виповниться мені шістнадцять років, і я тебе, Катя, за дружину візьму». А я від нього... Їй-богу, мамцю!

— Утекти, чула, хочеш? Мене покинути...

— Мамусю рідна! Я тебе ніколи не покину. Де б не була... Оце в гості приїду, гостинців навезу!

Мамка наче схаменулася. По щоці Катерину — лясь!

— А ти, я бачу, вже все й придумала...

— Мамусю, ти ж мене ніколи не била, — і ридма ридає.

Мамка її обхопила — і собі плакати:

— Доню, що ти накоїла?

— Мамусю, а можеш і бити... Однаково. Люблю його. Сама казала — дівці треба при комусь бути. От ти при таткові, а я біля дядька Романа хочу.

— Та ти ж іще мала. Нічого не знаєш про любов.

— Як не знаю? Знаю, знаю...

— Дитино...

— Би бігти до нього! І все.

— Боже...

Мамка доньку не відпускає, наче та зараз же й побіжить геть:

— Доню... Чуєш? А як я скажу: не ходи за ним... Послухаєш?

Катерина від мамки відсахнулася, в очі заглядає:

— Послухаю... Їй-бо, послухаю... Тільки хіба ти мені щастя не хочеш?

Мамка сльози втерла.

— Скоро татко повернеться, а ми рюмсаємо...

— Мамусю, скажи... Ти мені щастя не хочеш?

— Хочу, доню. Тільки... Дай подумати... Не питай зараз нічого. Я тобі потім скажу. Добре?

— Добре.

— І... з Романом поговорю.

— Навіщо?

— А ти хочеш усе тихцем? Не буває такого. Від людей не втечеш.

— Таткові не кажи поки.

— Не скажу. І ти... нікому не кажи поки.
— Добре.
— І Романові скажи — хай не приходить. Поки. І так усе село гуде.
— Добре.

Мамка вже хотіла до курей іти, та не втрималася:
— І як би ви оце жили?!

Катерина зачіпки не розчула:
— У щасті, матусю!

Залусківський перестрів бабу Ничипориху біля постаменту, де вона все бідкалася сусідам на дурну Дарину з Льонькою та непутящу доньку їхню Катерину.

— Що тут за революція? — спитав, а баби хором:
— Ой, таке твориться! Катька Льоньчина у Сашковій смерті винувата. Шльондра клята!

Залусківський здивувався.
— Що ви, баби, мелете? Яка з неї шльондра?! У неї ще й цицьки не стирчать.

— Цицьки не стирчать, а між ногами вже свербить! — аргументувала Ничипориха. І тут же поцікавилася: — А де це тебе, Ваня, два дні чорти носили?

Залусківський не образився.
— У мене, бабо, справ повно. Не те, що ви... аби язиками полоскати. Ясно?

— А чого ж! Ясно. Вчасно ти приїхав: підеш сьогодні ввечері з нами.

— Куди? — Залусківський зміряв бабу оком.
— До Льоньчиної хати. Будемо їхню курву з дому викурювати.

Залусківський щось прикинув, носа почухав:
— Може, й підійду. Нащо нам курви у Шанівці?

— Оце діло! — зраділа баба Ничипориха від несподіваної підтримки. — Золота ти людина, Іване Залусківський!

А як Романові з Раїсою допоміг! Який похорон ловкий організував. І музика, і отець-священник. От би й мені...

— Ти нас усіх переживеш, — відмазався Залусківський і пішов до свого дому.

Відпочити хтілося. Втомився.

Було від чого. Аж два дні Залусківський у місті шукав і таки знайшов якогось дивного чужого чоловіка, якого й привіз тихцем до Шанівки, лишив ув одній із покинутих хат і наказав:

— Рипнешся — придушу. Виконаєш усе як треба — місяць пити будеш.

— Дай зараз хоч сто грамів! — проскиглив чужий.

Залусківський — невблаганний:

— Терпи, падло, — порадив. — Увечері прийду.

Татко напився. Не так, приміром, як при гостях, — три стопки під закуску. Люто напився. Валізи вченим до Килимівки дотягнув, вони йому грошей натикали. А татко... Чи зрадів, що мамка про ті гроші не зна. Чи засмутився через розмови вчених, які дорогою все розмірковували про сільське життя й добалакалися до того, що...

— Льоня, нема у світі причини, щоб жити, як ви! — гарячкував Денис. — Це ж кам'яна доба. Під кущ бігати, у тазу митися, на печі готувати...

— Прати руками, — додав Ігор, згадуючи, як Дарина щодня постіль міняла.

— Нормальне життя, — відказував татко. — А що там у вашому місті?

— Культура! — запевнив любитель народних пісень Денис.

— А казали ж, що до нас по культуру приїжджали? — здивувався татко.

— Ні, до вас не по культуру, — уточнив Денис. — По пісні й сучасні традиції... І вони у вас, скажу прямо, дикуваті...

— Значить, традиції — це не культура? — загнав татко вчених у глухий кут.

— М-да, щось ми заплуталися, — визнав Ігор.

Денис не здавався:

— Не ображайтеся, Льоню! Усе, що ми побачили... ваше життя... Воно народжує нові традиції... Традиції дикунства й безкультур'я.

— Як це? — татко пхикнув. — Як пісні — так гарні, як традиції — так погані.

— Пісні гарні, бо давні... Немає сучасних народних пісень... Нема! Рідкісні краплини в океані естрадного завивання. А традиції погані, бо... життя у вас, Льоню, погане. Погане, і не заперечуйте! Оце хлопця ховали... Це ж кому сказати — від чого згинув... Не повірять! Бо — дикунство! Відсутність елементарної інформації... А дочку вашу все село цькує. За що? Ми їдемо з тривогою за вашу Катеринку.

— Та нічого з нею не буде, — відказав татко похмуро.

— А як буде? — смикнув його Денис.

— Поки я живий — не буде, — твердо повторив татко.

— Та ви ж один, Льоню! — крикнув Денис. — А їх — ціле село! Вони всю вашу сім'ю поїдом з'їдять.

Татко голову опустив:

— Хай тільки спробують. Пошкодують...

— Ця розмова не має сенсу! — вигукнув Денис. — Ви мене не розумієте!

— Та чого ж, розумію, — сказав татко. — Зневажаєте нас... Бо ванни нема. На дорозі болото...

Якраз до Килимівки вже доходили.

Денис руками розвів.

— Та звідки ви таке взяли?! Я до селян — із усією повагою! Серце за вас усіх болить!

Татко кинув валізи на землю:

— Поважаєте? А чого ж я за вас валізи тяг?

Учені заніміли.

— Ми заплатимо... Дарма ви сумніваєтеся, — забелькотіли обидва.

— Та нащо мені ваші гроші?! Ванну купити?! — всміхнувся татко. — Я — з повагою... А ви... гроші...

— Льоню, ви все неправильно зрозуміли! — Денис йому. І — по кишенях.

Татко потилицю почухав, але гроші взяв.

— От йо.. з культурою вашою!..

На дерево при дорозі вказав.

— Бачите? Гарно цвіте! Листя — і зелене, і червоне. Гілки різні — і прямі, і криві, і малі, і грубі. Оце ви і є. Культура ваша. А якою їй бути — тільки коріння знає. Оте саме, що у землі, у багнюці, без повітря, без кольорів. У чорному поті. Знай трудиться, аби гілки з листям на світ витріщалися!

Зітхнув.

— Прощавайте, чи що...

Пішов геть.

Ігор із Денисом — не отямляться.

— Господи! Скільки ж сили у ньому... Працює, мов раб, світу не знає, газет, мабуть, ніколи не читав, а таке каже... Аж волосся дибки! — Денис мовив.

— Він таке сказав, про що все життя розмірковувати можна, — відповів Ігор.

— Ми з тобою — листя... Повитріщалися — і все? А повинні ж щось і корінню віддати. Чи не так?

— У ботаніці — безперечно, а в людському середовищі...

— Ми з тобою поки нічого не віддали.

— Ніхто не віддає. Тільки беруть... — Ігор раптом засміявся. — Отак іще трохи — і зі звичайного дерева ми перетворимося на... ананас.

— На ананас? — Денис ніяк не міг відстежити логіку друга.

— Так, на ананас. Без коріння — і не живе, і не всихає. Чубчик із листя іржавий їжачить... А смаку й нема!

— А я про страшний парадокс тут подумав, — Денис сів просто на валізи, закурив. — Брате! Якщо всі гілки й усі листочки будуть справедливо віддавати корінню частину корисного, потрібного, важливого... Коріння все одно... Розумієш, усе одно коріння залишиться у чорній землі! Без повітря, без світла! Без надії.

— Чому ж без повітря? Чому — без надії? Коріння стане сильним. Повітря, світ і надію — листочки з гілками подарують. А коріння... Коріння ще більше із землі візьме.

— Але ж — у землі й лишиться!

— Чого це тебе так жахає? Кожному — своє місце. Нам, листочкам, летіти за вітром, корінню — землі триматися. Мене інше лякає...

— Що?

— Зв'язок порушився. Я не відчуваю зв'язку між листям і корінням, а він же повинен бути. Повинен, інакше не буде дерева!

— Не розумію...

— Чого ти не розумієш?! — Ігор сів поряд із другом. — Ми їдемо з села перелякані, здивовані... Наче у джунглях Амазонки побували. Ні, якби там, то все було б зрозуміло. Але ми до свого коріння притулилися — і... біжимо. Біжимо геть, як від чуми! Ні — як від НЛО! Усе тут нам чуже й незрозуміле. Усе! Не тільки відсутність туалету в будинках, не тільки болото на дорогах, хати й ферми покинуті, паркани повалені... Роздуми і вчинки — чужі! Ми вже не розуміємо їх. Оце страшно!

— Може, тому що це вже не земля... Не коріння...

— А що? — глянув на Дениса Ігор.

— Початок географії без історії... Початок дикого поля. А вони... Як останні з могікан. Помруть — і ніхто вже не прийде на їхнє місце...

— Тоді й листю гаплик, — сказав Ігор.

— Гаплик, — погодився Денис. — Не буде дерева. Згадав щось — та Ігореві:
— То як бути з коров'ячим лайном? Краще хай на асфальт ляпає чи в багнюці тоне?
— Тепер і не знаю...
— А я знаю, — вихопилося в Дениса.
Відкриття зробив!
— Я довго народні пісні збираю, — сказав. — І дійшов висновку... Пісні у народі народжуються тільки під час славної доби. А українська славна доба — це козацтво. От і пісні народні — через одну про козаків.
— Думаєш, асфальт, комп'ютери, лікарні, школи й перукарні для доярок традицій не зіпсують? — спитав Ігор.
— Переконаний, — відповів Денис.
— От і домовилися, — Ігор устав, узяв валізу. — І що нам із цими висновками робити?
— Як кажуть в американських бойовиках — запхнути собі в жопу.
— А ти песиміст, друже!
— Я реаліст, — відповів Денис. — Прозріння двох для цілої держави — ніщо.
Засміявся.
— А мені подобається ця аналогія з деревом! — Ігореві каже. — Ми... Два дурні листочки... Нявкнемо — а на нас гора листя! Засипле! До землі притисне. І будемо гнити, братику... Будемо гнити...
— Мо', коріння пустимо. Проростемо, — зітхнув Ігор.
— Не в нашому житті. Не в нашому. Це, як Бог дасть, нащадкам прорости дамо. А самі... Загниємо.

Татко до хати рачки приліз, як місяць небом заходив. Катерина зраділа. Тепер мамка точно татові доньчиної таємниці не відкриє. Та й до копи збігати можна.

«Мамка відпустить! — думала. — Скажу, що хочу дядька Романа попередити, аби не приходив поки. Відпустить. Вона у мене — золота».

Золота мамка таткові раду давала. Чоботи стягла, водою лице обтерла, ковдрою татка прикрила, і той захропів посеред хати на підлозі.

— Ох і сволота ж ти, Льончику! — прошепотіла мамка. — Як же нам із дитиною вдвох від усього села відбиватися?!

А село ніби мамчині слова чуло. Катерина у віконце через завісу зиркнула: Ничипориха під хвірткою руками розмахує, баби навколо неї скупчилися, кілька мужиків тупцюються, а Тамарка усім чисто наливає.

— Сашку пом'янемо, — каже, — і розірвемо курву на шматки.

Катерині — все з голови вискочило. Самий страх залишився. До мамки кинулася:

— Мамо, мені страшно...

Із двору — гуде. А мамка — й не мамка зовсім. Жанна д'Арк. Ув очах — метал.

— Знаєш що, доню... — каже, а сама від вікна очей не відводить, — а йди звідси...

— Куди?

— Сховайся... Як до ранку наша хата не згорить, то повертайся. Городами повертайся. Щоб не побачив ніхто.

Катерина мамку обхопила:

— Та що ти, матусю?! Не кину я тебе! Не піду нікуди!

А мамка ж — і не мамка зовсім. За плечі доньку вхопила так, що та аж зойкнула від болю.

— Іди... — прошепотіла затято. — Щоб до ранку не верталася.

Катерина мамку обцілувала, вилізла з хати через віконце своєї кімнати й побігла. Прямісінько до кургану побігла. Під копу.

Мамка упевнилася, що донька далеко, перехрестилася, буцнула ногою п'яного чоловіка.

— Ех, Льончику!

Ікону в руки взяла. Ножа кухонного в кишеню кинула. І вийшла з хати.

— Добрий вечір добрим людям! — вигукнула грізно.

Тамарка навіть наливати кинула.

Юрба наїжачилася, замовкла.

— Чого це ти з іконою, Дарко? — вигукнув Залусківський.

Мамка бровою повела.

— Овва! Оце так! І Залусківський тут!

І пішла просто до шанівців.

— Клянуся святим Богом і на іконі святій присягаюся... — кричить. — Безвинну дитину брехнею обплели! Розірвали їй душу чисту! Скривдили, мов те цуценя бездомне! Роздерти хочете? Мене беріть! Беріть, кляті, бо ж бачу — руки сверблять! Беріть і кайтеся одразу, бо немає за нами гріха! Ні за дитиною! Ні за мною... Ні за чоловіком моїм...

— А Льонька де? — крикнув Федір.

— Спить, клятий! Нажерся і спить! Хочете — і його приволочу! Беріть нас, бо ми за нашу дитину — або помремо, або горлянки вам усім поперегризаємо. І ви — такі самі... Такі самі!

Мамка зупинилася. Як загорланить:

— Раїса-а-а! Раїса! Ти мене чуєш?! Чи не віддала б за сина душу? Сховалася б? Чого мовчиш?

Чорна, як біда, Раїса ворухнулася в юрбі. Ступила. Закричала мамці у відповідь, як скажена:

— Не сховалася б! Помру, а твою курву покараю! Вона... Вона, клята, Сашку згубила...

— Брехня! — мамка аж хрипить. — Брехня, на іконі святій присягаюся!

— То хай вийде, — Раїса до мамки йде. — Хай мені у вічі подивиться...

І мамка — до Раїси:

— Я до тебе вийшла, бо дитину всмерть перелякали. Не віриш — убий мене!

— Сергій признався... — Раїса кричить і далі до мамки. — Сашку твоя курва підговорила, а Сашка... Сергія...

— Сашка?! Сергія підговорив?! — мамка засміялася не грудьми, не повітрям — нервами. — Ви чули? Сашка Сергія підговорив?! Та всі ж знають — дурне було тільки у голові того баламута Сергія! А Сашка дурного не чіплявся. Добра дитина була!

І стали — одна перед одною. А шанівці — в стороні. Мовчать, як поніміли. Навіть Тамарка за свого сина слова не вставить.

— Добра! Добра дитина, — заплакала Раїса. — Золота дитина! А твоя... твоя...

Мамка притулила ікону до грудей. До Раїси руку простягла:

— Моя Катерина невинувата, голубонько. Не вір побреханькам.

І ніж кухонний із кишені дістає.

Шанівці й охнути не встигли. Мамка Раїсі ножа простягає:

— Не віриш? Убий мене! Віддаюся на твій суд...

Раїса навколішки впала. Ножа не бере.

— Синочок мій... Синочок...

Мамка на шанівців зиркнула.

— Нам сюди Сергія треба! — крикнула. — Сергія! Ми з нього правду випитаємо.

Шанівці загомоніли.

— Мо', Тамарка збрехала? Сергій — шалапут відомий. Сорому боїться, от і оббрехав Катьку... А Катька... А що? Катька — добра дівка! І привітна. І зовсім не шльондра якась.

І вже за мамкою — до Тамарки:

— Давай сина свого сюди! Давай! Бач, сховала його в лікарні... Члена йому, бач, лікують... Сашку загубив, а сам, падло, у лікарні відлежується...

— І Тамарка оце наливає всім без міри! — Ничипориха метикує. — Ніколи такого не було! Хоче, щоб ми на її Сергія не подумали!

— Та ви що! — Тамарка — задки, задки. — Подуріли? Я вам усю правду, а ви мені — в душу плювати?! Мій син теж постраждав. У нього тепер діточок не буде.

— От і добре, що не буде, — Ничипориха крикнула. — Нащо погане сім'я плодити?!

Тамарка на юрбу плюнула — і геть.

— Щоб ви усі крізь землю провалилися! — кричить на ходу. — Щоб вам усім руки й ноги повіднімало! Щоб вам...

А юрба за нею. Тільки Федька Тамарчин руки розставляє: не біжіть, мовляв.

За мить на подвір'ї тільки Раїса та мамка лишилися.

Мамка біля Раїси навколішки впала:

— Не плач, голубонько. Не рви серця...

— Прости, — прошепотіла Раїса.

Мамка сльозу змахнула.

— Ох-хо-хох! — зітхнула. — Якби ж то все просто було... Якби ж... Та ти підіймайся, голубонько. Ходімо... Ходімо до мене. Вип'ємо. Сашку пом'янемо. Золота дитина була...

Раїса піднялася, пішла за мамкою.

— А Катерина де?

— Сховала я її від гріха подалі, — мамка каже, а Раїса — знов у сльози:

— А я свого, бач, не вберегла...

Шанівці зчепилися між собою якраз біля постаменту.

— Брехуха! Брехуха! — верещить Ничипориха. — Як ми тобі, Тамарка, повірити могли?! Всі знають, що ти свого

Тарасика від Залусківського нагуляла, а брешеш, ніби від Федьки.

Алка Залусківська в бабу Ничипориху як учепиться з одного боку! А Федір Тамарчин — із іншого:

— Ти, стара паскудо, свою доньку згубила, а тепер на інших наговорюєш?!

Ничипориха пручається:

— А не тягайтеся! Не тягайтеся по кущах, то й не будуть на вас наговорювати!

— А ти бачила?! — Алка кричить. — Ти свічку тримала?

— Тримала! — б'ється Ничипориха.

Були б убили бабу, та Залусківський із дому рушницю виніс:

— Як стрельну зараз, то ви мені всі чисто повсираєтеся, — гримнув.

Шанівці зупинилися. Залусківський порядок веде:

— Аби так працювали, як революції мені тут робити... Ідіть уже по хатах!

Ничипориха першою підкорилася. До хати йде, на Залусківського обертається. Раптом — рота роззявила, долонями себе по щоках — лясь:

— Ва-а-аня! — як загорланить. — Ваня, дивися! То ж копа твоя горить! Копа...

Залусківський обернутися не встиг. Село захлиналося: — Копа горить! Копа... Копа...

— Копа горить, — зблід Залусківський. — От курви чужі!

Шанівці вже бігли до копи, хоча кожен розумів — згорить швидше, ніж вони дістануться. А не бігти — не могли.

Катерина мчала до Романа швидше за птаха. На Шанівку не озиралася. Тільки серце від страху за мамку з грудей вистрибувало: як ти — як ти — як ти, мамцю...

Так захекалася, що впала. А копа — он де. Ще трохи. Мамка на той час іще й ножа Раїсі не простягнула.

Підвелася Катерина — й потиху далі. Хоч би й хтів хто із шанівців за нею бігти, однаково б не знайшов поночі.

Щойно таке подумала — аж до копи темна постать суне. Катерина очі витріщила й ступити не може. «Оце шанівці за мною! Шанівці за мною!» — в голові б'ється.

За кущем присіла. Не дихає.

Роман шурхіт почув, руками розвів:

— І що ж ти робиш, Русалонько?! Нащо бігла? Я б сам...

Із сіна встав, цигарку в зуби. Сірником чиркнув, підняв його над головою — Катерину виглядає.

А шурхіт ніби й позаду вже.

Обернувся Роман.

І — лобом у лоба. Торох!

Відскочив, у темряву вдивляється:

— Е-е-е, та то курви чужі!

Тільки того й устиг. Іззаду — вже не шурхіт. По голові сивій — каменюкою щосили загатив хтось.

Розломився світ. А Роман стоїть. Не падає. Кров очі залила.

Раптом — іще удар. Тоді тільки впав.

Отямився скоро. Сильний. Очі розплющити зумів. Устати — ні. В очах темно, а він бачить: та чужа курва сіна не краде — навколо копи бігає, ллє рясно бензином.

— Що ти, суко, робиш? Краще вкради... Чуєш? — прошепотів — і сльози з очей кров змили.

Бачить Роман — сірник спалахнув. Вогник у темряві рухається. Упав на сіно — копа зайнялася.

І шурхіт. Побіг хтось. Далі, далі... Біля кущів зупинився, крикнув Романові:

— Повзи геть, кугутяро! Згориш!

Під кущем скрутилася Катерина. Руками за землю трималася. Поворухнутися боялася.

Отямилася, коли чоловік, що крикнув незнайоме слово «кугутяра», був уже далеко. З кущів виповзла.

— Дядьку Романе... Дядьку Романе, коханий ви мій... Що з вами?

І наче страшне кіно побачила.

Копа горіла. У вогні рухалася яскрава чоловіча постать. Відкидала палаюче сіно і знову кидалася до копи.

— Брешеш, суко! Не збираюся я горіти! І копа не згорить!

Катерина підхопилася, до копи кинулася:

— Дядьку Романе! Рідненький! — бігала навкруги, верещала від жаху. — Киньте! Киньте, прошу! Дядьку Романе!

А він — геть нічого не чує. Матюччя гне та сіно відкидає. Та — все тихіше, тихіше голос:

— Оце... люди гнулися... щоб якесь... мать його! Би собі забрав... Сука! Не дам! Не дам...

І впав у вогонь. І вже не горить. Чорний.

Катерина кричить і за ноги його від копи тягне:

— Дядьку Романе! — ридає. — Сонце ви моє! Що ж ви наробили?!

Відтягла. Упала коло нього.

А копа так ясно горить, все чисто видно... Очі в Романа заплющені, лиця нема — згоріло, одежина дотліває. І — чи дихає?

Дівка на ноги зіп'ялася, не зна, що робити, а робить. Косу довгу навколо шиї обмотала, кінець коси зубами стисла, аби не плакати. Романа — за спину взяла. Обережно підняла. Посадила. До його грудей своєю спиною притислася. Руки його собі на плечі закинула. Спробувала підвестися — не може.

— Та хіба?.. — шепоче як божевільна. — Та хіба?..

Ще раз спробувала — ніяк.

У ніч глянула й поповзла рачки. Романа понесла на собі, як мала мураха величезну хлібну крихту. Копа вже догорала.

Баба Килина перехрестилася на образи, з мазанки виповзла:

— Рудий! Чубчику! Гайда... Біду чую. Горить біда, геть усе навкруги палить.

Катерину з Романом на спині знайшла у лісочку, що біля розваленої ферми розрісся.

Слова не мовила. Потягла Романа до мазанки. Псам веліла дівчину стерегти.

У мазанці тіло Романове обмила, головою захитала:

— Не жилець...

Траву суху долонями тре, водою заливає, все з Романом розмовляє:

— Не бійся... Боліти не дуже буде. Я зроблю. Зроблю, бідолашний...

З-за ікони малу пляшечку дістала:

— Заповідне, — прошепотіла — і Романові в рота: — Спи й не просинайся. Не тре' тобі болю, синку. Однаково — в путь.

Простирадло біле тонке у травах вимочила, Романа геть із головою вкрила:

— Скоро повернуся...

І — з мазанки.

Катерина так і лежала в лісочку. Як мертва. Тільки на спину одкинулася і в чорне небо — як у біду. Не моргне.

Баба Килина схилилася, голівку дівчині підняла трохи, шию від коси звільнила. По рученятах — своєю тремтячою рукою:

— Не тривожсь, дитино. Лежи тихо. Рудий із Чубчиком до тебе нікого не допустять. А я скоро... Скоро повернуся...

Пси біля Катерини крутились і все у спину бабі Килині дивилися. А баба йшла у Шанівку.

Мамка на рівних із Раїсою пила, а сп'яніли по-різному. Раїсу ноги не тримали, складалися у колінках. А мамці — голова обертом і такий жаль до себе... Хоч плач!

Пляшку прикінчили, на Льоньку, що хропів на підлозі, обидві головами похитали.

— Піду я, Дарка, — прошепотіла Раїса. — Де б не була — всюди мені погано. І не злікуюся.

— І-ди, голубонько, — ледь вимовила мамка і тільки тепер зрозуміла, чого їй так незручно було.

— Ой, а чого це я й досі ікону в руці тримаю? — сама до себе.

Раїса пішла, а мамка на постіль звалилася і враз заснула.

І сниться їй, ніби в селі свято. Та таке гучне, таке яскраве й сильне. Шанівці вдягнені красиво. Так красиво, що й по телевізору так не вдягаються. Та такі чемні. Кожне йде і до мамки вітається: «Доброго дня, Дарина!» А мамка їм: «А що у нас за свято таке чудесне?» А шанівці сміються: «Так весілля у нас!» — «А хто кого взяв?» — мамка цікавиться. «Таж Катерина твоя — наречена. А плаття ж у неї... Аж горить!» — «Та де ж вона? Подивитися хочу, що за плаття таке», — мамка їм та крізь шанівців пробратися хоче. На Катерину подивитись. Аж чує... Плаче хтось. Та так гірко... «Доню?» — Мамка шанівців розштовхує, аж бачить — на постаменті Катерина стоїть. І — така страшна! Замість плаття — геть уся сіном обвішана. Як опудало. А навколо постаменту Залусківський кружляє. «Та це і є опудало! — кричить. — Поставлю його біля контори. Хай круків відганяє!» Мамка — до доньки, а шанівці не пускають. За руки чіпляються. «Та ж гарне плаття! Аж горить!» Мамка дивиться — а на Катерині сіно зайнялося. «Доню!» — як скрикнула... І прокинулася.

Очі витріщила.

— Божечку...

А на неї баба Килина дивиться.

Мамка затрусилась:

— Ні, ні...

— Ходімо, — мовила баба Килина. — Жива вона. А забрати її скорше треба. Прийдемо, сама зрозумієш...

Небо посіріло. Ще трохи — і ранок.

Як доньку рятувати, так мамці у ногах — вічні двигуни. Біжить попереду Килини і просить:

— Ходіть швидше!

Баба зупинилася:

— Сама біжи, а я потроху... Та й не до вас мені.

— А що?

— Уночі копа згоріла. Катерина на собі Романа до мене приволокла. Обгорів геть. Жити не буде, та й мук йому не допущу. Знаю рецепти... Не тре', щоб шанівці знали про Катерину. Зайве. Скажу, Роман сам приповз. А він, бідолашний, уже не заперечить... Біжи, Дарина. Тягни доньку додому. Городами йдіть. Чуєш?

Мамці ті новини — по голові:

— Божечку, божечку... — затряслася й до лісочку.

Спершу Рудого й Чубчика побачила. До них. Пси відбігли, голови поопускали.

— Донечко, — мамка біля Катерини впала, рученята її цілує та захлинається.

— Матусю... — дівча шепоче.

— Доню, доню... — і сказати нічого не може.

— Він живий, мамо? — Катерина їй.

— Живий, живий, — мамці слова у горлянці стали. — А нам бігти треба. Ти йти можеш, дитино?

Катерина сіла. Дивиться навкруги з подивом, ніби не пізнає.

— Звісно, що можу. А де ми?

— Ходімо, рідна. Дома поговоримо.

Мамка допомогла Катерині встати. Крок, другий... І пошкандибали до Шанівки. Городами.

У хату ступили — нема татка на підлозі.

— От горе, — мамка Катерину до кімнати довела, озирається. І куди чоловік подівся?

Уклала доньку.

— Я зараз... — та до двору.

У сараї татко дудлив самогонку з пляшки.

— Льоня!

Татко й не обернувся. Рукою махнув — мовляв, не заважай мені! Допив.

— Чого тобі? — помовчав. — Пішла геть!

— Ну, все! Прощавай, вугілля... здрастуй, дрова, — прошепотіла мамка — і до Катерини.

Дівча не спало. Як у лісочку — лежить із розплющеними очима, на стелю дивиться. Мамка сіла поряд — і тільки зараз роздивилася: долоні й колінки в доньки подряпані до крові.

— Катруся, не мовчи. Де болить? Дай коліна йодом помажу.

— Не болить, — Катерина їй. — А коліна розбиті, бо дядька Романа до Килини на собі тягла.

— Як це? — мамка питає, а між бровами гірка складка — ніби навіки вже вирубана.

Дівча на ліжку сіло:

— Мамо... А він живий? Живий? Бо як тягла, геть чорний був. І без лиця...

— Живий. Баба Килина його обов'язково на ноги поставить, — мамка шепоче. — А що сталося, доню? Як то — копа загорілася?

— Якийсь чужий чоловік бензином облив. Дядька Романа по голові каменюкою — і запалив. А дядько Роман гасити кинувся.

— А ти ж де...

— Сховалася. А як чужий чоловік пішов, дядька Романа до Килини потягла. Боялася, що не донесу.

Катерина бровки насупила.

— І чого я така слабка? Онде голова крутиться. І кричати хочеться... Просто кричати і все. Що це, мамо?

— Відпочинь, — мамка Катерину гладить. — І нікому про чужого чоловіка не кажи. Нікому й ніколи. Чуєш? Не наші то справи. Бо й нас спалять...

— Шанівці?

— Звісно, що... — Мамка задумалася. — Не знаю, доню.

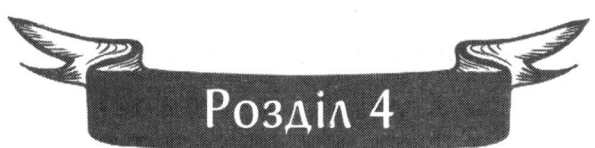

Розділ 4

Шанівцям того ранку було не до того, аби Катерину вистежувати. Від вигорілої копи повернулися — розхристані, понурі, здивовані. Нічого не розуміли. Зібралися гуртом біля постаменту. Мовчать.

Тільки Залусківський кричить, аж заходиться:

— Довірив копу п'яниці! Сам десь дівся, копа згоріла... От сволота! Попадеться він мені... Я з нього, бля, копу зроблю! Він мені за все заплатить!

— Та не міг Роман копи спалити, — Тамарчин Федір каже.

— А хто? — Залусківський йому. — Може, ти?

— Та ти здурів, Іване! — Федько каже. — Я цілий вечір біля Льоньчиної хати мітингував... Та й усі...

— А де ж Роман подівся? — подала голос Алка Залусківська.

— Напився й валяється під якимсь кущем! — плюнув Залусківський. — Ну... Хай тільки повернеться.

І Залусківський почесав до своєї контори. Жінка — за ним.

Шанівці не розходилися.

— Сіна шкода... — сказав Федір.

— А Романа — не шкода? — звилася Ничипориха. — Син помер, за копу Залусківському платити доведеться...

— А що Роман... — відказав Федько. — Сіна шкода... Як без сіна?..

Романа почали шукати вдень. Хтось із шанівців здогадався:
— А може, він у Килини?
Його — на сміх!
— Чого б це? Хіба баба п'яних лікує?
— А з чого знаєте, що Роман п'яним був?
— Залусківський сказав.
— Би з Романом біда, баба б сама в село спустилася. Як-от із Сергієм... — нагадала Ничипориха.
І не пішли до Килини.
Надвечір над селом запанувала моторошна тиша. Навіть Раїса не вила. Здавалося, незвідане і страшне нещастя огорнуло малу Шанівку, вириває з неї по одному, рота всім позашивало гострою голкою, боятися наказало. Вони й слухались. Із вікон визирають: хай би Роман п'яним був, а тепер протверезів і додому човгав... Таж — ні. Нікого на вулиці.
Уже зовсім уночі Тамарку нирка прихопила. Жінка скрутилася — та й пошкандибала до Килини. Не перший раз. Дорогу знала.
Назад не йшла — летіла. І про нирку забула.
— Роман у Килини! — до Раїси.
— Що з ним? — Раїса, бідна, вже сил не мала.
— Раєчко, тримайся. Тримайся... Обгорів увесь. Лежить, як мумія, а баба навколо нього товчеться. Компреси робить, травою поїть. Я їй кажу: а чого ж не додому його? — а вона каже, ніби не можна його рухати, зле буде.
— Як же це... — Раїса говорить, а сама хустку на шию, ноги у чоботи — і з хати.
Тамарка за нею:
— Казала, сам приліз... Обгорів... так обгорів, що страх!
За пів години новина облетіла все село.
До Катерини серед ночі прибігла Людка.

Мамка двері відчинила.

— Чого тобі?

— Я до Каті.

— Спить вона. Зле їй, — мамка прохід заступила. — Іди, Люда. Не зараз...

А Людка своє:

— Я на хвилинку, тітка Дарина. Тільки новину розкажу.

— Мені розкажи, а я їй перекажу, — мамка каже.

— От ви яка! Тут таке! Таке! Дядько Роман геть начисто згорів! Мабуть, помре. Знаєте? Це ж — жах! Спочатку Сашка, тепер дядько Роман...

— Знаємо, йди вже, — мамка сердиться. — Нащо мені Катю тривожити?

— Та чого ви боїтеся? — Людка плечима знизала. — Про Сергієву брехню вже всі забули. Хай Катя вийде. На селі вже про неї нічого поганого не кажуть.

— А ми ще почекаємо трохи! — мамка не втрималася, дверима грюкнула перед самісіньким Людчиним носом.

Три дні пролежав Роман у баби Килини. Три дні вона кружляла навколо нього. На хвилину не лишала. До рота щось вливає, вогкими простирадлами обкладає — і знай молиться.

Усі три дні Раїса просиділа біля чоловіка — мовчазна, скорботна, кам'яна. На ікони дивилася, на чоловіка — не могла. Здавалося, вину якусь за собою знає. Нібито не його, а її Бог покарав — спалив Романові шкіру, живого місця не лишив, а без шкіри — вона, Раїса.

Під ніч третього дня Роман прийшов до тями.

— Де я? — прошепотів.

Раїса над ним схилилася.

— У баби Килини, Ромчику. Вона тебе лікує. Каже, не можна тебе рухати, гірше буде.

Роман заплющив очі. Ледь чутно мовив:

— Дома померти хочу. Попроси, щоб віднесли.

Раїса зайшлася німим риданням, на підлогу впала, до баби Килини повзе:

— Бабо, дайте мені чогось... Отрути якоїсь. Христом Богом благаю! Сина поховала, чоловік помирає... Нащо мені жити?! Дайте мені померти.

— Я не Бог, доню, — баба їй. — Хай Бог розпоряджається.

***

Три дні мамка брехала кволій Катерині, що Роман іде на поправку, а бачити його не можна, бо тітка Раїса біля нього чергує. А потім Людка прискочила. А мамка, як на гріх, на городі порпалася.

— Катька! Я зараз помру! — Людка вскочила до подруги, на постіль сіла. — А чого це ти розлежуєшся?

— Нічо'... — Катерина їй.

— Ходімо! Зараз дядька Романа привезуть! Подивимося, — Людка їй.

— Як це «привезуть»? — Катерина шепоче, а Людка аж кипить — так розказати хочеться.

— Ой, таке страхіття! Таке страхіття! Дядько Роман, кажуть, прийшов до тями і каже тітці Раїсі: «Вези мене додому, Раю! Хочу померти дома, бо якесь неподобство виходить: Сашка в ямі згинув, я у баби чужої помираю». Кажуть, дядька Романа і впізнати неможливо — одна суцільна рана. Нема чоловіка!

— Як — помирає? — Катерина говорить — і голосу свого не впізнає. — Не може він померти. Що ти верзеш, дурна!

— Сама дурна! — образилася Людка. — Уставай уже! Сама побачиш.

Катерина сіла на ліжку. Дивиться кудись крізь Людку і мовчить.

Людка за плече Катерину торснула.

— Гей, подружко! Що з тобою? — аж злякалася.

Катерина ніби не чує.

— Катя! Ти мене чуєш? — Людка з ліжка встала — до дверей.

А тут мамка з городу.

— Тітка Дарина! Там Катя... щось... — Людка очі витріщила.

— Що ти їй наговорила? — мамка ледь не розплакалася. — Ну чого ото лізти? Хіба не бачиш — погано їй?

Видворила Людку, доньку обійняла:

— Заспокойся, доню. Заспокойся... У житті по-різному буває. А витримати — треба. Як без цього?

Катерина й собі мамку обіймає:

— Мамо... Він помре?

Мамка духу набралася:

— Помре, доню. Така йому доля.

— Я піду... — з ліжка лізе.

Мамка вхопила її.

— Куди?! Ну куди ж ти підеш, Катруся?

— Просто надвір. Чи й до Людки... Не бійся. Я до дядька Романа не піду.

— Ой, доню, щось я не вірю, — мамка каже.

— Повір... Чо'сь не можу в хаті. Давить...

— Ну йди, та тільки ж дивись мені... Не треба, щоб у селі знали... Клясти будуть і тебе, і Романа бідолашного.

— Добре, мамо, — Катерина їй.

Людка Катерину побачила — насупилася:

— Через твої вередульки я все чисто прогавила! — заявила.

Придивилася.

— Катько! Яка ж ти худа стала! Ніби на тонку кістку зверху косу причепили. А долоні... Долоні ж які подряпані! Де це тебе носило?

— Де дядько Роман? — Катерина її питає.

— Та де? У хаті в себе. Тільки-но привезли, — Людка доповідає. — Підвода була та сама, на якій Сашкову труну везли. Ой, так страшно...

— А ти до них підеш?

— Не знаю. Страшно...

— Ходімо, — Катерина просить.

Людка підхопилася:

— Ходімо. Там зараз Ничипориха і Залусківського Алка. Раїсу доглядають.

— Раїсу? — Катерина на Людку дивиться і не розуміє.

— Звичайно. Бо вона весь час на підлогу валиться...

Біля Романової хати товклися шанівці. Між собою — тихо. На дівчат і уваги не звернули.

— Мо', до похорону готуватися треба? — хтось.

— Треба, треба... Оце б тільки Раїса не відкинулася з горя. А то будемо всю сім'ю у рядочок класти... — у відповідь.

— Господи, Людка! — Катерина шепоче. — Дядько Роман іще живий, а вони його вже ховають... От же ненависні потвори! От же гадюки!

— Та ти що?! — Людка їй. — Хіба вони здорового у могилу кладуть?

— Ходімо, — Катерина подругу до Романової хати тягне, а Людка перелякалася:

— Давай іще трохи надворі постоїмо. Чо'сь мені колінки трусяться...

До паркану притулилися.

А вулицею до Романової хати Залусківський чеше. Незнайомого чоловіка із собою веде. Ще здалеку юрбу побачив, чоловіка зупинив:

— Таж теє... — каже йому. — Ми ж домовилися, Анатолію Петровичу?

— От як тобі усе просто, Іване, — чоловік відповідає. — Я акт склав, збитки оцінив. Тепер треба медичну довідку про стан охоронця. Ти лікаря йому кликав?

— Буде довідка... Я фелшарку з Килимівки привезу.

— Від лікаря треба. І це ще не все... Свідчення свідків...

— Анатолію Петровичу... — Залусківський взяв чоловіка за руку. — Десять відсотків — ваші. А всі довідки — то мої проблеми. Страховий випадок стався? Стався. Копа охоронялася? Охоронялася. Так давайте не про довідки, а про гроші поговоримо.

— Десять відсотків? — Анатолій Петрович аж задихнувся. — Та ти смієшся, Іване?! За десять відсотків я б не став багнюку місити, щоб до вашої Шанівки дістатися, а тут... Таку відповідальність на себе беру...

— Та не гарячкуйте! Скільки?

Страховик задумався.

— Мо', п'ятнадцять? — попросив Залусківський.

— Двадцять, — відрізав Анатолій Петрович. — І всі довідки — за тобою.

— По руках! — кивнув Залусківський. — Ходімте... Самі пересвідчитеся, що охорона на копі була.

— А що з охоронцем?

— Геть обгорів.

До Романової хати дійшли — шанівці розступилися.

— Іване, а кого ти привів? — гукнув хтось. — Мо', лікаря?

— Якого лікаря! — кинув Залусківський з прикрістю. — Йому вже тільки священник допоможе!

— Це священник? — здивувалася Тамарка.

— Це не ваше діло, — обірвав запитання Залусківський.

І чоловікові:

— Проходьте, Анатолію Петровичу.

Шанівці роти пороззявляли і за Залусківським у хату заглядають. І дівчата — тихо, тихо, через поріг... Забилися у куток.

Роман лежав на тому самому ліжку, де кілька днів до того дожидався останньої путі його син Сашко. Вогкими простирадлами накритий геть увесь. Марля на обличчі — червона від крові. І три круглі дірки в ній прорізані — для очей і рота. У хаті — затхлий запах гнилизни, перемішаної з травами та ліками.

Роман не рухався, не стогнав, не жалівся на біль. Без тями тихо помирав, і здавалося, хоч на шкірі полум'я і згасло, а всередині продовжує тихо тліти, випалюючи все живе до останку.

Залусківський кашлянув. Баби обернулися, а від Раїси не відходять.

— Так, баби. Вийдіть, повітрям мені подихайте! І всім скажіть — хай повиходять.

У хаті лишилися Залусківський із Анатолієм Петровичем, Раїса та дівчата у кутку. Залусківський знову кашлянув.

— Ми тебе, Раю, не затримаємо. — І до чоловіка: — От, Анатолію Петровичу. Дивіться самі. Охоронець геть обгорілий.

І Залусківський простягнув руку до простирадла, яким Роман був укритий.

— Не треба, — перелякався страховик. — Бачу, бачу... Ходімо вже.

Раїса голову підвела:

— А ти, Іване, оце на екскурсію людину привів, чи що? — прошепотіла гірко.

— А от я зараз людину проведу, Рая, повернуся і ми з тобою побалакаємо, — Залусківський їй.

— А це з тобою хто?

— Це? Спеціаліст, — відповів Залусківський і повів страховика на повітря.

— Н-да... — після паморочливого запаху в хаті страховик хапнув повітря, похитав головою.

І пішли десь.

А дівчата все в кутку стояли. Уже й баби сто разів — з хати, в хату. Уже й Залусківський чоловіка провів, повернувся, гримів щось на шанівців під хатою, а дівчата все не могли з місця зрушити.

Нарешті Залусківський знову зайшов до хати, хазяйським оком навкруги зиркнув і постановив:

— Усі виходьте. У нас із Раїсою розмова є. — І Раїсі: — Давай, Раю, на кухні побалакаємо, бо тут... — на Романа кивнув, — не можу. Серце не витримує.

Раїса покірно до кухні потюпала, а Залусківський далі веде:

— Хай біля Романа хтось лишиться... От, приміром, Ничипориха.

Катерина ступила з кутка:

— І я... Можна, і я лишуся?

— О! Катерина тут, — здивувався Залусківський.

— Можна, я лишуся? — вона голови не підіймає, а Людка в бік штрикає: мовляв, зовсім здуріла!

— Ну, допоможи бабі, — дозволив Залусківський, і за мить біля чорного й мовчазного Романа лишилися тільки Ничипориха і Катерина.

Баба на дівча глянула. Головою захитала:

— Ой, доню, як же тебе злі язики споганили. Онде зовсім із тіла зійшла, худа стала. Одні очі блищать та коса крутиться.

— То нічо', — Катерина прошепотіла. Біля ліжка стала, очей від Романа не відводить.

Баба Ничипориха все чисто розгадала б, та хіба до того. Одним оком на Романа зирить, а вуха у бік кухні — мов ті локатори. Ох і цікаво ж знати, що там Залусківський Раїсі каже! «Точно, хоче допомогти похорон організувати, — подумала Ничипориха. — От би й мені допоміг колись...»

Цікавість погнала бабу під двері кухні. Катерина озирнулася... Нікого. Тільки вона і Роман... Ступила ближче.

Ничипоришині локатори пропустили всього кілька фраз. Залусківський сказав:

— Оце зі мною спеціаліст був, то й теє... сказав... Ви мені тепер за копу должні... Не вберіг Роман копи.

Раїса на нього очі підвела:

— Нема у нас нічо'... Хочеш, мене бери в раби...

— У вас поле є, — Залусківський обережно. — Тобі тепер, Раю, воно зовсім не у пригоді. Давай так. Я ваше поле забираю. Ну, теє... за копу.

От тут і Ничипориха підключилася. Біля дверей причаїлася.

— ...А я Романів похорон на себе візьму, — продовжує Залусківський. — Не хвилюйся ні за що. Усе буде, ну, теє... як слід.

— Хай так, — Раїса шепоче.

Залусківський їй папірець підсуває:

— Тоді підпиши. Щоб усе по закону.

Ничипориха головою захитала. «Золота ж людина цей Ванька Залусківський!» — подумала.

І — тихцем від кухні до кімнати. Уже зайти намірилася. Чує — Катерина шепоче:

— Люблю вас, дядьку Романе...

— Матір Божа! — жахнулася баба і застигла при стіні біля кімнати.

Катерина схилилася над Романовим обличчям. Сльози втирала, а одна сльозинка зірвалася... І прямо на щоку чорну під марлею червоною. Крап! Наче Бог змилувався, дав чоловікові хвилю тями.

Він очі розплющив. Вона аж задихнулася. Рота рученятами закриває, труситься.

Він прошепотів ледь чутно:

— Мовчи...

— Що? — вона перелякалася ще дужче, не розчула. Нахилилася ближче, шепоче:

— Рідненький... рідненький. Самий дорогий... Не помирайте... Хіба для того я вас із палаючої копи витягла, щоб ви померли? Благаю, живіть...

Він ізсилився:

— Мовчи... Русалонько...

— Як же мовчати? Люблю вас більше за життя, — шепотіла, як у гарячці. — Сонце моє, кохання моє... Хто ж мене обніме? Хто поцілує?.. Не помирайте... Не помирайте, дядьку Романе. Мені однаково. Хоч би й інвалідом лишилися... Буду біля вас. На крок не відійду, тільки не помирайте.

Романові очі блиснули. Чи сльоза, чи горе засвітилося.

— Нікому... бо...

— Мовчіть, вам говорити важко. Я тут буду. Нікуди не відійду. Чуєте? Ніхто мене від вас не віджене. Сонце моє... Радосте моя...

Роман вдихнув — раптово, із зусиллям:

— Люблю тебе... — прохрипів і замовк.

Катерину як кине від ліжка:

— Та ні... Ні! — шепоче.

На підлогу впала. Голову руками обхопила. Потім підскочила — і з хати. Повз Ничипориху — і не помітила баби.

А баба навшпиньки до кімнати, ніби це за нею хтось слідкує. До Романа нахилилася. Пальця йому під носа підставила. Насупилася. Дзеркальце взяла. Знову під ніс Романові підсунула. Чисте дзеркальце. Не спітніло.

— Відмучився, — сказала спокійно.

У бік кухні зиркнула. Груди обвислі поправила, кашлянула, щоб не хрипіти, і загорланила:

— О-о-ой! Помер... Ромчик помер... Помер...

Залусківський у кухні Раїсу підхопив, у двері ногою — грюк!

— Чого ти кричиш, стара відьмо! Ще одну зі світу звести хочеш? Чого там товчешся? Не допоможеш уже Романові! Ходи сюди! Раїсі поможи, а я піду... Тре' про похорон подумати.

— Ой, Ваня, який же ти золотий чоловік, — усе на тій самій ноті прокричала Ничипориха.

Із двору вже заходили шанівці. Хто плакав, хто зітхав.

— Давайте мені тут... щоб усе нормально було, — гримнув Залусківський. — Скоро повернуся. І Льоньку знайдіть. Хай би Романа обміряв і труну лагодив.

— Льонька в запої, — сказав Федько. — І без нього труну зробимо...

— От бля! — рипнув зубами Залусківський. — Він же мені кролів забити обіцяв...

І пішов.

***

Катерина бігла — світ за очі.

— Помру... Помру... — ридала. — Не хочу жити... Не хочу! Бідненький мій... Ріднесенький... Любий, любий...

Упала за селом. Неподалік хати покинуті повипиналися в ночі. Як надгробки. Хіба що хрестів нема.

На спину відкинулася.

— Буду лежати, поки не помру, — прошепотіла.

А в думці — Роман. Очі сині, волосся геть не сиве, а чорне, кучеряве. Усміхається. «Русалонько... люблю тебе».

— І я вас, дядьку Романе, так люблю, так люблю... — шепоче.

— От кугутяра! Додай іще хоч трохи! — раптом серед ночі. Та близько десь. Біля хати малої покинутої.

Катерина від страху скрутилася. А в голові: е-е-е, та це ж голос чоловіка чужого! І слівце оте незвичне — кугутяра. Він копу підпалив! Він дядька Романа згубив. І ще страшніше стало.

— Що я обіцяв, те ти й отримав, — відповідає хтось чоловікові чужому.

Упізнала. Залусківський відповідає. Точно.

Катерині дух забило. Що це?

А чужий своє:

— Я підрядився тільки копу підпалити, а там іще якесь падло було. Ледь не вбив мене... Ти мені про це не казав, за це не платив.

— І так забагато, — Залусківський йому. — Їдь геть, сволото, бо закопаю, ніхто й не знайде.

— А ти мене не лякай! Я не лякливий, — чужий сичить.

— Та добре, добре... — Залусківський лагідно. — Давай вип'ємо. Справу зроблено...

— Так воно краще буде, кугутяро, — процідив чужий. — Наливай...

Катерина голову від землі відірвала... Бачить — сидить на камені чужий чоловік. Перед ним — Залусківський із пляшкою. Налив, чоловікові склянку простягнув.

— Зараз закусь дістану із сумки.

Обійшов чужого. Зі спини став, а той саме склянку до рота підніс.

Залусківський тихо нахилився, біля сумки рукою шурхотить, а сам каменюку намацує. Знайшов, розігнувся та як трісне чужого по маківці! Той звалився й не писнув.

— І ти мене не лякай, — сказав Залусківський.

До чужого нахилився.

— Ага, падло! Не хочеш здихати? — і знов каменюкою по голові. Бив, бив — аж утомився. Камінь відкинув.

— Отепер справу зроблено...

І потяг чужого за покинуті хати.

Катерина повернулася додому, коли вже й півні відспівали. П'яний татко плентався по двору, шукав випити.

— А-а-а, ходиш тут, — пробурмотів доньці.

Мамка до Катерини кинулася. Плаче, аж трясеться.

— Доню, де ти була? Я все село оббігала, питати боюся... А раптом ти чогось дурного наробила? Доню, доню, та що з тобою?! Чого мовчиш, люба?

Катерина очі на неї підвела. Дивна, спокійна.

— Мамо... Ходімо до моєї кімнати. Хочу спитати...

Мамці — та хоч на край світу, аби дитині краще.

— Ідемо, рідненька. Ідемо.

На ліжко сіли.

— Уже знаєш? — мамка їй, а сама собі думає: «Мабуть, Господь змилувався. Прибрав Романа, аби село їх із Катериною не розірвало. Вберіг дитину страшною ціною. Аби тільки вона тепер мовчала... А я її відходжу. Придумаю щось...»

Катерина головою киває: знаю, мовляв. І мовчить.

Мамка мнеться: і що його робити?

— Ти ж хотіла щось спитати, Катрусю, — нагадує.

Катерина знов головою киває. Мамка руки до грудей приклала і просить Бога подумки: «Боже, дай мені сили витерпіти. Дай мені сили. Дай...»

— А можна й потім, — мамка обережно.

Донька смикнулася. Ніби греблю прорвало. І — мамці у вічі:

— Треба Залусківського вбити, мамо, — каже спокійно. — Як це зробити?

— Що ти таке кажеш? — мамці коліна затремтіли. — Доню... Схаменися, люба. Не повернути Романа... І до чого тут Залусківський?

— Він дядька Романа спалив, — Катерина каже. — Я все чисто бачила, мамо. Геть усе чисто! Залусківський чужого чоловіка підмовив копу запалити, а сьогодні уночі того чоловіка вбив, бо той грошей вимагав.

Мамка схопилася, рота доньці руками затуляє:

— Ой, мовчи... Мовчи, доню, бо й нас спалять!

— Та не бійся, мамо, — Катерина їй шепоче. — Нікому не скажу... Мовчати буду, як німа. Усе думатиму, як Залусківського вбити.

— Мовчи, прошу! Мовчи... не кажи такого.

— Чому?

— Гріх! Хіба можна?..

— А йому — можна?

— Господь його покарає. От побачиш, доню. Господь обов'язково його покарає.

Катерина би мамці відповіла, та Роман став перед очі. Усміхається. Вона голову вбік нахилила, пробує роздивитися: чи очі сині? чи волосся чорне, чи посивіле?..

— Ой, як же я тебе люблю, — прошепотіла — та на постіль валиться.

Мамка не зрозуміла:

— І я тебе, доню, люблю, — прошепотіла з острахом. Посунулася, щоб Катерині лежати зручно: — Відпочинь, сонечко. Я скоро... До худоби гляну й повернуся.

Поховати Романа вирішили наступного дня зранку, бо потім Залусківському у справах до міста треба було. Увесь день село готувалося до похорону. Тягли до осиротілої Раїсиної хати харч, копали яму, плели вінки, труну гарну збили, хреста. Коняці у гриву чорні жалобні стрічки повплітали. Усе як завжди.

Раїса байдуже сиділа біля тіла чоловіка, шепотіла щось собі під ніс, а шанівці на неї косилися й хитали головами:

— Мабуть, і вона скоро за ними відправиться... Ой, скоро.

Надвечір, коли все переробили й по хатах розбіглися, а біля Раїси лишилися тільки дві баби й Федька Тамарчин, Ничипориха постукала в Даринину з Льонькою хату.

Мамка вийшла на поріг.

— Чого вам, бабо?

Ничипориха оченята змружила:

— Ой, недобре... Ой, недобре...

— Та що? — мамка крок назад зробила.

Ничипориха у хату — шмиг.

Сіла на кухні.

— Дарка, а чого це вас не видно було? Усе село Романа в останню путь готує, а ви...

— Бабо, не рвіть душу! — мамка їй каже. — І без вас тоскно. Льонька п'яний валяється, чортяка! Оце тепер місяць буде пити, поки біси перед очима не повискакують. Дитина захворіла геть. Відійти не можу.

— Ой, не кажи, не кажи... — Ничипориха їй.

— Таж самі гляньте! — мамка рукою — у бік Катерининої кімнатки. — А я була... Харч Раїсі принесла, посиділа біля Романа трохи. А більше не можу. Кажу ж, донька зовсім занедужала.

— А що з нею? — баба питає і суне до Катерининої кімнати.

Двері відчинила.

— Ой! Ой!

Лежить Катерина попід стіною. І сама, як та стіна. Біла.

Мамка бабу від дверей тягне:

— Ідіть уже! Прошу...

А тут і татко п'яний до хати.

— Це що тут за старе хабоття крутиться?! — як гаркне.

Баба ледь не зомліла.

— Добрий вечір, Льончику!

— Який я тобі Льончик, стара хвойдо! — татко до баби сіпається. — Для тебе я — Леонід Ілліч!

— Е-е-е, теж мені Брежнєв, — бабі хоч і боязко, а язика втримати не може.

— Ану пішла геть, відьмо! — руки до баби тягне.

Ничипориха вискочила, носа почухала:

— Та не привиділося ж мені! Точно Роман із малолєткою злигався був! Он вона яка — лежить і трясеться од сорому, — сама собі.

І пішла.

А розказати ж комусь хотілося — аж язик розсвербівся.

Похорон добрий вийшов, хоч і пересварилися шанівці. Баби казали, що не треба з Романового обличчя марлю знімати, бо ж дуже страшно дивитися на те, що від обличчя лишилося. А мужики казали:

— Непорядок. Із ганчіркою на морді... Та що це?! Як вам страшно, то повідвертайтеся.

Прийшов Залусківський і постановив:

— Ганчірку зніміть, а труну накрийте.

І всі погодилися.

Отець-священник своє пробурмотів, тітки-півчі відспівали, яму закидали. Хрест поставили.

— Е-е-е, ніби й не було чоловіка.

Із цвинтаря поверталися — про важливе балакали.

— Федір, ти свиню колоти будеш? — спитав татко, хоч язик заплітався.

— Буду.

— А коли?

— Та за тиждень, мабуть. А чого питаєш?

— Та 'би до тебе прилаштуватися. Ти ж Степана з Килимівки гукнеш колоти?

— Степана. Він один — спеціаліст. І бере недорого.

— Тоді і я за тиждень, — вирішив татко. — Хай за один раз двох свиней заколе. І нам дешевше буде.

— Дешевше, — погодився Федір.

Бабам не давала спокою Раїсина корова. Ничипориха била себе в груди та казала, що корова вже до її двору звикла.

— Райці зараз та корова — як кобилі сідло, — звивалася. — Усе одно не буде Райка її глядіти. Хай корова в мене побуде.

— Хай краще у мене! — сіпалася до неї Алка Залусківська. — А то ви, бабо, від чужого молока скоро чисто попухнете!

— Ой-ой! Отаке! — ляснула долонями Ничипориха. — А може, ти, Алко, ту корову годувала? Га?

— Годі вже за ту корову, — встряла мамка.

Ничипориха на неї недобре зиркнула.

— А за кого нам балакати? Може, за дочку твою?! Бач, і на похорон не прийшла!

Мамка й заклякла.

— Нездужає вона, — відповіла невпевнено.

На поминках Ничипориха напилася, підсіла до Залусківського.

— Ваню, така ти золота людина. Оце хочу до тебе у ноги впасти, щоб ти й мені такий гарний похорон зробив.

— Бабо, ви нас усіх переживете, — криво всміхнувся Залусківський.

Ничипориха похитала головою, пальця покрученого вгору підняла:

— Скоро... Ой, скоро моя година... А рідні нема. Одна-однісінька.

Залусківський очі примружив.

— А чого свій клаптик землі нікому в оренду не віддасте? Була б вам копійчина на похорон. Однаково стоїть у бур'янах.

— Та страшно, Ваня. У газеті писали — одні злодюжки землю орендують. І дурять... Так дурять, що й подітися нема куди.

— А ви мені віддайте, — тихо сказав Залусківський.

— А ти мені що? — підняла брови баба.

— Похорон...

— Брешеш!

— Їй-бо! Кращий за Романів.

— Ой, бути не може!

— Чого ж це?

— Не знаю. Не може буть — і все.

— Ну, як знаєте, — Залусківський від Ничипорихи відсунувся, стіл оглянув хазяйським оком. — Ну, давайте ще по одній. Пом'янемо Сашку... Тьху ти! ...Романа!

Пляшки задзенькали.

— Хай земля пухом... Обом...

* * *

Ничипориха на поминках не розбазікала про ту останню розмову Романа з Катериною тільки через те, що оце вдруге за короткий час спостерігала такий ловкий похорон і думала лишень про те, як би вмовити Залусківського і їй таке свято влаштувати. А тут — на тобі! Сам Залусківський бабі послугу пропонує.

Ничипориха повернулася з поминок до своєї порожньої хати, сіла й задумалася.

— От ірод! Прямо в душу вліз! І що його робити?

Свого часу Ничипориха зі шкури виплигнула, щоб добути земельні паї на себе, чоловіка, царство йому небесне, доньку і двох її діточок. Вийшло чимало, і шанівці довго плювали на хитру бабу.

— Хоч би сиріток біля себе лишила, — казали. — А так... Нащо хапнула? Бур'яни розводити?..

Баба на них уваги не звертала і все думала, якою ж багатющою багатійкою стане завдяки власній землі. Та роки йшли, земля геть поросла бур'яном, і вже несла була Ничипорисі ганяти з неї чужих корів та кіз.

І тут раптом — Залусківський. Єдиний на всю Шанівку заможний чоловік. «І не бреше ж, мабуть! — подумала баба. — Бач, який похорон Сашкові з Романом зробив. Як ніби то Алку свою ховав, а не сусідів».

Ничипориха перехрестилася й вирішила: проґавити такої вигідної справи ніяк не можна.

На ранок поперлася до Залусківських.

Іван матюкався та бив кролів.

— От паскуда той Льонька! — лаявся. — Оце мені робити більше нема чого, як кролів забивати!

До баби обернувся.

— Чого вам?

Ничипориха вирішила не зволікати.

— Я згодна, — каже.

Залусківський кроля відкинув.

— На що?

— На похорон. Клич кого треба, я усе чисто підпишу, — каже. — Ото тільки тобі й довіряю свій похорон, Ваня...

Залусківський усміхнувся.

— Добре... Та не базікайте нікому.

— Чому?

— А ви хочете, щоб я всю Шанівку хоронив?

Баба докумекала.

— Ой, твоя правда, Іван! Як дізнаються, попруть до тебе лавиною. Усім, бач, хочеться померти по-людськи.

За два дні Залусківський привіз до баби незнайомих чоловіків. Ничипориха розписалася, де їй пальцем тицьнули. Аж полегшало.

— Отепер і пожити можна! — всміхнулася.

Залусківський теж не сумував. Пішов незнайомих чоловіків проводжати, бабі десятку на цукерки лишив і пляшку горілки. Баба приклалася. Зовсім полегшало. І пішла вулицею імені Леніна. Біля постаменту сіла — ноги нести не хтіли. А язик — нічого. Вертівся в роті, і п'яна баба ніяк не могла згадати, що ж таке важливе вона повинна розказати всьому селу.

А як згадала — ледь не зомліла.

— Ой-ой! Та це ж утерпіти неможливо!

Озирнулася. Порожньо. Усі на подвір'ях порпаються. Ніхто на вулицю не йде. Тільки двійко п'яних мужиків під Тамарчиним кіоском сидять.

Баба підхопилася й побрьохала до кіоску.

— Ничипорихо, і тобі налити? — запитала Тамарка.

— Слухай, що я тобі скажу, Тамарочко, — зашепотіла баба. — А твій Сергій правий був... Правий... Про ту Катьку...

— Лиште, бабо! Вам усім тут правди не треба. Ледь не з'їли мене. Як згадаю... — обірвала Ничипориху Тамарка.

А бабі вже — аж у жопу пече.

— Та Катька не тільки хлопців занапастила, — шепоче. — Вона ще й Романа... того...

— Та ви здуріли! — Тамарка не повірила.

— Побожитися можу. І на іконі заприсягтися, як та Дарина скажена. Сама чула. Оце на власні вуха чула, як Катька Романові признавалася... І він їй признавався. Мо', вона відьма?

— Коли ж це він признавався? Як обгорів — і слова мовити не міг.

— А от зміг! Зміг! І таке казав, таке-е...

Тамарка визирнула з кіоску на вулицю.

— Ану зайдіть, бабо. Поговоримо.

...Ничипориха просиділа у Тамарчиному кіоску більш як годину. Вийшла — піт із чола стерла, а на вулиці ж таке крутило — хоч кожуха вдягай.

Тамарка знову з кіоску визирнула:

— Гляділь мені, бабо! — сказала тихо. — Щоб нікому, бо тоді — хрест на нашому плані.

— Тамарочко, а може, я хоч Раїсі скажу... Вона ж — найбільш постраждала...

— Зачекайте трохи. Хай до тями прийде. І мовчіть! Чуєте? Самі ж бачите, яке стерво та Катька. Може проти нас і обернути. Ні, бабо, ми по-іншому зробимо. Ми їй таку екзекуцію влаштуємо, щоб до кінця своїх днів каялася...

Ничипориха підняла кулак вгору — ну чисто тобі Че Ґевара.

— Зробимо... екзекуцію! — прошепотіла і посміхнулася.

Ну — абсолютно полегшало. Наче друга молодість повернулася.

Хазяйка шанівського кіоску Тамарка любила свого чоловіка Федька, але бізнес свій згортати не планувала, тому й вийшов її синочок молодший Тарасик — копія Залусківського. Від зустрічей із ним відкараскатися Тамарка ніяк не могла, хоча була та справа невдячною і небезпечною. Презервативів Залусківський не визнавав, інших способів бабу вберегти не знав, тому щоразу наповнював цілком життєдайну Тамарчину матку спермою аж через край. Тамарка вже п'ять разів зачинялася на кухні й тишком од усіх вишкрібала із себе зародки, а потім тижнями відлежувалася, бо й устати не могла.

Ще дужчого страху наганяла на Тамарку дружина Залусківського Алка, а її норов шанівці добре знали. Мовчазна й велика, як гора, Алка терпіла довго, але вже як утрачала терпець — хоч на сонце від неї скоч!

У Тамарки з Алкою була всього одна розмова про те, що «на селі балакають, ніби мій Ванька тебе вже по всіх кущах потягав». Тамарка клялася, що люди брешуть. Алка сказала:

— Упіймаю — повбиваю.

Відтоді Тамарка збиралася на таємні побачення з таким тваринним страхом, що й Залусківського почала дратувати.

— Що ти оце мені трусишся?! — питав.

— Та нічого, Ваня, — пильнувала інтереси бізнесу Тамарка.

Того дня Тамарка провела бабу Ничипориху поглядом, відвернулася і — стиць, моя радість! Залусківський перед носом. Незнайомих чоловіків із села випровадив. Веселий.

— Налити? — з надією запитала Тамарка.

— Я сам у тебе налити хочу, — зареготав Залусківський. — Приходь увечері до покинутої хати за балкою. Підійду...

Уже йти хотів. Тамарка зітхнула.

— Знову камінням жопу дерти...

— Може, Алці сказати, щоб у хаті постелила? — уїдливо запитав Залусківський.

— Та ні... то я так, — відповіла слухняна коханка.

І згадала про Ничипоришині плітки.

— Іване! Чуєш? Ничипориха тільки-но мені такого нагородила... На голову не налазить.

Залусківський напружився.

— Про землю?

— Про яку землю? Про Катьку Льонькову... Каже, що сама чула...

Залусківський зупинив її на півслові.

— Увечері розкажеш.

І пішов.

Тамарчин чоловік Федір теж знав: тягається жінка із Залусківським. І навіть вирахував, коли саме. Перед побаченням із шанівським «олігархом» Тамарка бувала особливо терпимою до чоловікової потреби напиватися щовечора.

А іноді навіть сама пляшку виставляла, аби Федько очі залив і забувся.

От і тепер. Тамарка кіоск зачинила надвечір, відійшла, плюнула й повернулася. По пляшку. Трохи по хаті каструлями погриміла.

— Ой, мені ще в кіоск тре'... — І з дому.

До покинутої хати за балкою добігла, коли сонце сіло. Залусківського ще не було. Жінка розчистила земляну підлогу від битої цегли.

— От паскуда, — прошепотіла. — Щоразу чекати його доводиться.

Залусківський об'явився за пів години. Тамарка до того часу змерзла як цуцик.

— Де ж-ж-ж ти так довго! — зубами цокотіла.

— Справи маю, — гримнув Залусківський. — Я ж не ти... Це тобі — аби хто встромив...

Тамарка промовчала. Ковдрочку малу, що у торбі із собою приперла, постелила, вже за спідницю вхопилася.

— Ваня! Чуєш? Ничипориха каже, що мала Катька Льончина з Романом тягалася. І ніби навіть у ту ніч, коли копа згоріла, встигла до нього збігати, аби злигатися зайвий раз...

Залусківський вже штани стягнув. Як почув — так і сів голим задом на землю.

— Що ти сказала?..

— Що чув, — Тамарку вразила реакція Залусківського. — А чого впав, ніби то твоя Алка з Романом у копі...

— Цить! — Залусківський заметушився, штани натягнув. Знову сів. — Ану розказуй. Тільки геть усе чисто. Кожне слово...

— Та хіба всі Ничипоришині побрехеньки згадати можна? Домовилися ми з нею, що вона нікому більше й слова не мовить.

— Чому? — спитав Залусківський.

— Хочемо придумати, як малу хвойду провчити. Тре' щоб у селі не знали поки.

Залусківський почухав носа.

— Це ви добре придумали. Нащо село колотити...

Підвівся.

— Ходім, Тамаро.

— Куди? — Тамарка зовсім нічого не розуміла. — А теє... сексом тим... займатися не будемо?

— А тобі — аби встромив хто! — гримнув Залусківський. — Ходімо! Хочу, щоб Ничипориха мені все чисто розказала.

***

Ничипориха плела серветку з білих простих ниток. Залусківського з Тамаркою побачила — перелякалася.

— Іване! Чи не передумав із моїм похороном?

— Про що це ви, бабо? — Тамарка їй.

Залусківський аж матюкнувся.

— От баби! А ну цитьте мені! Мовчіть!

Жінки слухняно замовкли.

— А тепер ви, Ничипорихо, розказуйте про Романа і малу Катьку... — продовжив. — І якщо хоч слово збрешете чи придумаєте, буде вам похорон! Прямо завтра і буде!

Ничипориха зручно всілася, перехрестилася і почала малювати. Куди там Рембрандту!

— Значить, так... Лежить Роман на постелі білій... Помирає... Баби біля Раїси крутяться, а тут ти, Ваню, заходиш...

Ничипориха зупинилася, з острахом подивилася на Залусківського.

— Та я слухаю, слухаю... — сказав Залусківський. — І далі що?

Баба пожвавішала.

— Заходиш ти, Ваню, і кажеш: «Ану гетьте мені всі з хати! Я з Раїсою говорити буду»...

Залусківський підняв брови.

— Ну? І довго ви про мене розказуватимете?

— А тут Катька Льоньчина тобі у ноги кинулася. «Дозвольте біля Романа лишитися! Благаю, дозвольте!»

Тамарка не втрималася:

— Та що ви кажете? Просто в ноги кинулася?

— От тобі хрест! — Ничипориха перехрестилася. — Скажи, Ваня, було таке чи ні?

— Було, хоч у ноги мала й не кидалася. Сказала, що лишиться біля Романа — вам, Ничипорихо, допомогти...

— От! Тільки всі вийшли, вона — до Романа...

— А ви де були? — спитала Тамарка.

— Я? — Ничипориха задумалася. — А мені зле стало. На хвилю надвір вискочила й назад у хату. До Романа... Ще й до кімнати не зайшла, чую — Катька з Романом розмовляє. А він їй відповідає...

— Він у відключці був, — сказав Залусківський. — Брешете ви, бабо.

— Щоб я здохла й без похорону на землі валялася! — підскочила Ничипориха. — Кажу, розмовляли. Вона йому: «Любчику мій ненаглядний! Хіба я тебе з палаючої копи витягла для того, щоб ти помер? А хто ж мене цілуватиме? Хто мене під копою кохатиме? Я ж тепер тільки й думаю, коли до тебе знову припаду!» А Роман їй: «Русалко моя кохана! Я теж тільки про тебе думаю. Тільки тебе кохаю і аж трясуся, так мене до тебе тягне. А на жінку свою дивитися не можу. Огидна вона мені. Тільки ти мені нужна, кохання моє неземне!»

Ничипориха зупинилася. Повітря забракло. Вдихнула глибоко.

— Оце я думаю... Мо', вона відьма? Двох окрутила за раз. І старого, і малого.

До Тамарки всміхнулася.

— Добре, Тамарочко, хоч твій Сергій вберігся. Але... теж постраждав.

Залусківський ніби не чує. Задумався — аж піт на чолі блиснув.

— Яка з неї відьма? — відповіла бабі Тамарка. — Звичайна бля! Навчилася ноги розсувати й рада.

— А як не звичайна? — наганяла баба страху. — Онде вона до Килини бігала. Може, зілля якогось приворотного випросила, а тепер казиться, що кожного може обкрутити.

Залусківський кашлянув.

— Слухайте, баби, що буде. Дівку покарати треба. Нащо нам у Шанівці такі паскуди?! Ви добре розсудили — не тре' поки нікому казати. Спочатку кару придумати, а вже потім... Щоб не відверталася.

Ничипориха активно головою затрясла: мовляв, буде зроблено.

— Райку! Райку тре' до помсти залучити! — прошепотіла, як партизанка у засідці. — Райка найбільш постраждала!

— Не час іще... — постановив Залусківський.

Щось собі покумекав. Матюкнувся.

— М-да, час... Кожної години щось нове дізнаєшся, мать його! І чорт його знає, як воно обернеться, — сказав. — Ні, тут і зволікати не можна. Оце три дні нам...

— На що? — не зрозуміла Тамарка.

— На план, — здогадалася Ничипориха.

Очі заблищали: старе як мале — аби гратися.

— Є в мене вже план. Спалити їхню хату на попіл, із села вигнати голими й босими. І Катьку, і Льоньку з Дариною. З бісівськими виродками завжди так чинили. Спалити — і геть.

— Нормально, — погодився Залусківський. — Завтра, бабо, заманіть Раїсу до себе ввечері. Обговоримо. Щоб... теє... як по маслу.

Тамарка слухала і зайвий раз переконувалася: ох і діловий мужик цей Ванька Залусківський! Ох і діловий. А значить, вишкрібати з себе його нащадків доведеться ще не раз.

Тривога гризла мамці серце: з дня Романової смерті Катерина жодного разу з хати не вийшла.

На похорон не пішла.

— Однаково попрощатися не дадуть, — сказала якось незвично, по-дорослому.

Мамка перехрестилася: мабуть, починає розуміти, що час пустити в серце забуття.

Наступного дня як лягла на постіль, так і не ворухнулась.

— Думатиму, — сказала.

— Про Романа? — мамка все гадала, які слова знайти, аби вмовити доньку відпустити серце.

Катерина всміхнулася.

— Про дядька Романа я весь час думаю, а зараз мені тре' Залусківського вбити.

Мамку аж перекосило.

— Та годі вже дурне в голові молотити! Мо', тобі взагалі усе привиділося...

— Не привиділося. От коли ми з дядьком Романом попрощалися...

Мамка — вухам не повірила. Катерину за плечі вхопила — як трусоне!

— То ти була в нього?! Була... Доню, ти ж клялася, що не підеш! Ти ж клялася...

Заридала.

— Що ж ти наробила?..

— Та не бачив ніхто, — Катерина їй.

— Як то не бачив?! Людей було — повна хата! Куди усі поділися?

— Таж точно. Залусківський прийшов, усіх чисто вигнав, тітку Раїсу на кухню гукнув для розмови. Ничипориха дременула кудись, і я одна лишилася...

— І що? — крізь сльози прошепотіла мамка.

— І тут дядько Роман очі розкрив. На мене дивиться, а я йому... Поклялася, що любитиму вічно. І він — мені...

— Ну, йому-то... — не втрималася мамка.

— А потім шепоче: «Мовчи... Мовчи...»

Мамка швидко зорієнтувалася.

— От і слухай Романа, якщо любиш! Мовчи... Чуєш? І про любов свою бідолашну, і про Залусківського...

Поговорили — і кожна за своє. Катерина лежить і ніяк придумати не може, як же Залусківського покарати. А мамці голова обертом од тривоги. «А раптом хтось чув розмову Романа з Катериною? Що буде? Сорому ж — на весь світ!»

За тиждень після похорону мамчині побоювання переросли у стійке передчуття жахливої біди. Якось увечері, коли холодний вітер збивав із ніг, до їхнього дому приповзла квола Раїса. За огорожу вчепилася і закричала, як скажена:

— Катю, доню! Прийшла тобі пісеньку заспівати!

І як загорлає — де й сили взяла:

> Ой умру я, умру
> Та буду дивитись,
> Чи не буде мій миленький
> За мною журитись.
>
> А мій милий зажурився,
> Швидко собі підголився.
> «Хоч би взяли тіло з двору,
> Бо женитись хочу скоро».

Татко п'яний із хати виліз:

— Ой, добре співаєш, Раїсо! Заходь до нас... Пом'янемо... того... чи що?

Раїса від огорожі не відчіпляється.
— Хоч іще? То слухай...

> Ой гину, люди, гину
> Через тую Катерину;
> Через її чорні очі
> Я не спав чотири ночі.
> А помру на п'ятую
> Через ту проклятую...

І як розреготалася!.. А вітер — і собі. Аж закрутило. Огорожа разом із Раїсою і повалилася. Лежить Раїса просто на землі та страшно регоче.

Татко до неї — ступає, хитається:

— Ах ти ж сука! Прийшла мені тут паркани ламати?! Та я тебе зараз...

Мамка ледь устигла його відтягти. Татка втришия — до хати. До Раїси підійшла.

— Чого це ти, голубонько?.. — говорить, а голос тремтить. — Дай допоможу піднятися...

— Поклали мого синочка і чоловіка у землю, а зараз і мені допомогти хочете? — прошепотіла Раїса і знов — як розрегочеться! Очі скажені...

— Та що ти кажеш? Чого це ти?! — мамку трусонуло.

— Дай зілля! Дай зілля, щоб померти! — закричала Раїса, підхопилася і побігла геть. А вітер її ніби підганяє: мерщій, мерщій...

Мамці — руки трусяться. Озирається. Аж не видно. Темно. Здається, вулиця порожня...

Тільки подумала це — од постаменту суне щось.

Мамка крутнулася — і швидше в хату.

Ускочила. Озирається. Татко «Лісову пісню» допиває, Катерина у своїй кімнаті на ліжку скрутилася.

Мамка навколішки впала:

— Боже, допоможи...

І полізла до шафи з одягом. Дістала рюкзак, із яким татко колись із армії повернувся, доньчин одяг повкидала. Зупинилася на мить... Полізла до ліжка. Дерла матрац, дерла, а він не піддається. Ножем розрізала, сімнадцять купюр по десять гривень витягла. У рюкзак укинула. Знову зупинилася. З буфету дістала Катеринин документ — свідоцтво про народження. У рюкзак.

І — до Катерини:

— Доню, вставай скоро, — шепоче й тягне доньку з ліжка.

— Не чіпай мене, мамо, — Катерина їй.

А мамка — й не мамка зовсім! Крига! Ухопила, на ноги поставила. Ані сльозинки.

— Хіба я тебе, люба, колись чіпала? Біжи хутко! Бо зараз нас усіх на шмаття порвуть. Біжи. Чуєш? Оце склала тобі. Зойкнула.

— А поїсти? Поїсти забула покласти.

І — до кухні. Катерина за нею:

— Що сталося, мамо? Куди мені бігти?

— Якнайдалі, доню. Знає село про тебе з Романом. Ідуть уже. Соромити будуть. А мо', й того більше...

Катерина — до вікна:

— Та нема ніби...

Віконце у відповідь — дзелень! І нема шибки.

Катерина відсахнулася:

— Я боюся...

— Пальта! Пальта рожевого вдягай! — кричить мамка. — І чоботи гумові. Та швидше!

І тягне Катерину до вікна, що на город дивиться. Одчинила:

— Давай!

— А ти?

— А я тут трохи побалакаю, — мамка їй. — А потім знайду тебе...

— Де?

— Біжи полем аж за курган. Зустрінемося. Біжи, рідненька. У рюкзаку одежина, гроші...

— Нащо гроші? Зустрінемося ж?

— А так... — відказала мамка якось дивно. До доньки припала. — Бережи тебе Бог!

Катерина вискочила з вікна в город. До мамки обернулася.

— Чекай! — прошепотіла мамка і зникла. За мить із вікна висунулася, простягнула Катерині маленький папірець.

— Ось... Адреса вченого того.

— Нащо?

— А як згодиться?.. Біжи...

***

Мовчазна юрба докотилася і стала.

— І ото без зайвих розмов мені! — почула мамка начальницький голос Залусківського. — І так усе ясно.

Мамка розгублено озирнулася. На ікону глянула.

— Не допоможе, — прошепотіла.

Чоловіка трусонула:

— Уставай, Льончику! Зараз тобі наллють по самі вуха...

Татко зіп'явся на нетверді ноги.

— Де?

— А онде надворі, — сказала мамка гірко. — Уже чекають не дочекаються.

Татко дверми грюкнув, надвір вийшов. Мамка позаду стала.

— Заходьте! — весело гукнув татко. — Воно, йо... завжди можна... потроху. Для здоров'я...

У юрбі почулося:

— От сучий син! Курву зробив із Даркою на пару і радіє нашому горю!

Татко почув. Насупився.

— Це хто тут такий хоробрий? Це хто мене сучим сином зве? Та я вас усіх зараз...

— Паліть! — спокійно сказав Залусківський. — Викуріть малу стерву з хати. Ми їй жопу розірвемо!

Мамка татка відштовхнула, побігла до сараю. Вила вхопила. Стала перед хатою.

— Ой! Ви тільки подивіться! — заверещала Ничипориха. — За ікону вже не хапається! Вилами поколоти нас вирішила! Стерво! Стерво! І дочка твоя — стерво! Закрутила голову і Сашкові, й Романові. Згубила хлопця! Згубила чоловіка, падлюка... Тепер, мабуть, ворожить, аби все село повиздихало!

Татко аж протверезів.

— Що вони кажуть, жінко? — мамці.

— А брешуть, — твердо відказала мамка. Очей із односельців не звела.

Татко насупився.

— Чого брешете?! — вигукнув.

Із юрби полетіла лайка. Залусківський занервував.

— Ану цитьте! Сказав же — досить слів! Паліть хату! Катьку сюди давайте, а Льоньку з Даркою женіть геть!

І вітер — як батогом: геть, геть, геть!

У татка аж щелепи заходили від люті:

— Та ти хто такий, щоб мою хату чіпати, йо... — загорлав — і до Залусківського.

А юрба ніби чекала. Зірвалася! До хати. Мамка кричить і вилами розмахує. Татко під Залусківським матюччя гне та у пику, у пику його.

І вітер. Вітер ходить! Темно. Зовсім не видно.

Тільки чути, як по мамчиній із татком хаті сусіди шастають — Катерину шукають.

— Нема її в хаті! — гукнув хтось.

Залусківський від татка відірвався — командує:

— Ми тут розберемося, а ти, Федька, візьми когось і пошукайте малу курву за селом. Ох, знаю, любить вона у копах ноги росувати.

Федько друзяк гукнув, побігли за село.

Аж — ніби день.

— Хата горить, будьте ви прокляті! — закричала мамка, а Тамарка з Раїсою її за грудки трясуть:

— Де твоя курва?

— Хата! Льончику! Хата горить... — кричить мамка.

— Ах ти ж паскуда! — татко вчепився у Залусківського. — Я тебе закопаю!

— Не закопаєш! — прохрипів Залусківський.

І вітер. Вітер ходить. Із хати — на сарай. Корова заревла. Свині верещать.

— Худобу рятуйте! — крикнула Тамарка. — Худоба ж ні при чому!

Хто до сараю кинувся, хто до загородки, за якою корова зі свинями метушилися.

А тут — Ничипориха. Як завиє:

— Горить... Хата горить!

Шанівці не зважають — на те й приперлися, щоб Льонькові з Даркою вечерю підігріти.

А вітер... Вітер ходить. Із сараю — на сусідню хату. Із сусідньої — далі...

— Шанівка горить! — тоненько заверещав Тарасик-першокласник.

Бігла Катерина, бігла — страшно гуло у вухах. Наче величезний бджолиний рій гнав до краю і зупинитися не дозволяв. До кургану добігла, обернулася — над селом заграва. І у вуха ще дужче — гу-у-у-у-у!

За курганом біля кущів присіла.

— Матусю...

Скільки так просиділа? Чує — голоси:

— Федька, а ти б хотів малу Катьку... того? — і голос — ніби батька Людчиного.

— Е-е-е, мені у свою жінку встромити ніколи, — Федір відказує. — А щоб у те худе коромисло... Дарма ми сюди приперлися. Мабуть, спалили малу в хаті, щоб не крутила задом.

І — до кущів.

Катерина як закричить!.. І — геть по кущах і ямах.

— Та он вона, бля! — крикнув Людчин батько. — Хапай її! Хапай!

Катерина мчала чимдуж і кричала — Бог рота не закривав. Кричала, як скажена, од страху. А мужики поночі — на той крик. І все ближче, ближче...

До лісочку за курганом добігла — задихнулася. Нема крику. Впала, поповзла. Завмерла.

— Тут вона, бля! — чує голос Федора. — От паскуда! Нема чого робити, як бігати за нею по всьому лісові! І не хтів, а тепер, як доженемо, то спершу вставимо їй хуя! Хай знає, як мужиків дратувати...

Помовчав. Іще раз — Людчиному батькові:

— А що, куме, вставимо?

— А чого ж... Мені — хоч корові в зад... — той.

Мужики розреготалися.

Катерину — ніби підкинув хтось і жбурнув світ за очі. Підскочила — і бігти.

***

Уже й небо почало чорноту відмивати, а Катерина все бігла. Страшні голоси позаду давно затихли, мовби вимкнув їх хтось. Ліс скінчився, чужі поля з обгорілою стернею промайнули, бур'яни, бур'яни, балка неглибока. За нею — мале озеро калюжею розлилося серед осоки.

Зупинилася.

— Мамка вб'є! — заплакала. — Пальто нове геть усе заляпала...

І почвгала до озера. Пальто зняла, водою плями повідмивала, рукавом витерла.

Одяглася. Знову заплакала.

— Де це я? Мама ж веліла за курганом чекати...

І так сильно раптом їсти захотілося. Полізла в рюкзак:

— Овва! Та тут мама на пів року накладала!

Повитягала все геть. Одежину перебрала. Ліфчика знайшла... Усміхнулася. Роздяглася до голого тіла, ліфчика вдягнула. Зверху кофту червону зі сріблястим комірчиком, штани джинсові...

— ...З вихилясиками, — згадала, як мамка обзивала кишеньки з реміцями на штанях.

Ноги — у гумові чоботи.

І заходилася їсти. Хліб, огірки, сало.

А як почала назад усе скидати — гроші знайшла. Перерахувала.

— Оце! — здивувалася. — Нащо стільки? Мені ж тільки до Шанівки добратися...

Згадала вголос про Шанівку — і переляк у горлі став. Перед очима — дядько Роман. А у вухах — зовсім і не його голос. «Як доженемо, то вставимо хуя, щоб не дратувала мужиків ...»

— Мо', би сховатися десь... — прошепотіла.

І пішла далі. Сонце осіннє крізь хмари продерлося.

За годину до порожньої розваленої ферми вийшла.

— Така сама, як біля баби Килини, — зраділа чогось.

Від ферми — дорога ґрунтова. Тверда, ніби щодня десятки вантажівок її прасують. Катерина повеселішала, йде дорогою, сама себе втішає:

— От і добре. Вийду до людей, попрошуся... Мо', хто пустить пожити.

Дорога вивела не до людей, а до широкого асфальтованого шляху. Катерина стала на узбіччі.

Аж вантажівка зупиняється. Кабіна — як величезний телевізор, причіп — як вагон. Із кабіни крізь скло, мов з екрану, на Катерину двоє старих дядьків дивляться: зовсім сивий кермо тримає, другий лису голову тре, ніби прокинувся тільки-но.

Підійшла ближче.

— Мо', підвезете?

— Сідай, — похмуро відповів лисий.

— Добрий день! — сіла у кабіну третьою, озирнулася. — Овва! У вас тут, дядьки, простору... цілий світ. Таж і високо... Як на кургані.

Вантажівка рушила.

Лисий дістав пляшку з мінеральною водою, відпив.

— У рот береш? — спитав байдуже.

Катерина усміхнулася.

— Дякую, я їсти геть не хочу. Мама ось дала з собою.

Лисий обернувся до сивого. Той реготнув.

— А я тобі казав... Хіба не бачив, що мале стоїть... Облиш її. Хіба мало сук на дорозі?

— Таж вона... — лисий проштрикнув Катерину поглядом. — Ти чого сіла? — спитав роздратовано...

— Підвезти попросила. А ви сказали: сідай, — повторила з острахом.

— І куди тебе підвезти? — спитав сивий лагідніше.

— Зараз скаже — однаково! — пхикнув лисий. — Усі вони малолітками прикидаються, суки придорожні!

Катерина зовсім перелякалася, полізла до рюкзака. Візитку Крупки-молодшого витягла.

— Та не однаково, не однаково. Ось! У Київ тре'... Там дядько мій живе. Він учений. Оце мама до нього направила, — чи то благала, чи то переконувала.

Лисий взяв візитку.

— Ігор Богданович Крупка, — прочитав. — Кандидат історичних наук, експерт... Та в тебе крутий дядько, — сказав Катерині, тицьнув їй візитку.

І — напарникові:

— Зупиняй! Хай вимітається.

— Та довеземо, — сивий каже. — Хай сидить собі.

— А як шльондру підберемо, то куди посадимо? Тобі на голову? — закричав лисий.

Катерина рюкзак до себе притисла, тремтить.

— Та вже під'їжджаємо, — засміявся сивий. — За десять кілометрів — роз'їзд у лісі. А там тобі... і кафе з шашликами, і душ за п'ять гривень, і кабінка, щоб посрати з папером. А курв тих... Більше, ніж шашликів у тому кафе і дерев у тому лісі!

Катерина духу набралася:

— Дядьки! Чуєте?! Мо', висадіть мене, бо так страшно з вами...

Навіть лисий розчулився.

— Та не лякайся! Не обідимо! Тебе як звати?

— Катерина...

— А мене Роман. А його, — показав на сивого, — Леонід Ілліч. Як Брежнєва. Та ти, мабуть, і не чула про такого.

— Так мого татка звати, — відповіла Катерина.

На лисого зиркнула.

— А вас не можу Романом звати... — і сльози покотилися.

— От тобі маєш! — здивувався лисий. — Мало того, що целки по дорогах шляються, з пантелику збивають, так ще й утішай їх!

До Києва дісталися наступного ранку.

— Дякую вам дуже, — чемно вимовила Катерина. — Хай вам щастить на дорозі підбирати тільки тих, кого вам треба. Вибачайте, що я вам стрілася.

Дядьки розсміялися.

— Та нічого! Ми свого не впустили! Тобі хай щастить, дівко!

— Дякую, дякую, — помахала рукою.

А як вантажівка рушила, перехрестила її вслід. Чисто як баба Килина саму її колись.

Баба Килина стояла біля мазанки й дивилася, як за пагорбом сходить чорним гаром Шанівка.

— От і смерть.

Похитала головою. Поповзла в мазанку. На постіль лягла, руки на грудях склала. Молитву зашепотіла.

А Рудий із Чубчиком іще довго ганялися за кролями, яких безвість скільки розбіглося по світі з кролятні Залуськівського. Передушили з десяток, а як награлися, голови у бік Шанівки витягли і давай вити.

Їм у відповідь — шанівські собаки.

— Цитьте мені! — гаркнув Іван Залуськівський від своєї згорілої хати.

Собаки замовкли, а виття не припинилося. Баби і вітер — симфонія...

Залуськівський озирнувся навкруги...

Села не стало. Ніби й не було ніколи. Півтора десятка справних хат вигоріли до останку. Вулицею імені Леніна бігали перелякані кролі, за ними ганялися шанівські коти із собаками, блукали отетерілі, мов конопель нажерлися, корови, сахався від усіх кінь Голубчик. Тільки свині спокійно рилися в кучугурах і все щось жерли, трясця їх матері. І постамент — білий, оливною фарбою ще влітку вкритий. Чому його вогонь не торкнув? Стоїть — нову колгоспницю на свою голову чекає.

Шанівці, чорні, як біда, вешталися коло своїх згарищ. Хто вив до хрипу, хто намагався відшукати хоч щось уціліле.

— Добре, бля, хоч бомаги врятував! — рипнув зубами Залусківський.

Пішов до вантажівки, куди Алка закидала все, що вдалося врятувати від вогню.

— А все твої каверзи! — кинула Алка чоловікові.

— Ану цить мені, дурна, — процідив Залусківський.

Алка зиркнула — ніби вогонь не хату, а її саму випалив. Не змовчала, як завше. Плюнула чоловікові під ноги:

— Сам мовчи, бо як вріжу помежи очі, то й перекинешся, — одказала спокійно.

На вулицю глянула:

— Чи онде Льонькові з Дариною допоможу. Зараз вони тобі ребра перерахують.

До вантажівки йшов Льонька. За ним Дарина шкандибала, за бік рукою трималася. На Льонькові капелюх фетровий, ватянка й чоботи — усе, що врятував. Дарина в халаті, вовняною хусткою обмоталася, а на ногах — калоші.

Залусківський голову опустив, на Льоньку з Дариною — спідлоба:

— Не до вас мені...

— Судити тебе зараз буду! — крикнув Льонька.

Та так крикнув — луна пішла.

Шанівці, як ті примари, від згарищ відриваються... На крик повзуть.

— Іди геть, Льонька... — шепоче Залусківський. Очі люті.

— Чужого найняв копу підпалити? Найняв! — бризкає слиною Льонька. — Роман у тій копі через тебе загинув? Загинув! Чужого вбив за балкою? Вбив! А Катька моя це бачила! Усе чисто бачила! От ти і злякався! Село на нас нацькував! Усіх чисто попалив, сволото!

— Ти, Льоня, часом не п'яний? — прохлипала Ничипориха.

— Залусківський у всьому винуватий! — крикнув Льонька. — Село — під корінь, аби ніхто не взнав, як він Романа згубив, а Романову землю до рук прибрав.

— Яку землю? — гукнув Федька. — Оті бур'яни, що з Івановим полем межують? Таж Ромка її однаково обробляти не міг. Дарма ти, Льоня, на Івана намовляєш.

— Еге ж! Мені, приміром, теж тепер та земля — як мертвому кадило, — піддакнув Людчин батько.

— Ми до міста поїдемо! — вискочила Людка. Без суму.

— Ви мені зуби не заговорюйте! — крикнув Льонька. — Івана судити треба! До міліції його, виродка! Хай за все відповідає по закону.

Залусківський кашлянув.

— Може, хоч останнє слово даси, якщо ти, Льонька, в нас тут прокурором став?

— Дулю тобі, а не останнє слово! Загнав мою дитину світ за очі! Де нам тепер її шукати? Як нам тепер жити? Ні хати! Ні двору! Голі й босі залишилися...

Залусківський знову кашлянув.

— Ну, то й теє... Оце, що ти зараз наварнякав, — твоєї паскудної дівки вигадки! Тягалася з Романом! Ось яка у нас правда! Та хай її Бог судить! Романа Бог покарав — і її покарає... Ми усі й так через них постраждали.

Льонька кинувся б до Залусківського, та Дарина у ватянку вчепилася:

— Льончику!

Залусківський криво всміхнувся.

— А про землю... Я тут подумав... Хочу допомогти всім. Хай воно мені й невигідно, та вже дуже велика біда...

— Що?! Що?! — приклала руку до вуха глухувата Людчина мати. — Як ти допоможеш, Ваня?

— Можу ваші земельні паї викупити. От і буде вам якась копійчина, щоб на новому місці влаштуватися.

— На новому? — Дарина насупилася. — А ми звідси нікуди не збираємося!

— Та замовкни вже, Дарина! — зашипіли на неї шанівці. — Дай розумного чоловіка послухати! А скільки за пай даси? Скільки, Іване?

Залусківський ніби не чує. До Катерининого батька підійшов:

— А в тебе, Льонька, я пай не куплю! Подихай разом зі своєю поганою дочкою і жінкою дурною...

Льонька розмахнувся, та тепер у нього не тільки Дарина, а й із десяток шанівців учепилося:

— Та досить тут баламутити, Льонька! Як не зупинишся, покалічимо й не пожаліємо! Мало тобі?

І до Залусківського — благають:

— А в нас купиш, Ваня? А в нас? Ой, як гроші потрібні!

Дарина чоловіка обійняла:

— А що я тобі, Льончику, казала? Не повірять... Не послухав! Тепер Залусківський у всіх паї повикупає, а ми отут із тобою на пару точно повиздихаємо...

Шанівці оточили Залусківського, тільки Тамарка на місці лишилася. Зиркнула по вулиці — й тихцем, тихцем геть. «Боже, який же кмітливий цей Іван! — вражалася. — Нараз зорієнтувався! Добре, що ще не всі його пропозицію чули».

До кіоску свого дійшла — вкотре поділила, що не економила, а купила свого часу будку із заліза. Село згоріло — кіоск уцілів. Навіть пляшки всередині не постраждали. І схованка, яку Тамарка влаштувала під підлогою, неторкана.

Тамарка дістала зі схованки целофановий пакет, вийняла з нього грамів сто грошей. Усміхнулася:

— Встигну!

Подалася вулицею імені Леніна до тих шанівців, кого Льончин лемент не одірвав від їхнього горя.

Виходило, що з п'ятнадцяти шанівських хат на пропозицію Залусківського відгукнулися хазяї десятьох. Ураховуючи Ничипориху і Раїсу, з якими були розмови про земельні паї в минулому.

— Отже, вісім, — міркувала Тамарка. — А я зможу у п'ятьох паї купити!

Зупинилася. Замислилася.

— Яких же п'ять? — сама собі. — Та не п'ять зовсім! П'ять — це з паями самого Залусківського і нашими з Федькою. Оце бізнесмен! Мені тільки три сім'ї продати можуть. Ну, нічого, нічого! Хоч би щось...

Тамарка заскочила на подвір'я старої п'янички баби Нюсі. Дві хвилини, сто гривень і пляшка — такій швидкості укладення ділових угод позаздрили би навіть на Волл-стрит.

Друга оферта вилилась у пів години й триста гривень.

Залишилися Дарина з Льонькою, у яких — Тамарка чула на власні вуха — Залусківський паїв викупати не схотів. Бач, образився... Віжка під хвіст потрапила. А Тамарка — не з образливих.

Дарина з Льонькою ладнали з обгорілих дощок який-неякий дах для корови та свиней.

— Я до вас із розмовою, — гукнула Тамарка.

— Пішла геть, підлото! — Льонька як стояв із молотком, так і пішов на Тамарку.

— Хочу купити ваші паї земельні! — встигла оголосити Тамарка, перш ніж відскочила на безпечну відстань.

— Ну, заходь! — сказав Льонька, а Дарина всміхнулася гірко:

— Уже вибачай, Тамарочка, що до хати не кличемо. Не прибрано в нас!

— Та годі вже, Дарина! — Тамарка їй. — Усім погано, не тобі одній. Онде кожен собі думає, куди податися.

— А ти, я бачу, не дуже сумуєш...

— Я просто рук не опускаю! — відказала Тамарка. — Якось перезимуємо у Федьчиної сестри в Килимівці, а весною вже будемо думати, що далі робити.

— А нам нема де зимувати, — заплакала Дарина. — І дитина пропала. Геть пропала. Де її тепер шукати?

— От я й кажу, — Тамарка своє. — Продайте мені ваші паї... Я добре заплачу. Не те що Іван. У вас земля є. Однаково не обробляли. Тепер вона вам зовсім ні до чого. Одна морока.

Льонька зітхнув:

— Страшно... без землі.

— А без хати не страшно?

— Хату поставимо. Мо', пошукаємо покинуту, що ще не зовсім розвалилася. А як землі не буде, то...

— То що? — Тамарка їм.

— Хто я буду без землі? — Льонька.

Тамарка руками — плеск!

— Ну й дурні ви, їй-бо! — звилася. — Я вам живі гроші пропоную, а ви за бур'яни чіпляєтеся... Онде поїдете, Катерину свою відшукаєте, заживете у місті без турбот.

— А корову і свиней куди? — Дарина їй.

— Заріжете і продасте, — Тамарка повчає, ніби мамка перший день на селі. — Знову ж — гроші. Та погоджуйтеся вже, бо терпець уривається. Піду, не повернуся. Будете колупатися у своїх бур'янах, поки...

— Добре, — видихнув Льонька. — Скільки даси?

Дарина не встигла й слова вставити. Нараз усе обкрутили, і гроші з Тамарчиної долоні перекочували до Льоньчиної.

Дарина ледь не луснула з досади. Тамарку наздогнала:

— Нащо ти, голубонько, чоловікові гроші віддала? Проп'є! — смикнулася.

Тамарка їй:

— Таж Льонька — ґазда!

— От паскуда, — прошепотіла Дарина.

На подвір'я — а татка вже й сліду нема.

— Оце ми дохазяйнувалися, — заплакала.

І пішла далі корові зі свинями дах лагодити.

* * *

Тамарка йшла попелищем і всміхалася. «А непогана я учениця! — думала. — Перепродам паї Залусківському, мені вони — зайве. Я людина торгова... Кіоска відкрити й горілкою торгувати можу де завгодно».

Залусківський, хоч Алки й боявся трохи, та Тамарчин настрій іздалеку побачив.

— Піду... — кинув жінці.

— Куди? — похмуро запитала Алка.

— А може, ще паїв назбираю...

Тамарка вже до кіоску добігла. Розписки, документи й гроші до схованки вкинула, віконце відчинила. Стоїть, усміхається.

Залусківський підійшов.

— Де бігала? — прямісінько в саму душу.

— Паї повикупляла... — Тамарка брехати не наважилася.

— Ах ти ж сучка! — розлютився Залусківський.

— У тебе вчуся, Ваню, — відповіла Тамарка. — Як хочеш, то перепродам... Мені вони...

Залусківський зубами скрипнув, пішов не обертаючись.

— Іще прийдеш, — прошепотіла Тамарка йому в спину.

За тиждень у вигорілій Шанівці зосталися Льонька з Дариною й Ничипориха, яка лишилася без хати, без землі та без грошей. Баба пробувала вмовити Залусківського тепер не влаштовувати їй файний похорон, а краще грошиків підкинути, та Залусківський уперся:

— Я свого слова, бабо, не міняю, — відрубав.

— Ваня! Ти ж їдеш... — бідкалася Ничипориха. — Де я тебе шукати буду, як помру?

— Я тебе, бабо, сам знайду, — навіть не почервонів Залусківський.

— Обманув ти мене, Ваня, — заплакала баба. — Де мені тепер себе дівати? Хоч у колодязь стрибай, так гірко.

— Їдь, бабо, до Килимівки, — порадив Залусківський. — Там люди. Не пропадеш. Мо', хтось пустить до себе. Чи в інтернат здавайся...

— В який іще інтернат?

— Для старолітніх, — Залусківський почухав потилицю і пішов геть. Навіть не попрощався.

Льонька пив, доки гроші не скінчилися. А тоді приліз до Дарини:

— Де жити будемо, жінко?

Дарина часу не гаяла: у неї і корова зі свинями під дахом, і колишня Катеринина кімната, де стіни вціліли, дошками накрита зверху.

— Тут і будемо, Льончику, — і заплакала.

Він аж протверезів. Зітхнув, насупився.

— Чуєш, Дарка... А може, до міста поїдемо? Чого нам тут удвох порпатися?

— Їдь, коли хочеш, — відказала, — а я не можу. Раптом дитина повернеться? Тут чекати буду.

Льонька знову зітхнув.

— Піду...

— Куди? — жінка йому.

— До Килимівки. Приведу Степана, хай допоможе свиню заколоти. М'ясо продамо, гроші будуть.

— Іди...

Льонька пішов, а Дарина все лагодила стріху над Катерининою кімнатою. Потім дірки та щілини глиною замазала. Вийшла така собі мазанка серед згорілої хати.

— Якось перезимуємо, — прошепотіла. — Аби тільки дитина повернулася.

Ничипориха геть нічого не робила. Увесь день сиділа біля згарища й одно кивала головою, як заведена. На ніч тулилася в кутку зруйнованої хати, накривалася ковдрами й облізлим матрацом. А на ранок знову сідала біля згарища.

На третій день після того, як у Шанівці не лишилося нікого, Дарина прийшла до Ничипорихи. Принесла каші з гречки й молока.

— Бабо! Поїжте, бо впадете.

Ничипориха зиркнула на Дарину недобре:

— Пішла геть, курвина мати! — просичала. — Це ти у всьому винувата. Це твоє стерво все село попалило...

— Би сперечалася з вами, бабо, та сил нема, — відказала Дарина. — Їсти будете?

Ничипориха оскаженіла, як змогла підхопилася, руки трусяться:

— Геть! Геть!..

Дарина миску з кашею і бідончик з молоком біля баби лишила та пішла, куди баба послала, — геть.

Надвечір Ничипориха виїла все чисто. Дарина мовчки забрала посуд, а назавтра знову прийшла. Тепер уже не вмовляла. Поставила і геть.

Льонька повернувся з Килимівки через три дні. П'яний і злий.

— Свиней здихався, — похвалився.

— Як це, Льончику? — Дарина пополотніла.

— А живцем продав. Завтра люди прийдуть і заберуть, — він їй.

— А... гроші де? — Дарина здогадувалася, та повірити не хтіла.

— Де, де... — пробурмотів Льонька — і завалився на постіль, де колись Катерина спала.

Дарина вийшла надвір. Озирнулася навкруги: дике поле... І заговорити нема до кого.

— Боже всемогутній, допоможи. Поверни дитину, бо не втримаюся. Не втримаюся і щось зле зроблю. Не можу більше. Сил нема... Ти ж глянь, Боже! Попіл... Нема села. Одні ми тут лишилися — я і Льончик. А ще баба... Змилуйся над нами. Зроби, Боже, щоб у Шанівку люди повернулися. Щоб дитина моя золота з ними прийшла, а я б зустріла її, до себе пригорнула, приголубила.

Захиталася Дарина, на землю впала.

— А може, хай би й не поверталася... Може, краще життя їй судилося. Може, піти мені, Боже, за нею слід у слід. Людей розпитати... Хтось же знає, де моя кровиночка...

Замовкла і ще довго лежала на холодній землі.

А за тиждень морози вдарили. Льонька свинячі гроші допив і на корову став поглядати. А Дарині наче байдуже. І слова впоперек не каже.

— У Килимівку піду, — Льонька.

— Іди, Льончику, — Дарина лагідно. — Мо', відразу і корову із собою візьмеш?

— Ти чого, дурна? — він супиться.

— Та нічо'...

Картоплі в миску наклала — і до Ничипорихи. Дивиться — нема баби надворі.

Стала біля Ничипоришиного згарища.

— Ничипорихо! Гей, бабо, де ви?

Аж — ні звуку у відповідь.

Дарина посуд на землю поставила і до згарища. Глянула — і заплакала:

— Оце вам, бабо, і весь похорон...

Мертва Ничипориха лежала під дірявим матрацом і всміхалася. Тільки доньки сухі в кулачки стисла, ніби до бою готувалася.

Дарина перехрестилася і відкинула матрац. Закрила бабі очі й потягла її далі від згарища.

— Що я роблю? — сама собі дивувалася. — Куди я бабу тягну? Ет, шкода, Льончик до Килимівки попхався. Як же я сама впораюся?

Лишила мертву Ничипориху посеред вулиці імені Леніна, пішла на своє подвір'я по лопату. А з подвір'я — гавкіт злий. Дарина мерщій — за вила вхопилася, та до загородки, де корова стояла.

— Матінко, та що ж це робиться?

У бік корові намагався вчепитися великий худий пес. Ще з десяток підстрибували за загородкою...

— Ану геть! Геть! — Дарина вилами — як шаблею: — Пішли мені... Повбиваю, паскуди...

Пси розбіглися. Дарина до корови — припала, гладить:

— Що, голубонько, перелякалася? Ну, тихо, тихо... Хай їм грець, тим собакам! Вони стерегти нас должні, а вони...

Дарина зітхнула.

— ...А вони голодні. Теж їсти хочуть...

Аж із вулиці — скавучання. Дарина насупилася. На вулицю:

— Та нема більше корівок! Одні ми тут.

Глядь — пси бабу рвуть.

— Лишенько! Лишенько! — Дарина кинулася. Голосить:

— Киньте! Киньте, кляті паскуди! Краще корову... Краще корову!

Пси розбіглися, повсідалися на відстані, дивляться.

Ухопила Дарина Ничипориху попід грудки і потягла до свого двору. Шепоче:

— Не бійтеся, бабо. Я вас не кину. Онде біля двору поховаю, до корови ближче. Бо як ці кляті пси знову наскочать, не встигну до корови добігти. Ви вже, бабо, не ображайтеся...

До пізньої ночі Дарина копала Ничипорисі яму біля загородки, де корова стояла. Потім обернула бабу ковдрою і зіштовхнула в яму.

Баба сіла і все всміхається.

— От ви, бабо, і тут відзначилися, — сумно прошепотіла Дарина.

Накрила бабу зверху матрацом і почала закидати яму.

— Хреста Льончик поставить, як із Килимівки повернеться, — сказала, як закінчила.

Землю ногами розрівняла.

— Спіть, бабо, з миром.

Льонька повернувся з Килимівки наступного ранку. Дарина саме біля грубки саморобної у Катерининій кімнатці грілася.

— Продав корову? — спитала гірко.

— Ні, — буркнув. — Ніхто не бере.

— Ну й слава Богу, — відказала Дарина, а він їй:

— Чого радієш, жінко? Як ми корову прогодуємо?

— Якби ти, Льончику, не пив, ми б не тільки корову прогодували, а й самі б ситі були... Що дивишся? Може, вдарити хочеш?

Льонька глянув Дарині у вічі — і раптом заплакав.

Та завмерла, руки до грудей приклала:

— Ой, Льончику! Сонечко моє ясне. Годі... Годі, прошу, бо не втримаюся. Усе буде добре, любчику. Усе буде добре... — і до чоловіка.

Притулилася — і собі в сльози:

— Що це ти, любчику? Таж ми живі... Не померли. Бог дасть, і зиму осилимо. Притулимося одне до одного, ти мене зігрієш, а картоплі нам до весни вистачить. І комора наша не згоріла, а в коморі ж... Не пропадемо, Льончику. Нам би тільки дитини діждатися. Так?

Льонька сльози втер, жінку до себе притис:

— Дарка, яка ж ти в мене... Такий я перед тобою винуватий! Такий винуватий... Хоч убий мене! Їй-бо, заслужив. Це через мене дитина втекла. Бо п'яний був. Не зумів вас захистити.

Дарина на нього глянула:

— Ти в мене золотий, Льончику! Оце б сто чоловіків переді мною стали, а я б однаково тебе обрала.

Льонька задихнувся і заплакав іще дужче.

Так до ночі й просиділи. А чого ж? Поспішати не було куди. Самі лишилися.

Наступного дня хреста злампічили удвох. І Льонька сказав:

— Дарина, я більше пити не буду.

І простягнув жінці кілька зім'ятих купюр.

— От і добре, — всміхнулася Дарина. — Нам би тепер тільки дитину дочекатися і... заживемо. Так, Льончику?

Надвечір у Катерининій кімнаті одне до одного притислися.

— Ох і зимно, — прошепотіла Дарина.

— Я зараз...

Льонька з-під ковдри ковзнув, до грубки саморобної дров підкинув. Подумав — і ще докинув:

— А чого нам дрова економити? Завтра піду за балку й нарубаю, — сказав.

— Затулку прикрий, любчику, — нагадала Дарина.

А Льоньчиною рукою, либонь, диявол водив. Затулку прикрив аж занадто. Під ковдру сховався, Дарину голубить. Ув обіймах поснули.

На ранок — не прокинулися.

За тиждень голодні шанівські пси добралися до Катерининої кімнати.

Розділ 5

Ігор Крупка закохався до повного божевілля: цнотливий колекціонер відкрив свою печеру скарбів примхливій Жанночці, чого сам від себе не сподівався.

Жанночка запитала у перший день знайомства:

— Ти далеко мешкаєш?

І вже через пів години Крупка-молодший тремтячими руками відчиняв двері двокімнатної квартири у серці Подолу.

— Овва! — оцінила Жанночка Крупчину колекцію й пішла до ванної кімнати.

— Чорт! — Ігор згадав про звалище брудних шкарпеток, що давненько жили у кутку ванної. Та дарма він хвилювався: коли Жанночка вловлювала запах грошей, вона вміла не помічати таких дрібничок, як покручені чоловічі шкарпетки під ногами.

Жанночка прийшла й залишилася. Тіло її було настільки звабливим і майстерним, що Ігор Крупка з радістю смажив яєчню щоранку, регулярно викидав у сміття брудні шкарпетки й двічі на день чистив зуби, чого раніше від нього не могли добитися ні матуся, ні батько-професор.

Із набагато меншою радістю Ігор купив спочатку теплі колготки, щоби не мерзли Жанноччині ніжки. Потім до колготок — чобітки від Bally, під чобітки теплу спідничку від Armani за зовсім незрозумілу для Крупки-молодшого ціну.

Але то все квіточки. Завірюхами дражнилася зима, і Жанночці заманулося шубу. Справжню шубу з яскраво-блакитної норки, бо Жанночка пояснила: до блакитних очей і рудого волосся блакитна норка пасуватиме якнайкраще.

Крупка пручався, скільки міг. То затримувався на роботі, то вимислював терміновий виклик на експертизу старожитностей. Та доля суворо взяла за комір і привела до хутряного салону. І сталося це так.

Ігор із Жанночкою йшли до філармонії. Не те щоби Крупка-молодший уважав себе за меломана — просто колеги в університеті розповсюджували квитки серед студентів, і Крупці вигоріло два зайві безкоштовні. «Чому б тактовно не пояснити дівчині, що у світі є не тільки шуби та спідниці! — наївно подумав Крупка-молодший. — Хай послухає класику! Хай побачить, що я — людина високого творчого польоту... Хай закохається у мене ще дужче». Крім того, до філармонії мали припхатися з десяток університетських викладачів, і Крупці дуже кортіло, щоб вони повмирали від заздрощів, дивлячись на красуню, яка поряд із ним.

Жанночка погодилась піти до філармонії аж занадто легко. Крупка розслабився. Та дорога до філармонії жорстоко пролягла повз салон «Імперія хутра», і Жанночка запитала — ніби ненавмисне:

— Ігорчику, в нас іще є час?

— Так, сонечко, — відповів дурний Крупка. — До концерту ще майже година.

— Ігорчику, я заскочу на хвилинку... — І Жанночка показала пальчиком у бік хутрового салону.

— Але ж... — почало доходити до Крупки.

— Я тільки приміряю! — відповіла Жанночка вже від дверей салону, і Крупка-молодший покірно поплентався слідком.

Жанночка спочатку приміряла одну шубку, потім довго сварилася з продавцем. Крупка-молодший нервово зиркав на годинник і розумів: на концерт вони катастрофічно запізнюються, а отже, покрасуватися із Жанночкою у фойє вже не вдасться. Коли до музичної феєрії лишалося хвилин п'ять, Жанночка втонула у розкішній блакитній шубці й виголосила вирок:

— Ігорчику! Ця шубка створена тільки для мене. Правда?

— Так, сонечко, — промимрив Крупка-молодший і пішов до продавця.

Салон зачинявся за пів години. За цей час Крупці-молодшому треба було встигнути змотатися додому, без свідків витягти зі схованки п'ять тисяч доларів, зайцем метнутися назад, заплатити... І все тільки заради того, щоб уночі Жанночка не копилила губки, а ластилася і дарувала неземну насолоду.

— Я на тебе тут почекаю, — згодилася Жанночка, і Крупка побіг.

Який там концерт! Увесь вечір Жанночка крутилася перед Крупкою-молодшим у новій шубі, й Ігор, треба сказати, навіть запишався. Відчув себе арабським шейхом, щедрим до безглуздя.

— Ігорчику, правда, я в тебе найкраща? — примхливо запитала Жанночка, і Крупка-молодший подумав, що вже стільки грошей уклав у це неземне створіння, що відпустити її тепер було б порушенням усіх законів економіки.

— Так! У мене! — відповів із притиском. — Ти — тільки моя! Так, сонечко?

Жанночка мотнула головою, і чорт розбере, що то значило.

Через місяць Ігор перестав рахувати витрачені на Жанночку гроші. І не тому, що почуття задушили здоровий глузд. Ні. Просто скінчилися гроші.

Таку новину Жанночка, як не дивно, сприйняла без суму.

— Ігорчику! У тебе так багато... — І Жанночка повела блакитними очима по колекції старожитностей.

— Що?! — Крупка-молодший аж підскочив. — Сонечко! Це не продається! Це — колекція... Я пів життя землю рив, щоб зібрати це, — збрехав.

І саме під час цієї переломної розмови у двері Крупчиної оселі постукала Катерина.

Крупка відчинив двері — і щелепа в нього відвалилася.

— Катя?

Катерина знизала плечима. Простягла Крупці-молодшому візитку.

— Вибачайте... Казали, що можу приїхати, як зовсім зле буде...

— Катя? — ще не міг повірити Крупка і від дверей не відходив.

Дівча голову опустило.

— Та нічого... Піду...

Крупка-молодший чогось перелякався.

— Стій! Так несподівано... — За руку вхопив. — Проходь, проходь...

Із кімнати вийшла Жанночка.

— У нас гості?

— Вибачайте, — замість «доброго дня» чогось озвалася Катерина.

— Ну, розповідай, — Крупка-молодший умостився на дивані, Жанночка — поряд. Катерина стояла перед ними — ну точнісінько як у класі перед килимівською вчителькою Марусею.

— Мама веліла бігти геть... — прошепотіла Катерина. — Веліла за курганом її чекати, та не вийшло. Дядьки погналися услід, довелося далі мчатися...

— А чого гналися? — хрипло запитав Крупка-молодший. У горлі чогось пересохло.

— Убити, мо', хтіли... А перед тим... зґвалтувати. Сама чула. А мамка вашу візитку знайшла, дала мені... І от...

Катерині — сльози в очі:

— Якби от ви назад до Шанівки їхали той курган розкопувати, то і я б з вами додому дісталася. Самій — страшно, — призналася.

— Ігорчику! То вона у нас буде жити? — здивувалася Жанночка.

— А я все вмію робити, — Катерина їм. — І готувати, і прати... І в хаті прибрати можу гарно.

— «У хаті»?! — Жанночка розсміялася.

Крупка-молодший підскочив, по кімнаті забігав:

— Ну добре, добре... Сьогодні в мене переночуєш, а потім щось придумаємо. — На дівча глянув: — А чого стоїш? Сідай, відпочинь.

— Та я не стомлена. Можу вечерю вам приготувати. Чи ще щось зробити...

— Кинь дурне казати. Нічого не треба. Відпочивай. Ти коли з Шанівки поїхала?

— Уже третій день. Можна води зігріти? У мене чисте із собою є, і рушника мама дала...

— Води зігріти? — не повірила Жанночка. До Ігоря: — Звідки вона вилізла?

— Сонечко, досить! — відповів Ігор. — Ти просто не уявляєш, що пережила ця дівчинка. Її варто пожаліти, а не глузувати.

— Та я не ображаюся, — зітхнула Катерина. — То можу води зігріти?

— Можеш, — і собі зітхнув Крупка-молодший.

Катерина зачинилася у ванній — і попливла. Романові очі ясні, обгоріле обличчя, сувора Килина, раптом Чубчик із Рудим з'явилися...

— І чого маму з татком не бачу? — сама собі.

І ніби чорне очі залило.

— Та ні... — всміхнулася і аж по маківку — у теплу воду. — Живуть же люди...

У кімнаті тим часом Жанночка витріщала блакитні оченята і бушувала пошепки:

— Як це? Ігорчику, ти допустиш, щоб я приймала ванну після цієї брудної...

— Сонечко! Я щось придумаю. Сама подумай. Ну як я можу вигнати людину з дому, коли ніч надворі, а їй нема де переночувати.

— Це дивно! Це дуже дивно, що до тебе, такої... інтелігентної людини, запросто приходять якісь волоцюжки. Я починаю боятися тебе, Ігорчику!

— Сонечко, завтра її не буде. Клянуся. Не нервуй.

— А де вона буде спати?

Крупка-молодший повів оком по своєму барлогові. Одну кімнату окупувала Жанночка, і прорватися туди навіть самому Крупці вдавалося нечасто. У другій — святе. Колекція.

— Не знаю, — розгубився.

— Я знаю, — постановила Жанночка. — На кухні. Постелимо надувний матрац, хай втішається.

— Незручно якось. Може, ми з тобою на дивані у вітальні, а Катерині ліжко у спальні...

Крупка не договорив. Жанночка приклала долоньку до червоних вуст і ахнула.

— Та яка ж я наївна! — вигукнула. — Тепер усе ясно. Це ж твоя коханка малолітня! Ти просто не знаєш, як від мене відкараскатися!

Кинулася до спальні — речі збирати. За шубу вхопилася. Крупка аж затремтів:

— Сонечко! Зупинися! Добре, добре... Хай спить на кухні.

Жанночка обережно розправила зім'яте хутро, повісила шубку у шафу і тільки потім драматично кинулася Крупці на шию:

— Ігорчику! Яка я нещасна! Я думала, ти мене розлюбив...

— Я тебе не можу розлюбити, — цілком відверто відповідав Крупка-молодший, дивлячись на блакитну шубу, яка нахабно стирчала у відкритій шафі.

Хистке замирення Жанночка і Крупка-молодший уклали якраз тієї миті, коли з ванної вийшла Катерина.

— Овва! — оцінила Жанночка красу Катриного довгого русявого волосся. — Обрізати не хочеш?

— Тепер однаково, — зніяковіла дівчина.

— Чому? — поцікавився Крупка.

— Матуся казала, не можна різати, бо долю собі обріжеш, а зараз уже можна.

— Чому? — не зрозумів Крупка.

— Та є вже в мене доля, — відказала.

— Тобто?

— Доля — то кохання, — Катерина опустила голову і ледь сльози втримує.

— Овва! — оцінила Жанночка Катрине жіноче єство. — Іди спати, філософине...

Катерину не здивував надувний матрац на підлозі кухні.

— М'якенько, — сказала Крупці-молодшому, який від сорому не знав куди очі подіти. — На добраніч. Хай вам щастя насниться.

— Ти... теє... Спи поки так, а завтра я щось краще придумаю, — виправдався.

Катерина плечиками знизала.

— Та й так добре... Дякую вам дуже за все.

Крупка не спав усю ніч. Спочатку Жанночка години зо дві базікала про «несподівані сюрпризи, яких зовсім не очікувала від Ігорчика», а як угамувалася, Крупка-молодший усе думав: куди ж подіти мале дівча, що звалилося на його голову? І на ранок згадав про батька-професора з матінкою.

— А це ідея, — прошепотів і вже хотів був очі заплющити, як на кухні почулося тихе шарудіння.

На годинник зиркнув — пів на п'яту.

— Якого чорта? — пробелькотів і попхався на кухню. Катерина вже встала, матраца надувного згорнула, біля плити порпається.

— Чого не спиш?

— Таж ранок! — усміхнулася. — Я вам сніданок приготую... Якщо ви не проти.

— Зазвичай ми о дев'ятій прокидаємося, — повідомив.

— Так? — здивувалася Катерина. — Ну, добре. Я тихо сидіти буду... Не потривожу... Спіть собі.

Крупка пішов до спальні й до дев'ятої ранку витріщався на білу стелю.

Потім прокинулася Жанночка та запитала:

— Ігорчику! Ти підеш до університету й покинеш мене саму з цією...

— Це всього на кілька годин, сонечко, — відповів Крупка. — У мене є ідея, куди Катерину прилаштувати.

— Можна, я буду тобі телефонувати, якщо раптом...

— Сонечко! Ніякого «раптом» не станеться. Катерина — дуже чемна дівчинка. Вона, здається, вже й сніданок нам приготувала.

Виразка Крупки-молодшого вдячно відреагувала на вівсяну кашу з молоком, млинці й гарячий чай.

— Я скоро... — і Крупка побіг до університету.

Як-не-як відчитав дві лекції — і мерщій до батька-професора та матінки. Аж — сюрприз! Навіть холодної осінньої дини мрія виростити манго загнала професора на дачу. Міська квартира відповіла на дзвінок у двері тишею, і Крупка-молодший зовсім розгубився. Повертатися до Жанночки з поганою новиною не хотілося. А довелося.

Крупка-молодший навіть перехрестився перед дверима свого барлогу.

— За що мені оце все?!

Двері відчинила усміхнена, як мрія, Жанночка.

— Ігорчику? Чого так рано? А ми з Катериною затіялися вареників тобі наліпити. Коханий, ти любиш вареники?

— Сонечко! Розумієш, — тихо пояснював, — я планував Катю до своїх батьків відправити. Вони люди літні. Була б їм добра допомога. Та й квартира в них більша за мою. Але вони на дачі. Добре, якщо сьогодні надвечір повернуться. Та можуть і затриматися...

— То що? — ще лагідніше всміхнулася Жанночка. — Хай Катя поки в нас поживе. Я не проти.

— Сонечко, ти — свята! — видихнув Крупка-молодший. І тільки тепер до нього дійшло:

— Сонечко! Ти ліпиш вареники? Але ж це... — Крупка згадав усі розмови про здоров'я Жанноччиних рук і нігтів, яким суворо заборонено займатися домашнім господарством.

— Заради тебе я... — Жанночка цьомкнула Крупку у щоку й помчала на кухню.

— Катя! — почув Крупка з кухні. — Чому ти ліпиш такі великі вареники? Маленькі варенички їсти набагато приємніше. Ет, ну одне слово — село...

— Та село ж і є, — почулося у відповідь.

Крупка обережно зазирнув на кухню: Катерина ліпила вареники. Жанночка сиділа поруч, ложкою робила ямки у борошні, потім засипала їх і знову копала нові ямки. Катерина побачила Крупку, всміхнулася:

— Доброго дня! Їсти хочете?

— Вареників — із задоволенням! — відповіла замість Крупки його виразка.

— То ж скоро...

— Добре, добре...

Крупка пішов до вітальні. Упав на диван. Дивні дива почали відбуватися... Жанночка — на кухні. І не проти, щоби Катя трохи пожила у Крупки. Де пастка? У чому каверза? Крупка крутився, крутився, та відповіді так і не знайшов.

А тут і вареники на столі. Апетит витіснив думки, і Крупка-молодший так смачно прицмокував, спустошуючи тарілку, що навіть Жанночка здивувалася.

— Ігорчику! Ти ніби три дні не їв...

Професор Богдан Крупка з дружиною, «клятою москалькою» Анастасією, повернувся до міста за три дні. Він був у розпачі. Манго повсихали. Замість дерев із землі стирчали сухі стовбурки сантиметрів із сорок заввишки.

— Это поражение, Тася! — тремтів професор. — Это крах! Я этого не переживу!

— У меня есть валидол, Богданчик, — відповіла завбачлива дружина і вже полізла була до аптечки, аж тут професору сяйнула думка:

— Тася! Мы купим на рынке росток киви. Хорошо?

— Хоть баобаб, Богданчик, — погодилася Тася, аби тільки чоловік не рвав серце.

Професор попхався на Куренівський базар того ж дня. Ківі не знайшов, натомість завмер перед тіткою, яка продавала цуценят мопса. І чогось такими бідолашними та пригнобленими здалися професору ті цуценята...

— Как моя Украина! — патетично вигукнув професор, коли припер додому рудувате собача.

— Богданчик... — урвався терпець професорській дружині. — Это живое существо, а не игрушка. Его кормить нужно, выгуливать... Кто это будет делать? У меня ноги болят. Ты тоже едва ходишь...

— Тася! Ты бессердечная... — Професор хотів сказати «женщина», але протест дружини надто вже роздратував, і він вирішив Тасю не жаліти: — Ты бессердечная... старуха!..

Мопсеня у дискусії участі не брало, але й часу не гаяло. Поки професор проводив паралелі між цуценячою долею та долею занедбаної України, мопсеня вчепилося у професорський черевик і встигло відгризти чималий шмат шкіри.

— Тася! Тася! — заволав професор, побачивши скривджений черевик, але дружина образилася на «стáруху» і зачинилася у спальні.

Професор Богдан Крупка лишився наодинці із «занедбаною Україною». І невідомо, чим би все скінчилося, та до батьків нарешті добувся Ігор Крупка.

Професор довгу годину плакався синові на Тасю, яка «совсем — вот парадокс! — обмоскалилась в Украине и теперь изуверскими методами хочет свести меня в могилу». Потім показав Ігореві цуценя, яке ховалося серед професорських архівів.

— Сын! Твоя мать не имеет жалости! Она не христианка! Бусурманка! Требовала, чтобы я избавился от этого милого создания! Я этого не переживу...

— Батьку, ви вже немолоді. Вам важко, — завів своєї Ігор. — Вам треба помічницю... Щоб куховарила, прала... І з твоїм песиком гуляла.

— І де мені взяти таку помічницю? — професор так розчулився, що перейшов на рідну мову, що з ним бувало вкрай рідко.

— Я вже знайшов її для вас, — обрадував Ігор професора. — Зараз маму гукну і все вам розкажу.

«Клята москалька» Тася вислухала сина і знизала плечима:

— А где она будет жить?

— Мамо, у вас чотири кімнати...

— Столовая исключается, наша спальня — тоже, остается рабочий кабинет отца и твоя комната, Игоречек! — перерахувала Тася.

— От свою кімнату я й пропоную виділити Катерині, — відповів Ігор.

— А как же ты? — розхвилювався неспокійний професор, притискаючи до грудей мопсеня.

— Тату, в мене є квартира, і я не збираюся повертатися під ваш дах, — нагадав Ігор.

— Как возмужал мальчик! — захитав головою професор.

Вони з Тасею ще б довго товкли воду в ступі, та втрутилося мопсеня. Нахабно надзюрило професору на коліна і побігло гризти все, що втрапить ув око.

— Я согласна, — аж підскочила Тася.

Професор поспішно приєднався до дружини, і Крупка-молодший метнувся до дверей.

— За пів години помічниця буде у вас!

— А откуда она взялась? У нее есть рекомендации? — вигукнув професор синові услід.

— Найкращі рекомендації, тату, — відказав Ігор. — Мої!

Жанночка знову здивувала Ігоря.

— Наша Катя переселяється? — запитала спокійно. — Ну що ж...

— Може... — завагався скоріше не Крупка-молодший, а його виразка. Дуже вже смачні сніданки з обідами готувала Катерина, та й вечері незгірші.

— Як знаєш, Ігорчику! — ще покірніше відповіла Жанночка.

— Ну, тоді... Я вже батькам пообіцяв.

Катерина зібралася за п'ять хвилин. Потім іще пів години пішло на акцію милосердя: Жанночка раптом забажала віддячити дівчині за добре товариство та лагідну вдачу. Розкрила шафу й почала перебирати своє далеко не дешеве лахміття. У результаті несподіваної ревізії величезний поліетиленовий пакет наповнився старими Жанноччиними кофтинами, сукнями, спідницями й іже з ними. Катерині аж дух забило: таке багатство летіло простісінько у пакет, а пакет — для неї.

— Яка ж ви добра, Жанночко! — ледь вимовила.

— Пусте. Мені воно вже не потрібне, — розкрила таємницю Жанночка.

Крупці-молодшому — метелики перед очима. Устиг помітити: скажено дорога спідниця від Armani теж опинилася в пакеті. «Я цього не переживу!» — завив подумки — точнісінько як батько-професор.

— Сонечко, не хочеш піти з нами? — прохрипів від порогу, коли врешті збори закінчилися.

— Ігорчику! Я купила книгу з кулінарії. Буду вивчати, — відкараскалася Жанночка. — Після Катиних сніданків я почуваюся неповноцінною! Треба надолужувати.

— На все вам добре, — попрощалася Катерина. — Хай ваша краса радує людям серця... Дуже дякую за подарунки.

Жанночка розсміялася.

— От село! Такого нагородила... Може, жіночими романами захоплюєшся?

— Одним...

— Прошу? — не зрозуміла Жанночка.

— Одним Романом... — відповіла Катерина і сумно всміхнулася. — Він — у серці...

Крупка смикнув Катерину — ходімо!

І пішли.

Жанночка двері зачинила, хитро посміхнулася й полізла шукати мобільний. За хвилину вже розмовляла.

Тася начепила на носа окуляри — усе розглядала Катерину. Професор розпочав допит.

— Откуда явилась?

— Із Шанівки я...

— Почему тут?

— Так мама веліла... — І Катерина розповіла б усю правду, та Ігор утрутився:

— Я Катерину добре знаю. Як були в експедиції з Денисом, то зупинялися в її батьків. Дуже порядна і привітна родина. Повесні Катя до села повернеться, а зиму у вас поживе. Допоможе, чим зможе. Так?

— Звичайно, поможу, — усміхнулася дівчина, і Крупка-молодший потяг її оглядати кімнату — аби тільки припинити розпити.

— У мене буде своя кімната? — зашарілася Катерина.

— Ну, не всю ж зиму тобі на кухні спати, — зітхнув Крупка-молодший і вкотре пожалів, що дав свою візитку не якомусь дядькові у степу, а оцій дитині, яка наївно приїхала із села до столиці.

— Який же ви добрий! — вихопилося в дівчини.

— Та досить уже, — махнув рукою Крупка-молодший і застеріг: — Ти моїм батькам нічого про свої проблеми не розповідай. Зайве. Старі люди, ще щось не так зрозуміють. Просто кажи, що навесні додому поїдеш. І все.

І додав:

— Гляди ж, допомагай їм.

— Та ви що, сумніваєтеся?

— Ні, — відповів Крупка-молодший.

Мить покрутився і каже:

— Чуєш, Катерино... Жанночка помилково тобі одну свою спідницю поклала. Оце щойно телефонувала... Каже, якщо Катя віддасть...

— Та хіба б не віддала?..

Катерина вивалила одежину з пакету на ліжко. Крупка-молодший порився та знайшов спідницю від Armani.

— Візьму, якщо ти не проти...

— Будь ласочка...

Крупка-молодший вийшов із батьківської оселі, озирнувся. Онде і баки для сміття. Підійшов. Роздер спідницю навпіл. Укинув у бак.

— Пастка... пастка... — шепотів...

А ноги все одно несли до Жанночки.

Перші два тижні Тася і Богдан Крупки обережно придивлялися: що за особу підкинув синочок? А що, як вона крадійка? Чи просто нехлюйка?..

Катерина вставала вдосвіта, водила мопсика у парк під кущі. У професорській оселі перестало тхнути собачим лайном — і знову запахло розмовами про національну свідомість. Особливо під час обідів, які справно і смачно готувала дівчина.

— Тася, я удивлен бескрайно! — нечітко, з переповненим ротом починав професор. — Украинское село совершенно деградирует! Ты посмотри на Катерину! Ей бы в школе учиться, книги читать... В университет готовится, чтоб вернуться в свое село... И нести...

— Что ты несешь, Богданчик? — не зовсім розуміла професорська дружина. — В Украине — демократия. Каждый выбирает тот путь, который... — Тасі дуже кортіло сказати «хочет», але вона була реалісткою, — который может. Девочка прекрасно готовит. Из нее получится хорошая повариха.

— А-а-а-а! Ты мечтаешь, чтоб моя Украина, моя родина... погибла! — кричав професор, проковтнувши котлету.

— Боже сохрани! — лякалася Тася професорської активності.

— А как иначе понять твои ужасающие заявления?! Село должно сеять и пахать! Повариха... Завтра все селяне станут поварами... Да?

— Ну? — обережно запитувала Тася.

— А что они будут готовить? А? Где продукты? Откуда? Из супермаркетов? Нет, дорогая моя! Село должно сидеть в... селе! Нечего им в городе делать! Дармоеды!

Ты посмотри на нашу Катерину! Она же просто на всем готовом!

— Она нам помогает. И с мопсом твоим гуляет. И обеды готовит. И стирает. И гладит. И даже навела порядок в твоих архивах. Очень хорошая девочка...

— Девочка, девочка... Эта девочка — предательница! Она — яркий пример деградации и растления села. Эти сволочи спиваются и едут в город. Я этого не переживу! — поставив професор крапку в розмові. Бо обід закінчився. А після обіду професорові було не до розмов: читав книжки про вирощування ківі й виховання мопсів.

За два тижні Тася переклала на Катерину всю домашню роботу, а професор іще й лаявся, що мопсик чогось більше ластиться до дівчини, ніж до нього.

Утомлена й сумна, Катерина щовечора зачинялася у своїй кімнаті, лягала на ліжко — і виникали перед нею очі Романа, мамка, татко... Це був найкращий час доби.

— Чуєте мене, дядьку Романе? — шепотіла у темряву, і кімната наповнювалася ледь видним мерехтливим світлом. — Погано мені тут. До вас ближче хочу... До мамки з татком. І до кургану хочу. Сісти собі під курганом... Тільки під курганом. Еге ж! Нагору більше не полізу. На що витріщатися? Скрізь люди однакові. Тільки на різних землях живуть. А під курганом — наше з вами місце. Ви б хоч покружляли над ним, а я б сиділа й відчувала: тут ви, зі мною поряд... Дядьку Романе! Чуєте? От дуже сумнівалася... Думала, згоріли ви — і серце охолоне. А воно гаряче. Весь час про вас думаю, про любов нашу. І нікого мені тепер не треба. Хіба ж іще хтось буде мене так, як ви, любити?..

Оченята злипалися. Темрява поглинала світло, ніби бажала: спокою тобі, бідолахо, до ранку.

Через місяць підтирання задів Тасі й Богданові Крупкам Катерина перестала розмовляти ночами. Надто втомлювалася. А у професора народилася нова геніальна ідея.

— Катя, сегодня прибери все побыстрее!
— Чого?
— «Чого, чого»... — роздратувався професор. — От село! Я буду обучать тебя грамоте...
— А я грамотна, — Катерина йому. — У школі майже відмінницею була. Тільки віршів чужих не любила вчити.
— Почему?
— Я свої вірші складала...
— От село... — повторив професор. — Вірші вона складала... Что ты в этом понимаешь?! Дура! Чтоб через час сиділа в моем кабинете. Тебя сам профессор обучать будет. Поняла?

Тасі напрямок професорської активності не подобався. Не зумів професор видресирувати манго, відчув невдячну натуру мопсика й тепер вирішив відігратися на дівчині.

— Как же тебя снова вернуть к растениям? — ламала голову Тася.

А професор тим часом сів за стіл у своєму кабінеті. Брошурку із психологічними тестами відкрив. Кашлянув.

— Ну! Начнем с тестирования...
— З чого? — Катерина йому.
— С тестирования, дура! — закричав професор. — Живо отвечай на мои вопросы!
— Та добре...

А тут і Тася:

— Я тоже хочу послушать. Давно я не наблюдала, Богданчик, за твоими лекциями...

Професор розцвів:

— Садись, Тася! Будешь вольным слушателем...

Поклав перед Катериною чистий аркуш паперу. Наказав:

— Запиши двадцать своих самых заветных мечтаний.

— Зачем? — спитала Тася.

— По ее мечтам мы определим ее социальные перспективы, — пояснив професор.

І до Катерини:

— Пиши!

Дівчина глянула на професора з подивом:

— Не можу...

— Почему?

— Таж нема в мене мрій...

— Як? — професор вухам своїм не повірив — аж на українську перейшов.

— Бо двадцятьох мрій не буває... Мрія — вона одна.

— То напиши одну.

— Не можу.

— Та чому ж, дурна ти дівко?!

— Бо моя мрія вже здійснилася. Я щаслива.

— Тася! Тася! Я цього не переживу! Що вона каже? Вона?! Щаслива?! З якої ж це радості вона щаслива?

— Катенька, — обережно запитала Тася, — расскажи... Какая у тебя была мечта?

— У всіх дівчат одна мрія... Кохання... Справжнє кохання. На все життя. А все інше — то не мрії... То примхи.

— Що ти верзеш, дурепо?! Яке кохання? Тобі скільки років?! — роздратувався професор не на жарт.

— Скоро чотирнадцять буде...

— І де ж твоє кохання? Чому вештаєшся по столицях, коли тобі треба в селі сидіти, корову доїти, щоб у місті молоко було, а не твоя дурна пика! — кричав професор.

— Роман... мій... згорів.

Професор зайшовся деренькучим сміхом.

— Тася! Ты слышала? Ее роман сгорел! Вот дура малолетняя. И это — будущее нашей Украины! Значит, один твой роман сгорел, теперь ты приехала новые романы крутить!

— Романом коханого мого звали. Згорів він. Чужі люди копу підпалили... Він згорів.

— Господи! Спаси и сохрани! — перехрестилася Тася. До Катерини ближче сіла, за плечі обійняла.

А дівча ж без мамки — другий місяць... Як розревлося!.. І все життячко — перед очима. І він... дядько Роман... Чорний увесь... А очі — сині. І світ навкруги — синій.

Професор перелякався:

— Тася! Что она говорит?

— Богданчик! Катя говорит, что ее любимый погиб... И я ей верю.

— Но этого не может быть! Что за страсти-мордасти?! Я про село все знаю. Я там был...

— Когда? — не змогла пригадати дружина.

— Неважно! Был. Там все просто и натурально. Пахал, увидел девку за скирдой, штаны скинул, девку изнасиловал и... дальше пахать. Тоже мне Джульетта!

— Нам жаль, Катенька! Нам очень жаль, — Тася гладила Катерину по спині, а дівча все не могло вгамуватися. — Смерть — вообще ужасная трагедия, а смерть юноши...

— Та він не юнак... Дядько дорослий... У нього син був старший за мене. Теж загинув... — крізь сльози.

Тася витріщила очі й завмерла.

— Что? — пошепки запитав у неї професор.

Жінка знизала плечима. Катерині:

— Так ты любила взрослого мужчину, Катя?

І — нотки крижані пробиваються.

— Дорослого...

— По... взрослому?

— Так, так... І буду любити його до кінця життя.

Голову підвела. Глянула. Чужі люди... Чужі.

І — собі: «Що ж це я? Розпатякала язиком, мов помелом. Нащо? Хіба воно їм треба?»

— Вибачайте... Можна, я піду?..
— Куда? — Тася суворішала на очах.
— Та як нічого робити не треба, то просто вулицею пройдуся. Тоскно мені...
— Мопса возьми!
— Добре... Тільки мерзне він, бідолаха. Холодно йому.
— Ему нужен свежий воздух, — вирішила Тася, і Катерина мовчки пішла збиратися.

На вулиці білим мело. Рожеве скляне пальто не гріло. Катерина притисла до себе тремтячого мопсика.
— Хоч би вони тобі ім'я якесь дали...
Мопсик пискнув — мабуть, не хтів на морозі пащу сильно роззявляти.
— Мо', я сама тебе якось назву? А будеш у мене... — Задумалася. — Такий ти чудний пес. У Шанівці таких не було. А от назву тебе Чудний. Добре?
Мопсик лизнув Катерину просто в ніс. Та розсміялася.
— Погодився? От і добре... Можу тобі таке сказати, чого нікому не казала.... Я гроші мамині зберегла... Майже всі. Додому їхати буду... усіляких гостинців накуплю. Тут, у місті, багато всього. Шкода, що до весни так далеко... Як до Місяця...
Зупинилася. Мопса перед собою виставила:
— Тобі теж погано у професора?
Незважаючи на холоднечу, мопс голосно тявкнув.
— Ото ж бо й воно, — зітхнула Катерина і повернула до професорської оселі.

Поки Катерина з мопсиком мерзли на вулиці, Тася й Богдан Крупки влаштували сімейне обговорення новоз'ясованих обставин життя своєї служниці.
— Гнать! — вимагала Тася. — Кого Игорек нам подсунул? Развратница!

— Гнать! Гнать! — кипів професор. — Ее место в селе! Ишь придумали... Чуть что — все в город бегут!

— Завтра у нее появится очередной роман на всю жизнь, и эта гадина может привести сюда бог знает кого!

— Гнать! Сегодня же! — постановив професор.

— Богдан! Ты сошел с ума! На улице ночь. Нет, пусть завтра с утра в доме приберет, обед приготовит, а потом уже...

— Хорошо, но я этого не переживу!

— Что ты хочешь сказать? — не зрозуміла Тася.

— Украина погибает. Это деградация и дебилизация. У этих людишек даже нет мечты! Нет, я этого не переживу!

— Кстати! — Тася витримала тактичну паузу й витягла з кишені халата невеличку книжку. — Я нашла руководство... по разведению манго в условиях среднеконтинентального климата.

— Не может быть! — зрадів професор, одразу забувши і про Катю, і про національну свідомість, і про те, що він цього не переживе.

Тася зустріла Катю і мопсика однаково непривітно.

— Щось робити треба? — спитала дівчина.

— Вот кастрюли бы почистить, — на ходу придумала Тася, і Катя попхалася на кухню.

— Мо', завтра? Ніч уже...

— Завтра будет завтра, — відрізала Тася й пішла до спальні.

Професор так зачитався посібником із розведення манго, що і про час забув. Як схаменувся — друга ночі. І щось на кухні — шкряб, шкряб... Пішов на звук.

— А... Джульєтта! — чи то похвалив, чи то образив.

— А чого не спите? — Катерина йому.

Професор суворо брови звів:

— Зайди в мой кабинет через пять минут. Я задам тебе несколько вопросов.

— Добре, добре... Оце тільки каструлю дошкребу...

— Немедленно! — професор тупнув ногою і пішов.

— Як знаєте... — Катерина покинула посуд і попленталася до професорського кабінету.

* * *

Богдан Крупка примружив око і наказав рідною мовою:

— Роздягайся...

— Нащо? — Катерина витерла руки об спідницю, зиркнула на професора.

— Покажеш, як ти любити вмієш... — у відповідь тим же суворим тоном.

— Та нащо воно вам?

— А-а-а-а! То ти, малолітня хвойдо, думаєш, що я старий?

— Нічого я не думаю...

— Роздягайся й ходи до мене.

— Та нізащо!

Професор із крісла зліз, до дівки підскочив — та як лясне по щоці!

— Ми тебе годуємо безплатно, живеш як у бога за пазухою, ще й рота роззявляєш, село дурне! Ану скидай усе. Подивимося, яка ти вправна...

Катерина в куток забилася:

— Відпустіть мене... Дуже прошу... Я що хочете буду робити, тільки не чіпайте...

— От я й хочу, щоб ти все поскидала!

Схопив Катерину за руки, витяг на середину кімнати. Смикнув за спідницю — та й злетіла. Дівка зігнулася, до спідниці тягнеться, а професор на неї навалився, на підлогу кинув, сопе...

— Пустіть мене, пустіть... — губи тремтять, а прямо перед очима професорська пика пашіє.

— Давай, давай... — белькоче.

Уже долоню між ніг дівчачих запустив — і раптом як зойкне!

— Животное!.. — і вхопив себе рукою за жопу.

Катерина тремтить, на ноги підскочила. Дивиться — мопсеня на її захист стало. Гарчить, хвіст пістолетом.

— Ах ты ж тварь неблагодарная!.. — заволав професор.

Заволав так, що Тася прибігла.

— Что случилось?

Катерина розхристана у кутку стоїть, поряд мопсеня варту несе, а по підлозі професор катається та все за зад тримається.

Тася й розбиратися не стала:

— Так вот зачем ты в наш дом пробралась?! Немедленно собирай вещи и вон!..

А Катерина й не виправдовувалася.

— Вибачайте, як щось не так. А професор ваш... така гнила людина!.. — сказала тільки.

За п'ять хвилин зібралася. Пальто рожеве скляне вдягла, чоботи гумові, шию шарфом обмотала. Рюкзак на спині.

Тася у вікно глянула — аж серце стислося: ніч, сніг мете...

— Ладно, можешь до утра остаться...

— Не лишуся. Погано мені у вас, — і до дверей.

Надвір вийшла, на парканчик низький під під'їздом присіла.

— До Шанівки піду... Скільки отак вештатися? Хай хоч уб'ють...

А у професорській квартирі — гармидер. Мопсеня біля дверей скавучить — жити не дає.

— Господи! Как я ненавижу собак! — взяло зло Тасю. — Ему приспичило, а мне нужно среди ночи его на улицу выводить. Богдан! Это твой пес, вот и выведи его...

— Никуда я не пойду, — буркнув професор.

— Тогда пусть сам гуляет... — І Тася відчинила двері.

Катерина вже вийшла з двору на Велику Житомирську, коли почула позаду шурхіт. Обернулася. Мопсеня — у снігу по вуха. Дереться за нею, мов за останньою надією.

— От ти чудний... — усміхнулася. — Тепер точно буду звати тебе Чудним.

Підхопила. Пригорнула.

— А ти мамі сподобаєшся...

І пішли вони з мопсиком на пару — бозна куди.

Ігор Крупка мучився. Після того як він здихався Катерини, Жанночка жодного разу не попросила його щось купити. З усмішкою проводжала на роботу, усміхнена зустрічала і все рвалася кохатися. Навіть погодилася з черговою спробою Крупки-молодшого залучити її до високого світу мистецтва. На цей раз Ігореві перепали два квитки на модний вернісаж, і Жанночка залюбки накинула на плічки блакитну норку:

— Звичайно, підемо. Я дуже хочу... Хай і зараз!

Крупка-молодший завбачливо пробігся маршрутом від свого дому до вернісажу. Жахнувся: на шляху до мистецтва зяяли дверима відкриті — здається, цілодобово — з десяток бутиків і модних салонів.

— Я цього не переживу, — повторив професорський син улюблений вислів батька.

У день відкриття вернісажу Крупка-молодший викликав таксі й похвалився Жанночці:

— Не хочу, щоб твої ніженьки місили сніг... Поїдемо на таксі, сонечко.

Жанночка всміхнулася й сказала:

— Ні.

Крупка-молодший загорював, а Жанночка розсміялася:

— Хочу в новій шубці пройтися. Хай усі знають, який у мене мужчина. Ні в кого такого нема!

І пішли. Минули один бутик, другий... У Крупки-молодшого три волосини на лисій голові сторчма стали. У чому пастка? У чому?.. Не міг збагнути.

На вернісажі університетські колеги пороззявляли роти й не могли зчепити щелеп:

— Ігорю Богдановичу... У вас така... подруга... Красуня!

Крупка-молодший аж поплив. Спину розпростав і став іще довшим. Озирається — тільки окуляри на носі виблискують.

Після економічно вигідного походу на вернісаж до Крупки-молодшого потроху почала повертатися віра у безкорисливе кохання в окремо взятому випадку. Аж поки одного дня не зателефонував йому на роботу Соломон Ширман, відомий київський антиквар і колекціонер.

— Пане Крупко, — сказав, — мушу вас засмутити...

— Що сталося? — Ігор спершу подумав був, що остання експертна оцінка, яку він робив для салону Ширмана, виявилася не дуже компетентною.

— Ви, пане Крупко, як з'ясувалося, не єдиний володієте скіфською пектораллю...

Крупка-молодший розсміявся.

— Цього не може бути, пане Ширман.

— А ви забіжіть до мого салону цими днями... Я випадково і дуже дешево придбав пектораль, кращу за вашу... — Соломон Ширман на мить замовк, а потім зізнався: — Це я вихваляюся. Моя пектораль не краща за вашу. Така сама... Така сама унікальна і прекрасна.

Яке там «цими днями»! Крупка-молодший погнав до Ширманового салону через п'ять хвилин після дзвінка. Щось наплів студентам, скасував лекцію — і гайда.

Соломон Ширман побачив Крупку-молодшого, всміхнувся:

— Добрий день, пане Крупко! Побився із Софочкою об заклад, що примчиться сьогодні ж, не пізніш як за годину!

— Ігорю Богдановичу, я милосердніша, ніж Соломон, — до салону вийшла Софія Ширман. — Я дала вам більше часу. Цілісіньких три години.

— Обоє не вгадали, — нервово засіпався Крупка-молодший. — Якби я міг, я б тієї ж миті опинився тут. Не мучте... Показуйте.

Соломон Ширман зачинив салон, дістав із сейфа велику полотнину, поклав на стіл перед Крупкою:

— Хочу, щоб ви відчули ейфорію відкриття. Розгорніть самі... Це — диво!.. — Соломон молитовно склав руки біля грудей, очі заблищали. — Ну ж бо! Сміливіше...

Крупка-молодший задихнувся.

— Так... Зараз... — ніжно відхилив один краєчок полотнини, другий... — Що?! — крикнув. Відскочив, як олень від гадюки.

— Пане Крупко! Що сталося? — здивувався Соломон.

Ігор затрусився, вхопився руками за три волосини на лисині:

— Соломоне... Соломоне... Це моя пектораль! Моя... Ось... Дивись... — Він підскочив до столу, потім відсахнувся. Заплющив очі: — Буду описувати, а ви із Софією звіряйте. Я кожен міліметр своєї пекторалі знаю... Кожен міліметр.

І Крупка-молодший почав перераховувати прикмети й вади пекторалі. Соломон і Софія Ширман схилилися над прикрасою.

— ...І останнє, — Крупка-молодший не втримався, розплющив очі, — на застібці щербина... Як від ножа чи кинджала. Є?

— Є... — прошепотіла Софія.

Соломон Ширман слова мовити не міг.

Довго мовчали. Ігор бараном дивився на старовинну скіфську прикрасу, а в голові така купа запитань... І жодного — з оптимістичною відповіддю.

Софія Ширман принесла коньяк і валер'янку.

— Завжди має бути альтернатива, — мовила сумно і сіла поряд із чоловіком.

Соломон обрав коньяк. Перекинув два келишки підряд. І врешті сказав:

— Пане Крупко, я вас дуже поважаю. Ви — справжній колекціонер. Тому, як справжній колекціонер, ви зрозумієте рішення, яке я прийняв...

Крупка-молодший знову затрусився. Знав він. Знав... Сам би так зробив. Але — як пережити?!

— Якби ви заявили про зникнення пекторалі, описали її прикмети й передали заяву до правоохоронних органів... Якби після цього правоохоронні органи прийшли до мене і знайшли пектораль... Я б віддав її вам. А так...

— А так... От ви прийшли до нас, побачили пектораль, змогли розгледіти її вади... Після цього легко говорити, що пектораль ваша, — поставила Софія Ширман крапку в розмові.

— За скільки? — прошепотів Ігор.

— Лише п'ять тисяч доларів, — не зумів приховати радості Ширман.

Крупка-молодший надзусиллями змусив себе підвестися. Голова йшла обертом.

— Ігорю Богдановичу, може, коньячку? — спитала Софія.

— Дякую, — Крупка-молодший вийшов із салону на автопілоті.

Ширмани дивилися вслід.

— Соломоне, ти дуже мудра людина, — винесла вердикт Софія. — Якби ти не запросив його сьогодні, то пектораль довелося б повернути.

Соломон ніжніше, ніж дитину, загорнув у полотнину пектораль, поклав у сейф.

— А може, Ігореві пощастить і він знайде подібну пектораль, — згадала Софія про жалі.

— Ні, Софо, ця пектораль унікальна. Єдина у світі. Нам дуже пощастило, що Крупку обікрали...

Ігор не пам'ятав, як дістався Подолу. Логіка підказувала подальший розвиток подій: він відчиняє двері квартири — порожньо. Розгардіяш, усе розкидане, ані колекції, ані Жанночки...

Повірив. Тому й дзвонити не став. Розшукав ключ у кишені, у замок вставив.

А тут двері й відчинилися. Жанночка всміхається, ручки до Крупки тягне:

— Ігорчику!.. Чому такий сумний? А я за тобою скучила. У ліжечко! У ліжечко! Ніякої вечері!

Ну, це вже було. Як Катерина переселилася до Крупчиних батьків, Жанноччині уроки кулінарії зійшли нанівець, але відсутність гарячої їжі вона з успіхом компенсувала гарячим тілом. Протестувала тільки Крупчина виразка.

Крупка розкрив рота і вперше від дня знайомства із Жанночкою ляпнув таке, що та отетеріла:

— Пішла геть!

Відштовхнув Жанночку і побіг у кімнату.

— Ти мене розлюбив... — почала була Жанночка, але зметикувала: традиційні методи сьогодні не допоможуть.

Крупка тремтячими руками відчинив сейф, чого не робив уже давненько. Усе якось не до того було. Почуття, бач, заполонили.

Сейф світив порожниною. Крім пекторалі, з нього зникла колекція срібних монет, яку Крупка-молодший стягнув свого часу в батька-професора і якою пишався. А також...

— Жіночі грецькі прикраси, оберіг зі слонової кістки, нефритова фігурка Будди, срібна тарілка доби Наполеона... — Крупка вив од жаху. Пропало все.

Кинувся до полиць, ущент заставлених. Перший ряд старожитностей стоїть, а у глибині полиць... Порожньо.

— Божечку! Що це?! — заволав.

Поглядом навкруги — порожньо, порожньо... О! Жанночка стоїть. Крупка на неї — очима зболілими.

Жанночка цілком відповідала драматизмові моменту. Дурними питаннями не мучила, коників не викидала. Сувора, серйозна... Соратниця.

— Ігорю... Треба йти до міліції.

— Якої... міліції?!

Жанночка лобика насупила — замислилася, значить. Потім у долоньки — лясь!

— Знаю... Знаю! — до Крупки. — Це Катерина... Тільки вона могла. Як полиці від пилу витирала, то все розглядала — не відірвати! А ти сам подумай... Жили ми собі й горя не знали. А як вона з'явилася...

— Гадаєш? — Крупка вхопився за Жанноччину думку, як утопаючий за соломинку.

— Нема ніяких сумнівів. Ти дуже довірлива людина. Привів додому бозна кого, дозволив жити. А вона ж — босота! У гумових чоботях припхалася. Мабуть, продала безцінні скарби за безцінь.

— Пектораль!.. — Крупка повалився на диван і заплакав.

— Що?.. — обережно запитала Жанночка.

— Мою пектораль... Ширман купив усього за п'ять тисяч доларів. Їй ціна — півмільйона... Я цього не переживу.

Крупка-молодший ридма ридав на дивані. Жанночка кусала губи зі співчуття. Не втрималася — розплакалася. Вчасно.

Крупка підвів голову, Жанночку до себе притис:

— Сонечко... Прости мені... Я, грішним ділом, подумав був...

— На мене?

— Ну... Я досі не можу повірити, що мене могла щиро покохати така неземна красуня, як ти...

— Не час стосунки з'ясовувати! — Жанночка тіпнула Крупку за плечі. — Іди до Катерини, Ігорчику! Може, ця сволота ще не все розпродала...

— Підеш зі мною? — попросив Крупка-молодший.

— Нізащо! Буду дім стерегти! — відказала хоробра Жанночка. — А раптом... Тут же ще стільки всього...

Крупка — у коридор. Жанночка — за ним:

— Стій! Сховай найцінніше до сейфа.

— Яка ти в мене розумниця! — Крупка поліз до полиць. Жанночка шийку витягла — спостерігає.

Крупка — за двері. Жанночка — до телефону...

Ігор Крупка увірвався до квартири батьків, коли Катерина була вже далеко.

— Де? Де вона? — з порога.

— Твоя протеже? — уточнила мама Тася.

— Де Катерина? — І до кімнати, де сам дівча отаборив. Порожньо.

— Да что случилось, Игоречек? — Тася синові.

— Вона мене обікрала! Де вона?

Тася похитала головою й оголосила:

— Эта мерзавка пыталась совратить твоего отца!

— Де вона?! — загорлав Крупка-молодший.

— Сбежала! И нас тоже обокрала. Папиного мопса прихватила. Какая черная неблагодарность!

Крупка-молодший сів прямо на підлогу й завив.

— Ненавижу! Ненавижу! — чогось перейшов на російську.

— Что случилось? — визирнув із кабінету професор.

— Мерзавка, которая тебя совращала, обокрала Игоречка! — пояснила Тася. Схопилася за серце: — Где валидол?

— Куди вона пішла? — Ігор підвівся. Розгублено озирався, ніби Катя десь зовсім поряд.

— А кто ее знает?! Бродяжка и есть бродяжка, — сказала Тася. — Обедать будешь?

Крупка послав маму разом із батьком-професором під три чорти й вилетів на вулицю.

Мело. Присів на низький парканчик, де раніше сиділа Катерина.

— Я цього не переживу... — прошепотів.

Пішов. Одного хотів: швидше дістатися дому, пригорнутися до Жанночки, обцілувати її смачне тіло, а краще б — хай вона...

До квартири доплентався. Дзвонив, дзвонив... Ключами відімкнув. Темно. Тихо. Ані звуку. Ані шурхоту найменшого.

Навпомацки увійшов. Світло увімкнув. Дверцята порожньої шафи, де ще вранці красувалася блакитна, як мрія, шуба, рипнули. На порожніх полицях — сліди термінової евакуації залишків Крупчиної колекції. І записка на столі:

Люблю. До міліції звертатися не раджу. Життя одне. Проживи його щедро.

Навіки твоя
Жанна.

Крупка зім'яв записку, запхнув у рота і проковтнув.

Аж коли у горлі застряг клубок, допіру тоді зрозумів, що зробив. Скрутився на дивані, мов цуценя, і тихенько заплакав.

Розділ 6

До ясного ранку Катерина блукала вулицями столиці. Мопсик то біг поруч, то на руки просився.

— Чудний ти мій! — синіми од морозу руками Катерина притискала собача до себе. — От і не одна я... До села б добратися...

На ранок опинилася біля мосту через Дніпро. Стала. Чи на лівий берег іти? Чи в інший бік?

А позаду хтось — човг, човг. Озирнулася — маля років шести-семи. Розхристане, брудне.

— Дай поїсти! — криконуло хоробро.

— Нема в мене...

— Дай хоч собаку погладити...

— Гладь...

Маля до Катерини підбігло. Носом шморгає. Ручку до мопсика простягнуло. Мопсик зосередився, але не пручається. Дозволяє.

— Ти чого так рано містом швендяєш? — маля питає.

— А ти хто? — Катя йому. — Дівча чи хлопчик?

— Я? Вітька! Яке я тобі дівча! — образилося маля. Як штурхоне Катерину ліктем у бік!

— Ти чого? — Катерина йому. Мопсик вишкірився.

— А не обзивайся! — і маля пішло геть.

— Стій! Чуєш? — гукає Катерина.

Маля зупинилося.

— Не знаєш, як із міста вибратися?

— То ти теж безпритульна? — маля глянуло на Катерину з розумінням. — А пішли до нас! Ми не які-небудь, не каналізаційні... У нас своя хата! У нас тепло... Тільки їсти нема чого.

— Куди це?

Маля ще раз підтерло носа й пішло. Катерина за ним. Міст обійшли, на гору трохи подерлися. Серед голих дерев — землянка.

Влізли. Справжня піч-буржуйка посередині гуде, тепло... Як же тепло! Замість меблів — ящики. На земляній підлозі — щось плетене, певно, колись килимом звалося. І люди... Троє хлопчаків одних із Катериною літ. Дівка, здорова, як кобила. І баба стара. Зовсім стара. Без зубів.

— Тебе, сученя, тільки по їжу й посилати! — вилаялася кобила. — Кого привів?

— Хай погріється, чуєш, Славко?! — тупонуло ногою в розірваній кросівці маля. — Кидати, чи що?

— Гроші маєш? — підступилася до Катерини Славка.

Катерина очі відвела:

— Ні...

— А що маєш?

Катерина рюкзака з плечей скинула.

— Беріть... Мо', й згодиться.

Маля першим рюкзак розграбувало. Серед барвистих Жанноччиних уборів знайшло вовняного светра.

— Моє, моє...

Навіть беззуба баба ворухнулася.

— Дайте й мені хоч щось...

Бабі дали прозорого шалика з організи.

Славка виборола більшу частину Жанноччиного вбрання. Щось на собі напхала, решту згорнула в хустку, підвелася:

— Піду... Може, харчів принесу...

А хлопці все сиділи, як колоди.

— А чого це вони? — спитала Катерина малого Вітьку.

— Хімікатів наїлися... Пів ночі блювали, а тепер заклякли і сидять, як дурні. Хоч би подохли!

— Нащо таке кажеш? — перелякалася Катерина.

— Жопа від них болить, — признався малий Вітько.

— Б'ють?

Маля зиркнуло на Катерину — так дорослі на дітей дивляться.

— Бабою гидують, Славка не дається, а мене скрутять і шоркають по черзі... — зітхнув. — Ти звідки така вилізла?

— Із Шанівки... Оце б мені до села добратися...

Вітька всміхнувся, погладив мопсика:

— Мо', й доберешся... Подаруй мені своє собача.

— Не можу, — відповіла Катерина.

Близько полудня до землянки припленталася п'яна Славка. Кинула на ящик пакет із харчами. Постановила:

— Сьогодні нову нагодуємо, а завтра хай працює.

До Катерини повернулася:

— Тебе як?

— Катя...

— А я Ярослава. Славкою можеш звати.

— Та не затримаюсь я... Дякую, що відігріли. Йти мені треба...

— То йди, — гикнула Славка і завалилася біля буржуйки. Голову підвела: — Тільки спробуй мені харч собаці віддати... Уб'ю!

Мопсик ніби зрозумів: до Катерини притулився, завмер.

Аж — хлопці відмерли. Спочатку один ворухнувся, за живіт схопився:

— Сірий! Поїж... Славка харч принесла... — сказав малий Вітька.

Сірий обвів дурними очима землянку, наткнувся на нове обличчя:

— Ти хто?

— Катя... — Катерина ворухнутись боялася.

Сірий мовчки потяг до Катерини руку:

— Ходи сюди...

А тут і двійко інших до тями прийшли. Сірого відсунули — і до харчів. Їли, їли... Зригнули. По цигарки потяглися.

— Вітька! Чаю завари...

Малий Вітька слухняно підхопився.

— Я перший сучку трахну, — сказав Сірий.

— Що ти тут понти гониш? — вишкірився другий. — Давно рило з юхи не вмивав?

Вітько зупинився з гарячим чайником у руках:

— Це моя дівка! Я її знайшов! Тільки торкніться... Вона моя!

Хлопці зареготали. Сірий зухвало зиркнув на товаришів, смикнув Катерину за рукав рожевого скляного пальта. Так у пальті й упала на підлогу.

— Сірий, бля... — і всі троє навалилися на Катерину. Рвали одяг. Мопсик захлинався.

Вітько заплакав. Рученята чайника не втримали. На себе окропом.

— Ой! — од болю підскочив.

До буржуйки кинувся, гілку палаючу витяг і прямо на кубло — кидь!

— Сука!.. — всі троє — урізнобіч.

У Сірого на щоці аж шкіра злізла:

— А-а-а-а-ай! Сука! Уб'ю! — по підлозі катається.

Двоє інших отетеріли. До тями прийти не можуть. Куди спочатку кидатися — не розуміють: чи на Вітьку малого, чи на Катерину, чи, мо', Сірому понти обламати...

Маля Катерину за руку:

— Біжімо... Та цуценяти не забудь...

— Не забуду, не забуду... — з ніг падає, із землянки дереться. Мопсик поруч крутиться.

Вискочили. І з гори — комітьголов. Під горою сіли, озирнулися. Нема нікого...

— Дякую тобі дуже, Вітя, ти мене врятував...

— Здалася ти мені! — кинув Вітька. — Я цуценя рятував, бо воно аж під Сірого в купу залізло. Боявся, задушать.

— Однаково — спасибі, — Катерина сльози втирає. Пальто роздерте до тіла прикладає. Рукава відшматували, падлюки... Де голку з ниткою взяти? Ет, мама лаятиметься. Дуже лаятиметься. А татко скаже:

— Краще б вугілля на зиму купили...

Під пальто руку запустила — як розридається!

— Ти чого? — маля їй.

— Гроші... Усі гроші вкрали!

— У тебе гроші були? — Вітька смішно плеснув долоньками, захитав головою. — От яка ти дурна! Яка дурна... Треба було мені одразу сказати. Я б так сховав — ніхто б не знайшов...

— Звідки ж я знала?..

— Нічого ти не знаєш! Як мала. Годі вже ревти, бо довго тут сидіти не можна. Знайдуть...

— А куди? Куди? Як із міста вибратися?

— Пішли...

— А ти?..

— Із тобою піду. Мені тепер вертатися не можна. Через міст перейшли та все прямо, прямо...

— Дай цуценя понесу, — попросило маля.

— Бери... — Катерина віддала мопсика. Одразу стало ще холодніше. Ноги в гумових чоботях — як дерево.

— Мо', десь погріємося? Іти не можу...

— Давай погріємося, — маля завернуло до під'їзду житлового будинку. — Скоро їдальня буде...

— Як це?

— Для бомжів їдальня. Вони дітям завжди без черги суп наливають.

— То давай не грітися... Пішли, пішли...

Біля дверей зачиненої благодійної їдальні трусилися од холоду десятки зо два безпритульних.

— Бомжари! Коли харч даватимуть? — вигукнуло маля. Сірий брудний натовп ворухнувся.

— З'їж свого собаку! — кинув облізлий чоловік років тридцяти.

— Годі малих чіпати, — прошамкотіла молода, але беззуба жінка. До Катерини з Вітьком: — Обіцяли скоро відчинити. Ставайте, не бійтеся.

— А чого б це ми боялися?! — вигукнуло маля й подерлося просто до віконця їдальні.

За годину ситі — розм'якли.

— Розкажи про свою Шанівку...

— Ти розкажи. Такий малий... Чого з дому втік?

— Били... Мамка до хати не пускала, поки гривень п'ять не покажу, а люди жадібні. Не дають...

— А де твій дім?

— Тут, у Києві... На Солом'янці.

— Це де?

— А-а-а-а! — маля махнуло рукою. — Мені твій цуцик подобається. Такий чудний!

— Так я його Чудним і назвала.

— Дай мені...

— Не можу. Він мені як рідний став. Розмовляю з ним.

— А ти зі мною говори...

— Та не можу віддати. Він же не іграшка. Він живий. За мною біг... Із теплої хати втік.

Маля насупилося, мопсика з рук не випустило.

— Добре, хоч понесу... Візьмеш мене із собою у своє село.

— Ходімо. Там добре... З кургану світ видно. У хаті тепло. Мамка борщу наварить і все гукає: «Спішіть, поки гарячий!»

— Тебе мамка з хати не гнала?

— Що ти! Вона у мене золота... І татко.

— Чого ж утекла?

— Не від них...

Катерина чогось злякалася, розгубилася. «Як це? — подумала. — Я ж про дядька Романа сьогодні — і не згадала...»

Маля зітхнуло, штурхонуло Катерину в плече:

— Ходімо! Скоро темно буде. Хоч би за місто вибратися...

До ранньої зимової темряви Катерина з Вітьком устигли дістатися тільки до кінцевої станції метро «Лісова».

— Це нічого... — розсудило маля. — Звідси сільські дядьки додому їдуть, може, хто й підбере.

— А чого вони звідси додому їдуть? — спитала Катерина.

— Харч продадуть і їдуть...

Метро обійшли. Вітька командував.

— На трасу треба...

Ледь дісталися. Темно. Машини багнюкою ляпають.

— Однаково хтось зупиниться. Махай! Махай! Вони на тьолок швидше клюють... — маля. — А я відійду...

Катерина руку виставила, махає щосили. Стомилася — рука відпадає.

Обернулася — нема Вітька. Зник разом із мопсиком.

— От хитрюща дитина, — прошепотіла. — І що мені тепер робити?

Пішла дорогою від міста. У пальтечко рожеве скляне кутається.

Аж за спиною гальма — як заверещать! Грюк!..

Відскочила. Обернулася: стоїть авто розкішне поперек дороги, у нього ще одне врізалося. А під колесами... мопсеня тіпається. І Вітько навколішках до нього повзе. Та й кричить — дорослі дядьки з автомобілів підійти не наважаться:

— Сука! Сука! — маля до мопсика доповзло, тремтить. — Що ж ти наробив, сука! Я ж тебе, бля, просив... Я ж тебе, бля, умовляв... Не біжи ти від мене! Як же я без тебе, бля, буду... Не помирай... Не помирай...

Катерина скрутилася край дороги. Ворухнутися не може. Очі мокрі заплющила.

— Бідне цуценя...

Аж — геп! Здригнулася, очі розплющила — цуценя поряд. Мертве. Дядьки його з дороги відкинули, Вітька за комір — і давай між собою лаятися.

— Куди ти дивився?!
— А ти чого відстань не тримав?
— Ти у всьому винуватий.
— Ні, ти...

Катерина простягнула руку. Мопсеня було ще тепле.

По-собачому холодної зимової ночі Катерина колупала гілкою мерзлу землю в лісочку край дороги. Чудного поховати хтіла. Та де там! Хоч зігрілася, так старалася. Прикидала цуценя снігом і гілками, пішла до дороги.

— Вибачай, Чудний... Помру, як зараз не зігріюся... — ледь змогла вимовити.

На ранок обмерзлу дівчину в роздертому рожевому скляному пальті знайшли край дороги пенсіонери Кочубеї. Старим «москвичем» їхали, поверталися від доньки зі столиці. Легко їхали. А чого б не легко? Півсвині, сотню яєць, двох курей, три літри сметани й мішок картоплі приперли рідній дитині, а назад — порожні. Петро Іванович Кочубей хоч і мав мінус три в окулярах, ще й за кермо вчепився, а рожеве пальто край дороги помітив. Зупинив «москвича».

— Мати, чуєш? — гукнув дружині.

Та сопе собі, спить. Довіряє чоловікові. Не боїться.

— Ганя, а ну піди глянь... — розбуркав.

— Куди це? — спросоння.

— А онде рожева ганчірка гарна! Свині підстелимо...

Ганя очі продерла, з «москвича» вилізла. Хазяєчка. Мо', комусь щось непотрібне, а Ганя йому раду дасть. Підійшла.

— Матір Божа! Петю, Петю... Тут дівча змерзле у пальті!

Петро Іванович зопрів за мить. До Катерини кинувся.

— Зараз трусону... Мо', жива?

Катерина оченята ледь розплющила:

— Помо...жіть...

Ганя — у сльози. Петро Іванович згадав, як у флоті служив п'ятдесят років тому.

— А ну геть мені оці нюні! — гаркнув. — Тягнімо її до машини.

Ухопили за пальто вдвох. До «москвича» доперли, а як у салон затягти — не втямлять. Лежить дівча, мов неживе. З пів години борсалися. Аж Петро Іванович згадав про пляшку горілки іноземної, яку щедра доня батькам у подарунок дала.

— Ганя, давай горілку!

— Шкода, — відказала хазяйновита Ганя.

— Та ти що, мати, сказилася?! — гримнув Петро Іванович.

Горілкою Катерині лице обтер, до рота влив. Закашлялася.

— Ну, тепер довеземо... — на заднє сидіння затягли.

— А куди? — Ганя вмостилася поряд із чоловіком та все на Катерину обертається.

А та хитається. Синя...

— До нас найближче, — постановив Петро Іванович.

— Тре' буде бабку Свиридову гукнути, — зметикувала Ганя.

Петро Іванович на спідометра зазвичай не дивився. П'ятдесят кілометрів на годину — ось межа. А тут як натисне... «Москвич» здивувався, але полетів...

Ганя шию скрутила — усе до Катерини обарталася.

— Потерпи, доню. Потерпи... Зараз приїдемо.

Катерина дивилася крізь Ганю. Перед очима — дядько Роман усміхнений, руку простягає: «Ходи до мене, Русалонько! Ходи, бо так скучив, що серце розривається...» Раптом Сашко — звідки й узявся. Батька відштовхує, кипить: «Я з Катериною одружуся оце через рік. Як паспорт буде...» Роман йому свого паспорта показує. Розкрив, а на фото паспортному — лиця не видно. Обгоріле. Чорне. «А я вже паспорта маю... — Роман синові. — Оце Залусківський трохи фотокарточку зіпсував. Та — однаково!» Сашко у сльози: «Тату, дай мені свого паспорта! Я з Катериною одружуся...» Роман паспорта закрив, до кишені сховав: «Бач ти який, сину! Чого це я тобі свого паспорта віддаватиму?» Катерина до них усміхається, косу довгу руками мне: «Та годі вам! Мені хоч без паспорта, хоч із паспортом... Однаково дядька Романа люблю...» Сашко почорнів. Чисто як дядько Роман біля копи. Отакий увесь чорний на постамента шанівського заскочив. «Тоді буду пам'ятником!» — гукає. Катерина розсміялася: «Ти теж чудний, Сашку!» — «А ще хто?» — Сашко їй. «Одне цуценя...» — відказує. «Бач ти яка! З цуценям мене рівняєш...»

— Яке ж ти цуценя... — прошепотіла.

Ганя руку Катерині на лоба поклала:

— Ой, Петю...

— Не скигли, мати. Довеземо. — Петро Іванович учепився в кермо і поправив окуляри. — Де наша не пропадала...

Хата Кочубеїв географічно у селі крайня. А як за добробутом міряти, то центральна. Цегляна трикімнатна домівка, літня кухня, загородка для свиней кам'яна, та ще й із підігрівом. Город — сорок соток, і жоден шматочок землі не гуляє. А ще садочок чималий. Коптильня, де півсела свинячі окороки коптить до золотого кольору. Самогонний апарат — знову ж таки: хто хоче, хай грішми за все платить, а Кочубеї — перваком. Хазяї. О пів на четверту — підйом, і до темряви — не розгинаючись.

Доня зі столиці прискаче:

— Мамо! Тату! Та киньте вже ви те хазяйство, їй-бо! Скільки можна?

— Як це? — Петро Іванович супить брови. — А їсти що будеш? Ананаси?

— Та є все у місті. Заробляю непогано. Вам допомогти зможу...

— Та тепер зможеш... — Петро Іванович їй.

Донька ображається:

— Годі вже мене попрікати.

— Не попрікаю. Факти констатую. Вивчили тебе? Вивчили. І не ми, а свині, яких кололи щороку, аби за твоє навчання заплатити... І квартирку купили... Теж — свині... І корова. І город. Занедбали б хазяйство — світила б голим задом і досі.

Донька бурчала, але домашній харч жувала справно. Ніколи не відмовлялася. Та й допомагала, чим могла. Картоплю копати щороку приїжджала.

Катерина лежала на свіжій постелі в малій кімнатці, де колись росла Кочубеєва донька. Марила. Ганя розтирала їй ноги самогонкою.

Баба Свиридова, яку викликали терміново, шепотіла молитви й уливала Катерині до рота гіркий трав'яний узвар.

— Скільки ж біди... Наче показилися люди... — шепотіла баба Свиридова. — Де ви цю дитину знайшли?

— Отак простісінько обіч шляху валялася, — відшепотіла Ганя. — Щось мені в ній таке рідне... Сама не знаю. Може, коса. Зараз дівки — геть усі чисто пофарбовані та обскубані, а ця... Чуєте, бабо? А може, до лікарні її доправити?

— Та відходимо, не бійся, Ганя.

— А страшно. Раптом помре...

— Не помре, — пообіцяла баба Свиридова.

На третій день Катерина пила з мисочки, що її тримала перед нею Ганя, міцний бульйон. Заговорила.

— Де я?

Гані від серця відлягло.

— Між добрі люди, дитино. Не бійся. Ми тебе не скривдимо. Як звешся?

— Катериною...

— От і добре. Лежи поки... Слаба зовсім.

Катерина спробувала підвести голову, зоглядітися.

— Де я? — спитала знов. Перед очима попливло. — А собачати біля мене не було? І хлопчика малого... Рочків шести...

— Ні, дитино. Не було.

Катерина задихнулася, з переляком зиркнула на Ганю. Заблагала:

— Де я?!

Ганя перелякалася. Знову послала Петра Івановича по бабу Свиридову.

— Бабо, вона не при собі...

— Минеться, — баба Свиридова нахилилася до дівчини. — Ой, яка ж у тебе коса гарна.

— Однаково... — прошепотіла Катерина.

— Їсти хочеш?

— Однаково...

— А що хочеш?

— Де я? — прошепотіла Катерина.

Кочубеї більш як місяць над дівчиною трусилися. Ганя навіть запропонувала:

— Чуєш, Петре... Хай би одужала і в нас лишилася. Така дитина світла...

— А раптом її шукає хтось? — запитав Петро Іванович.

Уже й Новий Рік із Різдвом Христовим віддзвонили, січневі холоди розмалювали шибки, а Катерина все квола і квола. Трохи по хаті поблукає — та до постелі. Віддихається — і знову на ноги пнеться:

— Тітко Ганю, може, вам щось зробити треба?..

Ганя дуже дивувалася.

— Та що ти, Катрусю, все до роботи рвешся? Одужай спершу.

Під кінець січня Катерина на добрих харчах та при доброму слові вже справно могла цілий день біля Гані порпатися. І в один із таких днів Ганя наважилася завести з дівчам розмову про колишнє життя.

— Катруся! Чуєш мене?

— Чую...

— Ти сама звідки?

— Із Шанівки... У нас село красиве, хоч і мале. Дуже туди хочу.

— А як у Києві опинилася?

— Так мама веліла...

Згадала Катерина мамку свою золоту — і завмерла. Як сказати? Про Романа, про Сашка, про тітку Раю, про Залусківського...

— ...Мама веліла одного родича провідати. А я... заблукала. Маля безпритульне мене за Київ вивело. Песика мого вкрало. А песик за мною біг... Під машину втрапив... Оце я його поночі поховати хтіла, та змерзла геть. Якби не ви... Померла б...

— Матір Божа! І буває ж таке! А що ж мама твоя тебе у таку путь одну налагодила? Може, мамка з татком п'ють, а ти з відчаю втекла?

— Ні, — Катерина мамку згадала, усміхнулася. — У мене мама — золота. Їй-богу! От так хочу, щоб колись ви з нею познайомилися! І татко добрий. Дуже добрий...

— Додому хочеш?

— Ой як хочу! Ніколи ще так довго без мами з татом не була. Ще й пальто нове роздерла. Така шкода!

— Оте рожеве? — спитала Ганя.

— Так. Тільки-но купили... Нове було.

— Негодяще стало, — призналася Ганя. — Хотіла під свиню підкласти, та не годиться. Скляне якесь...

— От і маєш! — зітхнула Катерина. — Нема в чому й додому доїхати.

— Дарма зітхаєш. Ми тобі одежину знайдемо.

— Правда? Ой, тітко Ганю! Ви теж — золота. Як моя мама...

Ганя підхопилася.

— На кухні ж...

Сльози ховала. Так прикипіла до дівчини, хоч ріж.

У кінці січня Петро Іванович і Ганя збирали Катерину в путь. Бо вже й дня не могла всидіти, аби не перепитати:

— Дядьку Петре, тітко Ганю! Коли вже можна буде додому?

— Хіба погано тобі в нас? Хоч би до тепла добула, — краялося Ганине серце.

— За мамою скучила... За татком... Та й на могилку сходити хочу.

— На яку могилку?

І — Роман перед очима. «Мовчи... Мовчи...»

— До рідних... — відказала.

Кочубеї здалися. Ганя витягла з шафи доньчин справний кожушок. У крамниці купили Катерині фетрові чоботи з хутром усередині. Вдягли — нізащо не змерзне.

Петро Іванович довго шукав на мапі Шанівку, та не знайшов. Аж Катерині спало на думку:

— Ви Килимівку шукайте. Килимівка точно є. А наша мала Шанівка — поруч.

Килимівка на мапі України існувала. Петро Іванович розсудив:

— Треба до Києва повертатися. Брати квитка на автобус аж до Харкова.

— Нащо? — Катерина йому.

— Якраз через твою Килимівку їде, — пояснив Петро Іванович.

Так і зробили.

Ганя теж поїхала до столиці — Катерину проводжати. Розчулилася, сльози ллються:

— Ти ж дивися, дитино! Як щось не так, одразу до нас повертайся. Онде я тобі на папірчику все чисто записала. І адресу нашу, і прізвище. І телефон доньчин. Не губися більше.

— Нічого поганого не станеться, тітко Ганю, — Катерина на шию Гані кинулася. — Я вас дуже люблю... Оце додому повернуся і маму вмовлю, щоб до вас у гості з'їздити. Можна?

— Чекатимемо... — сказав Петро Іванович.

Катерина махала їм крізь вікно з автобуса, аж поки дві постаті не зникли. Ніби й не було.

Дорога рівна. Мотор гуде. В автобусі Пугачова співає. Катерина заплющила очі. Заснула. Прокинулася вже надвечір. Водій її за плече торсає:

— Прокинься! Килимівка... У тебе квиток тільки до Килимівки.

— Добре, добре... Зараз...

Пакунок з Ганиними наїдками підхопила. З автобуса вийшла. Озирнулася.

— Як же довго мене тут не було!

Темно. У килимівських хатах де-не-де жевріє світло. І жодної живої душі на вулиці.

— Либонь, знову електрику відключили? — прошепотіла Катерина. — Чи в когось із килимівських переночувати, чи додому пхатися? — задумалася.

Зметикувала: «Поночі краще до Шанівки дійти. А раптом сусіди ще злі та знову будуть соромити? Ні, поночі краще... Тихенько додому прокрадуся».

Від крайньої хати — голоси. Зупинилася, чогось усміхнулася... Це ж радість яка! Знову вдома... Онде килимівські сваряться... Усе — як завжди.

— Куди?! — почула — і жахнулася. Та це ж Тамарчин голос! Кіоскерки шанівської.

— Відчепися, мати! — Сергій.

Катерина до паркану прилипла.

— Що ж ти, сучий сину, робиш? Хочеш стати таким, як батько? Очі залив, то хоч дома сиди! — Тамарка кричала так завзято, що килимівські пси почали підбріхувати.

— Сама сиди! — темна постать, хитаючись, пройшла повз Катерину. Війнуло перегаром.

«Чого це Тамарка із Сергієм у Килимівці? — ніяк не могла збагнути Катерина. — Мо', по товар їздили та й вирішили у Килимівці заночувати...»

— Таж не було цього раніше, — прошепотіла. — Чи запитати?..

А Тамарка тим часом до хати по ліхтарик злітала і вже дибає слідком за Сергієм:

— Куди ж ти подівся, сину?!

Катерина — бігти. «У мами все чисто і розпитаю. І Людка розбазікає — що було і чого не було».

За Килимівку вискочила. Стала.

— Ох і темна ж ніч...

Довго йшла. Ніч ніяк не кінчалася.

— Та як це? Хоч би вогник один... От кляті начальники! Електрику відключили — геть нічого не видно. Ніби й нема зовсім Шанівки.

Посеред шляху стала, з Ганиної торбинки термос із гарячим чаєм витягла.

— Якби не ви, тітко Ганю...

Повеселішала. Знову пішла. Мала б уже й Шанівка бути... Знов стала. Розсудила:

— Отак і стоятиму, поки не стане видно. Бо оце заблукаю, як та дурна корова.

Ніч у відповідь — посірішала. Онде курган... Катерина вдивлялася перед себе. Повільно, наче на фотопапері, проявився спочатку білий постамент, потім — серед білого снігу — чорні стіни згорілих шанівських хат без дахів.

— Що ж це? — ледь не впала. — Мамо... Мамо...

Зірвалася, побігла до батьківського двору.

З-за розваленої хати вискочив голодний пес, дременув геть. Хрест під коров'ячою загородкою хитається. І тільки у Катерининій кімнаті — стіни вцілілі, шибка у вікні не вибита, а замість даху — солома гнила, дошки та гілля.

Катерина торкнулася дверей своєї кімнати:

— Мамо... Мамо...

Двері не піддавалися. Катерина штовхнула їх боком і ледь устигла відскочити. Стіни та стріха повалилися всередину кімнати. Тільки пилюка та попіл здійнялися до небес.

— Мамо! — закричала. — Мамо золота! Де ти?!

Та сама собі:

— А за курганом! За курганом! Там же веліла чекати...

До кургану — бігла. Від кургану — ледь ноги переставляла.

— Мамо! Мамо, відгукнися! — ридала. — Не кидай мене... Не кидай, золота моя...

Знову — до батьківського двору. Згарищем довго блукала. Що шукала? Сама не відала.

Раптом — щось червоне серед уламків каміння під дверима. Нахилилася — червона кулька з маминого коралового намиста. Підхопила, кульку цілує...

— Мамо золота, та де ж ви з татком? Де?

...Уже поночі побрьохала до Килининої мазанки. Порожньо. Знайшла свічку, запалила. Бачить — у кутку двійко цуценят носами крутять.

— І Килина пропала геть, — прошепотіла.

Цуценят підхопила:

— Зараз щось придумаю.

Пічку розтопила. Цуценят Ганиним харчем нагодувала.

— Отут і буду маму з татом чекати. Нікуди більше не піду.

Та на ранок ноги до села понесли, бо думка страшна у голові засіла:

— А як під хрестом — мама з татом?

Силкувалася землю під хрестом розкопати. Мопсика згадала.

— Тре' тепла чекати... А може, нічого розкопувати й не доведеться. Мо', мама з татом повернуться. А чого ж? Я втекла... Хата вигоріла... Мабуть, мене по усіх світах шукають? А як інакше? Так і є. Поживу в Килининій мазанці... Однаково порожня... А там і мама з татом повернуться. А як інакше? Не може ж село зовсім пропасти? Не бува такого.

Новий рік для Ігоря Богдановича Крупки розпочався з боягузької спроби самогубства. Професорське дитя обдивилося залишки колекції, які за допомогою міліції вдалося видерти в Жанночки, і вирішило:

— Я цього не переживу!

По мотузку до батьків попхався.

— Игорь! Я воодушевлен! Я просто летаю! — батько-професор зустрів сина пафосно.

— Тільки з вікна не вистрибуй, льотчику! — порадив Крупка-молодший.

Батько образився.

— Украина на пути к выздоровлению! — оголосив.

— Да? І що сталося? — запитав Ігор.

— Манго! — засяяв професор. — Я вижу манговые плантации в Винницкой области. Или под Одессой. Я вычислил... Я рассчитал. Все равно наше ленивое село не желает пахать и сеять. Ты посмотри телевизор. Всюду бурьяны! А в селе — только пьянь и голь! Но мы...

— Без мене! — відкараскався Крупка-молодший.

— Ты отказываешься участвовать в эпохальном проекте? В агрозадаче, которая выдернет Украину из нищеты?!

— Це вже буде не Україна, тату, — сказав Ігор.

— А что? — здивувався професор.

— Мангóлія... — виплюнув син. — Краще скажи: чи є у вас міцна мотузка?

— Спроси у своей матери! — ще дужче образився професор і зачинився у кабінеті.

Тася куховарила.

— Мамо, я на Катерину дарма погане подумав, — довірився матері Ігор.

— Да? — здивувалася Тася. — А я своими глазами видела, как она перед твоим отцом голой задницей крутила... Мерзавка!

Тася зітхнула.

— Но без ее помощи, Игоречек, мне так тяжело... Ты же знаешь папу... Кроме манго, его не интересует ничего. Мусор не вынесет. Это, видите ли, оскорбляет его.

— Мамо, дай мені мотузку, — попросив син.

— Зачем?
— Треба...
— Купи... — порадила мати.
Крупка-молодший подумки вилаявся й пішов геть.
Удома ніхто не чекав. Удома не було не те що живої душі — навіть мотузки.

— Я можу кинутися з вікна вниз, — знайшов вихід.
Зрадів. Нащо вішатися? Це так неестетично! Краще — як сокіл! Із неба об землю.

Порівняння зігріло. Крупка-молодший пішов швидше. Дорогою купив у супермаркеті ковбаси, пельменів, шматок червоної риби й свіжого хліба.

— Наїмся перед стрибком! — замість «перед смертю».
Пельмені зварив, ковбасу і рибу порізав, хліба відламав.

— Чогось не вистачає?
Поліз до шафки, витяг пляшку кагору.

— Ну, будьте, люди... — келих підняв, випити не встиг.
Телефон задзеленчав.

— Кандидат історичних наук Крупка біля апарату, — вагомо так.

— Та знаю я, що ти кандидат! — розсміявся Денис на іншому кінці дроту.

Крупка почув той сміх — і розвезло його, ніби пляшка вже порожня, а сам Крупка — хмільний до гикавки.

— Денисе, ти де?
— У Києві.
— Скоріш до мене.
— От прямо і скоріш! — знову розвеселився Денис.
— Чуєш, приїжджай, бо з вікна виплигну.
— Серйозно?
— Цілком.
— А ти заповіт склав? Чи записку з останнім словом?
— Не подумав...

— Ну, то поки не плигай нікуди. Сиди й пиши... Скоро буду...

Денис приїхав за пів години з цілим арсеналом засобів швидкої допомоги при нападах депресії у представників інтелігенції. З ящиком коньяку.

За пів години, що знадобилися для спорожнення двох перших пляшок, Крупка-молодший вирішив іще пожити. Денис намалював перед ним новий шлях, і цей шлях здався Ігореві вельми спокусливим.

Денис почав із гарної новини:

— Шанівка згоріла...

— Не може бути! — здивувався Крупка-молодший. — Я точно знаю, що ні...

— Звідки?

— У мене кілька днів жила дочка Льоньки й Дарини. Тих селян, у яких ми зупинялися...

— Значить, це після її від'їзду сталося...

— Та не може бути! Не може... Щоб усе село...

— А що там того села... — Денис просяяв. — Його й раніше на мапі не було, а тепер...

— Тепер до кургану зовсім доріжка зарості, — зметикував Ігор. Колекціонерський свербіж повернувся. Не може Денисові повірити. — Але звідки ти знаєш?

Денис налив, із кишені посвідчення витяг:

— Брате, я тепер велика людина...

Крупка-молодший розгорнув документ.

— Помічник-консультант народного депутата? Я думав, принаймні радник Президента... Тих помічників — як вошей...

— Брате, нічого ти не розумієш! — Денис випив. — Можу будь-кому будь-яке запитання поставити... Від імені свого депутата, звичайно, — хитро всміхнувся. — І хай тільки спробують не відповісти!

— І?

— І я запитав... Про перспективи розвитку малих сіл. Зокрема Шанівки... І дістав відповідь. Села такого нема! Воно згоріло, держава не бачить сенсу витрачати гроші на його відбудову... Курган біля Шанівки до переліку об'єктів історично-культурної спадщини України... не входить. Прекрасна новина?

— Шалена! Шалена новина! Друже мій, ти повернув мені смак життя! Я не можу дочекатися тепла...

Денис іще налив — тепла додалося.

— Я твій боржник, — сказав Денис.

— Не розумію...

— Зараз зрозумієш, — Денис витяг зі шкіряного портфеля компакт-диск. — Сі-ді маєш?

Поставили. Крупка-молодший почув надто знайомий голос...

— ...І тому сьогодні ми маємо говорити про село. Не тільки під час посівної чи жнив згадувати. Кожного дня! Чому? Тому що село — не люди... Село — це скарбниця нації, берегиня її традицій і найсвятішого, що у нас є, — землі української!.. Сьогодні я звертаюся до всіх тих, кому небайдужа доля села...

Денис зупинив запис.

— Далі нецікаво...

— Що це?

— Плагіат, брате! — Денис ізнову налив. — Готував для свого депутата довідку про культурний розвиток села, згадав твої міркування про село... Пам'ятаєш, як човгали до Шанівки, я черевики зіпсував, а ти філософував? То я твої слова й використав. Депутатові сподобалося, твої цитати далі наверх пішли, а оце днями... — Денис розсміявся, — ...слухаю нашого вельмишановного... — Денис звів очі до стелі, — ...і що чую? Та це ж наша спільна творчість. Твої думки в моїй обробці. Так що перед тобою у боргу.

— Аби до кургану не лізли! — гарячково відповів Ігор.

— Не полізуть, будь певен! Випиймо? — Денис ізнову потягнувся до пляшки. — Я тепер часто в столиці буватиму.

— Живи в мене, — попросив Крупка-молодший. — Після того, як мене обікрали...

— А я й дивлюся, колекція твоя — мов шагренева шкіра... Зіщулилася.

— Не питай... Скіфська пектораль — у жидівських лапах! Занепад! Нема моралі! Нема відвертості. Нема довіри... — Крупку-молодшого понесло. — Якби ти не приїхав, брате, я би точно з вікна стрибнув.

— Брате... ми їм усім іще, бля, покажемо, — завірив п'яний Денис.

А Крупка-молодший запитав — ні в тин ні в ворота:

— Чи ти тепер пісень не збираєш?..

— Брате, тепер я сам — пісня! — відповів Денис і впав із дивана.

На підлозі й заснув. Точнісінько як Льонько із Шанівки, який пити міг де завгодно, а спати завжди до хати приповзав.

***

Про світло у віконці Килининої мазанки Іван Залусківський дізнався наприкінці лютого від дружини. Хоча мешкали тепер Залусківські у райцентрі, Алка час від часу навідувалася до Килимівки. Усе мріяла вмовити голозадих шанівців навесні до згорілого села повернутися. Та чим більше часу спливало, тим більш неохоче шанівці велися на розмови про відбудову Шанівки. Та й лишилося їх у Килимівці — з десяток: Тамарка-кіоскерша із синами та чоловіком Федькою, Людчині батьки з дочкою, які так до міста й не дісталися, та три старі баби, котрі ніяк не могли дочекатися, щоби килимівська сільська рада їх до інтернату випхала.

Не в собі доживала вік у Килимівці й Раїса. Її пригріла вчителька Маруся з чоловіком Степаном. Та вже дуже бідкалися, що погодилися. Раїса повсякчас намагалася вирвати у Степана акордеон:

— Співати будемо... — сміялася.

А іншим від того сміху — дрижаки по спині.

— Мо', до божевільних Раю приписати? — радила килимівська фельдшерка Віра. — А що? Побігаю, довідки позбираю...

— Та шкода ж... А як отямиться? — відказувала Маруся.

— Ти б від такого отямилася? — питала фельдшерка.

— Болячку б тобі на язик! Що за чортівню кажеш?! — лякалася Маруся.

— То до Килини її відведи. Баба знатна... Мо', й вилікує, — сказала фельдшерка.

— До Килини? — Маруся брови — дугою. — Що верзеш? Не лишилося нікого у Шанівці. Казали, Льонька з Даркою та Ничипориха бідували були там, але нині вже й тих нема. І, головне, які паскудні люди! Виїхали тихцем... Нікому ні слова. Льонька, зараза, весь час до нас ходив... То йому свиню заколоти поможи, то корову в нього купи... А ми ж жаліли...

— Кажу тобі, веди Райку до Килини! Тиждень тому ввечері, як електрику відключили, ходила я ото селом...

— Чого? — поцікавилася Маруся.

— А чоловіка шукала. Пив десь, сволота. Хіба не з твоїм Степаном? — повело фельдшерку у звичне русло.

— Ми, Віра, зараз не про чоловіків, а про Раїсу, — нагадала Маруся.

— Та ото ж! Темно... Дивлюся, а біля розваленої шанівської ферми на пагорбі — щось світиться. Придивилася... Так і є! У вікні Килининої мазанки світло горить.

— Оце такої! — не повірила Маруся. — А де ж баба швендяла весь час після пожежі?

— Не знаю, — фельдшерка почухала носа. — Килина — норовиста баба.

Маруся кілька вечорів поспіль приставляла до даху своєї хати драбину і лізла наверх. Вдивлялася у пагорб біля шанівської ферми.

— Щось світиться... — шепотіла.

І за кілька днів вирішила сходити до Килининої мазанки. Спочатку без Раїси.

День видався — сяйво. Свіжий сніг шанівські чорні стіни вкрив, сухі бур'яни — й ті білі. Маруся до ферми доплелталася, зупинилася.

— От вибрала ж баба собі місцину... Доки дійдеш — уже хворий!

Із димаря мазанки ледь помітно курилося.

— Грієш, бабо, старі кістки, — сказала Маруся і поперла до мазанки.

І до тину хиткого не дійшла — з-за мазанки вилетіли двійко цуценят. Маруся подумала — бавляться, руку простягла, а мале та руде — як хватоне!

— Ах ти ж гадюка! — Маруся ледь устигла руку зберегти. Відбігла далеченько, закричала: — Килина! Баба Килина! Ви мене чуєте? Килина! Це я, Маруся, вчителька з Килимівки. Вийдіть, будь ласочка, на хвилинку! Зайти не можу... Такі у вас собачата дурні...

За віконцем мазанки ворухнулася біла фіраночка. Промайнуло щось...

Маруся очі напружила. Ну, точно! Ходить баба по хаті.

— Бабо Килино! Та вийдіть же, дуже прошу...

Фіранка сіпнулася ще раз і завмерла.

Маруся хвилин двадцять гукала. У відповідь тільки дурні цуценята казилися.

Ні з чим повернулася до села, і поповзли Килимівкою чутки.

— Бач, як баба загордилася, — обурювалася фельдшерка. — Теж мені докториха...

— Чуєте, баби! А, мо', вона сама хвора... вийти не може, а собаки не пропускають, — вигадав Марусин Степан.

— Ой-ой! Таке ляпнув! — зметнулася фельдшерка. — Та де їй хворіти, як вона сама кого завгодно вилікує!

— Таж і вона не вічна, — буркнув Степан, акордеона в Раїси вирвав і пішов геть.

Алка Залусківська від Марусі й дізналася, що в Килининій мазанці жевріє життя. Іванові розповіла.

— Що за чортівня?! — роздратувався Залусківський. — Мені б там... нікого не було.

— Чого? — Алка насупилася. — Я у Шанівці народилася, все життя прожила, поки ти, підлото, село на Льоньку з Даркою не підбурив...

— І вітер я підкупив! — кинув Залусківський. — І дмухав ув обидві щоки, щоб село згоріло...

— Мовчи, — порадила Алка. — Мені твої плани давно поперек горлянки стоять. Що ж це ти, Ваня, все вимудровуєш, як людей обдурити!

— І нічого не вимудровую! Землю докупи збираю. Хіба погано?

— А люди?

— Дурна ти зовсім, жінко! Великий лан усім вигідний. А люди... Люди — зайві мені поки що. Та й скільки їх треба? У двадцять першому столітті живемо. От іще шанівські паї у клятої Тамарки викуплю — і...

— І що?

— А продам, жінко! Охочі є. Горілчані королі й пивні барони.

— А хліб?

— А по хліб, жінко, до держави звертайся. Нащось же нам потрібна держава!

— До Шанівки хочу... — сказала Алка. — До Килини піду. Поради попрошу.

— Порадь, щоб забиралася світ за очі.

***

Розмови з дорогими, коханими — розкіш. Спочатку вони приходили до Катерини уві сні. Першою баба Килина навідалася.

— У коморі — картопля і смалець, — роз'яснила все чисто. — Траву заварюй. До весни не охлянеш, а там...

— А книжки ваші, бабо, можна читати? — спиталася Катерина.

— А ти їх і не торкалася? — здивувалася Килина.

— Не сміла...

— Ти тут тепер за хазяйку, — усміхнулася Килина. — Спочатку сама вилікуєшся, потім — іншим допоможеш. Доля...

— Бабо, я щаслива, — Катерина їй.

— Знаю... — і зникла.

А Катерині — картинка кольорова про бабу Килину. Про смерть її. Та нестрашна зовсім картинка. Світла, аж золота. Ніби побачила баба, як Шанівка вигоріла, на постіль лягла, руки на грудях склала і прошепотіла: «От і смерть». Та разом із постіллю — на небеса. І Рудий із Чубчиком — за нею.

Дивиться Катерина — аж точно! Нема постелі. Лавка довга лишилася, на ній Катерина і вмощується щоночі. А постелі...

Катерина картинку розглядала та давай гукати:

— Бабо Килино! Прийдіть іще до мене...

Баба у відповідь:

— От ти яка примхлива! Нащо мене ганяєш? Чи, мо', думаєш, легко мені через усі світи до тебе мчати?

— Вибачайте дуже... — Катерина їй. — Розпитати хотіла... Мо', знаєте щось про мамку з татком...

Баба головою захитала.

— Не тре' мене питати. Хіба не зрозуміла? Сама усе чисто побачиш.

— Про мамку з татком?

— Про всіх... Та обережно мені, дитино. Людям не завше тре' знати, що на них чекає.

— Чому?

— Господь розсердиться.

— Мовчати буду... — Катерина їй. — Навіки...

Баба Килина розсміялася:

— Усе в тебе — навіки. Кохання, обіцянки...

— А хіба можна інакше?

— Зрозумієш, — і баба Килина зникла.

Катерина чимдуж очі силила. Про мамку з татком дізнатися хтіла. Дуже.

А замість них посеред ночі Роман прийшов. Очі сині сяють, лице зовсім не обгоріле.

— Русалонько...

— Дядьку Романе! Сонце ви моє золоте! І поговорити з вами зможу?

— Зможеш, Русалонько.

— Чи сумуєте за мною?

— Сумую, Русалонько. Та годі про це. Інше хотів сказати. Те, що за життя не встиг.

— Нащо слова? Ви мене не словами звабили. Душу відкрили.

— І не жалкую. Чуєш? Не шкодую і не каюся, що любив і люблю тебе.

— І я не шкодую. А тепер... Це ж свято яке — говорити з вами.

— Спи, люба. Відпочинь... Іще поговоримо. Я до тебе часто приходитиму... — Дядько Роман усміхнувся — і не стало його.

Ночі за дві Сашко навідався.

— Катя, я не ревную, — сказав.

— І добре, — зраділа Катерина. — Бо ти мені дуже близький до серця. Як брат.

Сашко усміхнувся, Катерина поцікавилася:

— Ти теж зможеш до мене приходити?
— Звичайно, — відповів Сашко. — Ми тут усі, кого ти знала, по черзі до тебе збираємося.
— По черзі? — Катерині смішно стало. — Овва! Так кажеш, ніби вже й черга велика...
— Оце Ничипориха пхалася поперед інших...
— Ничипориха? Вона померла? — Катерина заціпеніла.
— Померла... Чого б їй не померти? Стара баба, хоч і крутилася, як дзиґа. Під хрестом біля вашого корівника... сидить. Навіть у могилі лежати не випало. Та нічо'... Ми Ничипориху не скоро до тебе пустимо.
— Чому?
— Таж із батьками спершу поговори...

Катерина прокинулася серед ночі — піт чоло заливає. У фетрові чобітки — Ганин подарунок — ускочила. Кожуха вхопила. До Шанівки побігла. Падала, підхоплювалася, знову падала, бо від сліз дороги не бачила.
— Мамо! Мамо золота! Скажи, що Сашка бреше! Скажи... Люба моя! Таточку!
До двору розбитого добігла. Хрест біля корівника хитається.
— Мамо! Матусю! Таточку! — зашепотіла.
І — страшно... Мороз під кожухом ворушиться.
Аж із-під купи каміння — голоси.
— Та ви живі тут! — жахнулася.
Темно. Вітер гуде, а Катерина знай каміння відкидає:
— Потерпіть мені... Потерпіть, золоті мої... — голова обертом, обертом.
Просто на каміння і впала.
Аж — по голові мама рукою водить:
— Доню, я тут...
— Мамо моя золота... Ти жива? Так я і знала. Сашка хоч і добрий хлопець, але ж — брехуняка!

— Добрий хлопець. Добрий... — мама їй.

І татко поруч став. Тверезий. Зовсім тверезий. І не тхне від нього зовсім.

— Ти хоч ліфчика носиш? — усміхнувся.

— От би тобі, Льончику, всі жіночі секрети знати! — мамка всміхається. — Краще скажи дитині головне, що вона знати повинна.

— Сама скажи, — татко пручається.

— Та кажіть уже, бо серце вистрибує, — Катерина їм.

Мамка усмішки не лишає, нахилилася до доньки ближче:

— Не тре', люба, каміння розкидати.

— Чому?

— Тут наш останній притулок і захисток. Обійнялися... Добре нам, доню. Хата рідна... Село рідне... Земля рідна... А тепер і ти поруч. Із часом каміння щільніше ляже... А ти ще зверху поклади...

— Нащо?

— Курган буде, доню. Колись дівча самотнє затужить, на курган вилізе... А з кургану ж...

— ...Цілий світ, — Катерина їй.

Довго мовчали.

— Розумна в нас донька, Дарка! — подав голос татко.

— То ви... померли? — наважилася Катерина.

— Померли, доню... Та так красно померли, — мамка їй. — Обійнялися, у кімнатці твоїй тепло було. Аж пашіло. Поснули... Хіба не гарно?

— То й мене до себе беріть, — заплакала Катерина. — Килина на небесах, і дядько Роман, і Сашка, і ви з татком. Навіть Ничипорисі випало. Чим я гірша?

— Дурна в нас донька, Дарка! — сказав татко.

А мамка розсміялася:

— Тобі, Льончику, все не так!

Та доньці:

— Не мені, люба, віжки натягувати. На все є Бог. Дав життя — дякуй. Забере до себе — не сумуй. Чуєш? І зараз — не сумуй. Ми з татком тут... поряд... На сторожі будемо.

— І говоритиму з вами? І бачити вас буду? — Катерина мамці.

— Звісно, люба. Ти в нас тепер не тільки очима бачиш. То доля.

По голові Катерині — холод: то мамка руку відняла. І — тануть, тануть обоє. І мамка. І татко.

Катерина з каміння підвестися силкується, голова болить. Ніч ніби ще темнішою стала.

— Мамо! Таточку! Де ви? Чи привиділося?

— Тут ми, люба... Не хвилюйся.

Катерина голову опустила.

— Мамо! Мамо золота... Скажи... А чи татко знає...

— Про Романа? — татко їй.

Тихо так, ледь чутно:

— Знаю...

— Ти, таточку, на мене не сердься... — Катерина йому.

— Хитра в нас донька, Дарка! — почулося серед каміння.

— Льончику! Льончику! Та скажи ж дитині, що не сердишся. Бач, як засумувала, — вітерцем над камінням.

— Сама скажи! Ти ж у нас язиката...

— Таж дитина тебе питає...

— Звісно, не серджуся...

Алка Залусківська довго до Килининої мазанки збиралася. Сумніви заїли. Страх брав. Та врешті втрапила якось у Килимівку ранком, день — попереду...

— Піду, — вирішила.

Та — через поле навпростець. Рідну згорілу Шанівку обійти не змогла. Спочатку — туди. Добрьохала, край вулиці імені Леніна стала.

— Та що ж тут коїться?! — переляк у голосі. А Алка ж — не боязка жінка.

Пішла вулицею імені Леніна.

— Та що ж це? Що?

Шанівська вулиця чистою стала, мов корова її вилизала. Ні тобі камінця, ні гілки, ні розшматованого одягу, який кидали шанівці, коли бігли з рідного села світ за очі. Від зруйнованих хат — тільки стіни. А замість Льоньчиної з Дариною хати — велика купа каміння. Не купа — гора. Поруч із горою — хрест.

— Оце ніби хтось із усієї Шанівки сюди каміння позносив, — уразилася Алка.

Озирнулася.

— Е-ге-гей! Є тут хто живий?

Тихо. Від Льоньчиного й Дарчиного двору худий пес виліз.

— І що ти тут стережеш, бідолахо?! — прошепотіла Алка.

Скільки до Килининої мазанки йшла, стільки стояла перед очима та гора, хрест і чиста порожня вулиця...

— Шанівка моя рідненька... — ледь утримала сльозу.

Біля Килининої мазанки крутилися двійко молодих собак. Алку побачили — загарчали, проте не рвуться. Стоять, розглядають.

— Таки не брехала Маруся, — прошепотіла Алка. Та — голосно: — Баба Килина! Вийдіть, чи що?

Двері мазанки рипнули. Алку страх узяв. «Та що це я? Ніби ніколи Килину не бачила?!» — сама на себе дивувалася.

— Баба Килина! Мо', зайти дозволите? — гукнула.

Двері відчинилися ширше. З мазанки хтось покликав псів. Вони крутнулися і зникли у хаті.

— Та ні... Щось воно... — розгубилася Алка. — А раптом там не баба Килина, а якісь злодюжки від зими ховаються. А я сама до них простісінько в лапи... Не піду.

Але ж — довго йшла! А збиралася ще довше. І цікавість розбирає.

— Хай тільки хто спробує мене займати! — вирішила і — до мазанки.

Увійшла. Трав'яний дух із ніг збиває. У темному кутку дівча сидить. Коса довга. Аж до п'ят. Пси поруч крутяться. А від столу, де свічка і при дні горить, сяйво золотаве.

Алка враз захрипла.

— Доброго дня... — ледь вимовила.

Дівча з кутка вийшло.

— Катя?! — Алка перелякалася так сильно, ніби не сусідське дівча побачила, а свою бабцю-покійницю, якої й за життя боялася, як вогню.

— І вам доброго дня. Чаю зігрію, — Катерина всміхнулася, за чайник узялася.

— Катю? Так оце ти, дитино, тут скнієш...

Алка не втрималася. Розревлася коровою і нічого вдіяти не могла. І сльози ж дивні — от ніби серце розривалося, так треба було Алці комусь виплакатися, а років сто їй цього робити не дозволяли. І тільки оце тут і зараз, при сусідській дитині можна було вимолити полегшення, разом зі сльозами скинувши з душі один камінь, ще один, ще один... Іще...

Пси притислися до Катерининих ніг, завили.

— Надвір ідіть, — веліла.

Мить — і вискочили.

Алка довго вгамуватися не могла. Катерина мовчала. Не заважала.

Як Алка затихати стала, чашку з чаєм перед нею поставила.

— Це добрий чай, — мовила, — з трав. Бачити ясно будете. І душа заспокоїться.

— Справді? — довірливо, як мале дитя, запитала Алка.

Долонями великими чашку обхопила.

— Дякую тобі, Катю...

— Та що ви... Не тре'...

Алка пила чай із дивними пахощами та не могла зрозуміти, чому вона за одну мить підкорилася волі цієї знайомої з пелюшок дівчинки. Скоса глянула — худа, очі великі, вологі. І коса... Така коса! Як життя, довга.

— Дякую, — чашку поставила. — Дозволь запитати...

— Питайте, та не все розкажу, — відказала Катерина.

Алці — волосся дибки. І — вірить!.. От здавалося б, нізащо вірити не треба, а Алка вірить. Спершу хотіла пустого: дізнатися, що з дівчиною сталося, де Льонько з Дариною, як до мазанки втрапила... А запитала своє:

— Онде Іван каже, тре' землю докупи зібрати... А Шанівку відбудовувати — зайве. А я ж тут — усе життя. Серце болить...

— Немає землі в Івана Залусківського, — Катерина їй. — А Шанівка буде... Чужі люди оселяться.

— Зовсім чужі? — з острахом перепитала Алка.

— Зовсім...

— А як же ми, шанівські?

— Вам самій вирішувати... А за інших казати не буду.

— А що мені самій вирішувати? — Алка ладна була знов у сльози.

— Та геть усе, — усміхнулася Катерина. До Алки підійшла. По волоссі, як дитину, погладила. — Добра ви жінка... І красива. Мов та квітка.

— Тільки квітку цю все на гербарій хочуть засушити, — сумно зітхнула Алка.

— От усе ви чисто знаєте, — Катерина їй. — Не тре' вам нічиїх порад. Може, чаю ще?

— Дякую тобі, дитино, — прошепотіла Алка. — Як дозволиш, іще зайду.

— Заходьте, та більшого не скажу.

— А вже й не треба. Хіба чаєм почастуєш?
— Почастую...

Алка Залусківська до Килимівки на крилах летіла. Як молода.
— А я і є молода! — кричала.
Та й так! Хіба тридцять вісім — це роки?
У Килимівці спершу до Марусі забігла. Та якраз зі Степаном на пару Раю втихомирювала.
Алка на порозі стала:
— Оце сядьте мені всі троє. І слухайте. Двічі повторювати не буду, — гарячково, нервово.
— Маруся, ти глянь! — обурився Степан. — Алка стала — чисто тобі Ванька Залусківський! «Двічі вона повторювати не буде»... Та пішла ти! Іди свого Ваньку виховуй! А нам онде Раїси вистачає. По самі вуха!
Вихлюпнув — і зіщулився. На Алку — зирк! І впізнати не може. Алка горою не суне, матюччя не гне. Очі блищать, усміхається.
— Чуєш, Алка! — Степан їй. — Ти як не б'єшся, то файна жіночка. Оце тільки помітив.
Раїса відчепилася від акордеона. Запитала серйозно:
— Алка! Коли вже Іван Романа від копи відпустить?
— Скоро, сусідонько, — сумно відповіла Алка.
До дверей пішла.
Маруся плечима знизала:
— Алко! Оце й усе, що ти двічі повторювати не будеш?
Алка зупинилася. Обернулася:
— Значить, так. У Килининій мазанці Катерина живе.
— Яка така Катерина? — не втримався Степан.
— Із шанівських. Льоньчина та Даринчина. І оце слухайте мені. Хто про цю дитину хоч слово погане скаже... Чи, не дай Боже, спробує їй якоїсь шкоди заподіяти... — Алка замовкла, вдихнула глибоко. — Повбиваю... Ви мене знаєте.

До Раїси:

— Чула? Мо', ти й божевільна, але мені здається — ні. Щоб знала — нема на дитині гріха. Вона твого сина та чоловіка до смерті не доводила.

— А хто? — цілком свідомо запитала Раїса.

— Я знаю хто.

— То скажи...

— Сама покараю.

— Чому? — Раїса підвела на Алку червоні від сліз очі.

— Бо ми з тобою шанівські, сусідко. Не чужі.

— Немає вже Шанівки, — прошепотіла Раїса.

— Подивимося... — тихо відповіла Алка.

Знову — до дверей. Аж Степан підскочив:

— А чого це ти, Алка, до нас прийшла зі своїми залякуваннями? Не до Тамарки чи ще до когось із шанівських... Самі своє село випалили, а на килимівських кивають! Чи ми з Марусею тобі найпершими пліткарями здаємося? Га?

Велика, як гора, Алка підійшла до Степана, обійняла його, до себе притисла:

— Люблю я вас! Добрі ви з Марусею люди. Вас прошу мої слова усім переказати. Бо — не шуткую.

Маруся приклала руки до грудей, на чолі — зморшка гірка:

— Скажи хоч, вона до школи ходити буде?

— Не буде, Маруся.

— Чому?

— Вона, Маруся, тепер більше від тебе знає... Сама до неї підеш, як припече...

— Чи ти дурна? — не повірила Маруся.

— А й — дурна! Дурна була... Така дурна... — і Алка пішла з хати.

Раїса підвелася. Повільно, непевно.

— Дякую вам за все, Маруся. І тобі, Степане. До Шанівки піду.

— Тре' хоч тепла дочекатися, — Маруся їй.

— Так, дочекатися... — Раїса спробувала всміхнутися.

Коли людина довго в смутку, то й усмішка — подвиг.

Алка Залусківська дісталася райцентру надвечір. Чоловік припхався наступного ранку. Веселий.

— Де був? — запитала Алка.

— У Килимівці...

— Щось я тебе там не бачила. Мо', знову Тамарку по кущах тягав...

— У мене була ділова зустріч, дурна ти жінко! — гримнув Іван.

— Які ж у тебе діла з Тамаркою?

— Паї шанівські в неї викупив. — Іван не зумів приховати радості. — Пручалася, стерво! Та я її... Тепер у мене стільки землі... Хоч свою державу проголошуй!

— Нема в тебе землі, Іван, — тихо сказала Алка.

Іван зиркнув на неї з подивом:

— Ти що кажеш, дурна?!

І як замахнеться!

Алка чоловіка за руку — хвать! Та — до підлоги. Залусківський аж покотився.

— Була дурна, Ваня... А тепер геть розумною стала. Оце поки тебе не було, схованки твої з грішми познаходила. Чого ж ти, падлюко, від мене гроші ховаєш? Хіба я тобі не жінка? Хіба я менше за тебе працювала усе життя?

— Пусти! Пусти, дурна! — Іван зубами скрегоче.

— Дурна?

— Та не дурна, — підхопився. До тями прийти не може. — Що це з тобою, жінко? Наче з конопель...

Алка вже рота розкрила, а тут у двері хтось — грюк, грюк!

— Кого це принесло? — Іван до дверей.

На порозі суддя районний та найкращий друзяка Залусківського — Жорка Нечитайло.

— Привіт, — Іван йому. — Чого захекався?

— Ваня... — Нечитайло впав на стілець у коридорі, Залусківському папірець простягнув. — Оце й до нас бандюги столичні добралися. Що його робити?

Залусківський папірець узяв, а читати не став:

— Та кажи вже...

— Рейдери... Чув таке?

— Не чув. А що за хрін такий?

— Завтра суд, Ваня. Учора приїжджали люди з Києва з документами. Усі землі шанівські за цими документами здано їм ув оренду довічну.

— Та ти здурів! — пополотнів Залусківський.

— Я тебе вчора весь день виглядав. Де тебе носило? Мо', би й устигли щось зробити...

— Та й зараз устигнемо, — мобілізувався Залусківський.

— Ваня... Мені гроші дали... Чималі... А як не взяв би — вбили б. Я й так ризикую, що тобі довірився. Нема в мене сили тебе прикрити.

Залусківський жестом зупинив Нечитайла, уп'явся в документ. Щодо прав на оренду землю до Івана Залусківського позивалася велика столична корпорація...

— Нащо їм земля?..

— Ти комусь казав, що хочеш землю перепродати?

— Казав...

— От і маєш, — Нечитайло зітхнув. — Піду я... Раптом хтось побачить...

— Суки! — прошепотів Залусківський. — Я їм землю просто так не віддам.

— Ваня... Не заводься! Страшні люди! Їй-бо, страшні... Живцем спалять, а землю однаково заберуть...

— Я за землю сам кого хоч спалю! — зайшовся люттю Залусківський. — До своїх піду, до шанівських. Мене село підтримає. Кожен підтвердить, що пай мені віддав!

— Ну дивися, Ваня... Я тебе попередив.

Нечитайло вислизнув із хати Залусківського, а Іван так і лишився у коридорі сидіти.

Скільки так сидів — хтозна. Схаменувся, як Алка у коридор вийшла. Ну, чисто на базар зібралася — валіза, пакунки, пакуночки.

— Куди? — люто.

— Додому. До Шанівки.

— Та хоч під три чорти! — зметнувся, до Алки сіпається. — Звідки ти, сучка, знала, що мою землю забрати хочуть?

— Твою?! — розсміялася Алка. — Ех ти, чума ходяча!

— Звідки? — аж затрясся.

— Катя сказала...

— Яка ще Катя, дурна ти корово! — Залусківський за звичкою язика не втримав. Алка — лясь! Аж перекинувся.

Підскочив, та знову до Алки:

— Яка ще Катя?!

— Льончина та Даринчина.

— А ця ще звідки...

— У мазанці живе... Мудра стала. Старошкіра. Геть усе чисто знає.

— Придушу малу гадюку! — заверещав.

Алка його за грудки вхопила:

— Оце знай, Ваня... Катерину зачепиш — уб'ю. Якби не вона, я б з тобою, пердуне невдячний, до скону мучилася!

— Та що ж вона тобі такого зробила?

— Виплакатися дала... І чаю.

— Щоб ви всі повиздихали, курви шанівські! — затрусився Залусківський. — Їдь, їдь... Однаково будеш без землі у своїй Шанівці бабратися!

— Подивимося, — відповіла Алка.

Розсміялася.

Та так дзвінко, що навіть Залусківський подумав: Господи, яка ж красива в нього дружина... була.

Того ж дня Залусківський рвонув у Килимівку. Та — до Тамарки.

— Тамара! А ходи-но сюди, голубко, — двері ногою відчинив.

Федька з Тамаркою та Федькова сестра, яка братові із сім'єю кімнату у своєму домі виділила, якраз обідати сідали.

— Тобі треба, ти й ходи, — незвично різко відказала Тамарка.

— Поговорити тре'... — знизив оберти Залусківський.

— Тут говори, — Тамарка йому. — У мене від сім'ї таємниць немає.

— Невже?! — аж підскочив Залусківський. — А як зі мною тягалася, твій Федір теж знає?

— Знає, що тягалася. Знає, що від біди...

— Це ж від якої біди? — зовсім ошаленів Залусківський.

— Ти чого прийшов? — встав із-за столу Федько.

Залусківський ледь утримав лють.

— Оце прийшов у твоєї сучки запитати... — Залусківський нахилився над Тамаркою. — А скажи, Тамарочка! Оце як ти в мене вчора гроші за паї брала, то вже знала, що є люди...

— Ваня! — усміхнулася Тамарка. — Я на цих людей працюю.

— Що?! — Залусківський аж сів. — Що ти кажеш?! Значить, ти вчора гроші взяла за ті паї, які в мене завтра відібрати спробують?

— Чого там «спробують», — хмикнула Тамарка. — Відберуть. Люди серйозні. Слава Богу, що відберуть. Хоч відкараскаюся від тебе! Устромляй тепер — хоч корові в зад! А до мене і не наближайся. Я тепер, Ваня, під таким захистом, що тобі й не снилося...

— Гроші віддай, — прохрипів Залусківський.

— Чи ти здурів? — розсміялася Тамарка. — Іди, Ваня... Їй-бо, іди від біди.

Залусківський до Тамарки був кинувся, та Федька не дрімав. Луснув Івана по голові кулаком — той і поплив.

Федька Залусківського надвір і вивів.

— Іди, Іване. Як будеш проти нас із Тамарою якісь оборудки планувати, то згадай: я твого сина виховую. Хочеш лишити Тарасика без мамки й батька?

— Щоб ви усі повиздихали! — крикнув Залусківський.

— Іди, Іване... — повторив Федька і повернув до хати.

Того вечора непохитний Іван Залусківський повернувся до порожньої хати в райцентрі та вперше напився без компанії. Сів до столу, поставив перед собою пластикову каністру із самогонкою і похмуро прикладався, доки вона не спорожніла.

Килимівка гула. Килимівські не могли повірити: у мазанці баби Килини віщує мала Катька із Шанівки?..

— Та це ж просто сміх! — казали.

— У це повірити неможливо! — додавали.

— І чого це неможливо? — обурювалася Людка, найкраща подруга Катеринина.

Оце так мріяла до міста перебратися, а батьки застрягли у Килимівці — хоч плач.

— Бо тільки старі — мудрі, а вона мала і дурна! — казали килимівські.

— Тре' сходити, провідати, — Людка їм.

— А не боїшся? Кажуть, собак розвела — отару!

— Ага! — сміялася Людка. — А дві кози ту отару стережуть...

Коли Людка таки зібралася до Катерини, Сергій причепився.

— І я піду...

— Е-е-е, — Людка йому. — Ти що в Катерини забув? Чи, мо', закохався?

— От дурна... — Сергій почервонів.

Удвох пішли.

Людка — хоробріша. Під мазанкою стала. На собак не зважати намагається.

— Катя! Це я, Люда... Чуєш? Чого ти там сховалася?

Катерина на поріг вийшла:

— Не кричи. Псів налякаєш, а вони потім тебе...

— Що?.. — настрахалася Людка.

— Налякають, — відказала Катерина. — Заходь...

Людка вскочила, озирається:

— Ух ти! Та тут... — і, як звикла, руками — до книжок, до трав, до свічок.

Катерина двері відчинила:

— Іди, Люда...

— Та ти що? — Людка розгубилася. На подругу дивиться — впізнати не може. — Чуєш, Катька! Яка ти чудна стала... Чого ти тут закопалася? Хочеш, я батьків попрошу, щоб ти в нас пожила? До школи разом будемо... А які в мене журнали є...

— Іди, Люда... — повторила Катерина.

— А правду кажуть, що ти лікувати можеш, як баба Килина? — Людка до дверей — задки, задки, а язика не втримає.

— Прощавай, мабуть... — сказала Катерина.

— Та ти що?! — Людці на голову не налазить. — Ми ж подруги... Хіба ні?

— Зайнята я... — Катерина їй. — А ти на мене не ображайся. Добре, Люда?

— Чекай! Я тобі про шанівських розказати хотіла...

— І так знаю.
— Звідки?
— Прощавай... — і Катерина зачинила двері перед самісіньким Людчиним носом.

За розваленою фермою на Людку чекав Сергій.
— Ну що? — запитав. — Справді, Катька?
— Катька, — відповіла геть спантеличена Людка. — У неї щось із головою... не теє. Сказала «прощавай» і вигнала мене.
— Як хочеш, почекай, — Сергій підвівся.
— Ти куди?
— Та до Катьки сходжу...
— Тебе вона взагалі втришия вижене.
— Хай, — відповів і пішов до мазанки.

Псів не було. Де ділися? Двері мазанки тихо відчинилися. Катерина вийшла на поріг. Гукнула:
— Де ти, Сергій?
«Людка сказала», — подумав. Із-за дерева вийшов.
— Привіт...
— Заходь, — І пішла у мазанку.

Сергій сів на край довгої лави біля столу.
Катерина у чашку гарячого чаю налила.
— Випий...

Сергій насупився, чашку відсунув.
— Катька... Знаєш, я Сашкові заздрю...

Промовчала. Чайник поставила. Сіла напроти.
— ...Він хоч заради тебе на ту дурню пішов, а я так... для понту.

Насупився ще дужче, на Катерину глянув — мовчить. І лице таке спокійне... Аж страх.

Розсміявся.
— А я тепер дівок трахати не можу!
— А любити? — прошепотіла.

— Я ж кажу — не можу! Член не піднімається...
— А ти серцем спробуй...
— Трахати?
— Кохати...
— А-а-а, знущаєшся...
— Ні...
— Кажуть, допомогти можеш. Правда?
— Тобі — ні.
— Бо це я, чи просто не можеш?
— Ти не хочеш допомоги...
— Катька, ти мене ненавидиш?
— Ні... Ти випий цей чай. Я його для тебе приготувала. Знала, що прийдеш.
— І що мені од того чаю буде?
— Добро...
— Нащо мені добро? Мені — аби член стирчав. Допоможи... Я тобі багато заплатити можу. Мамка оце Залусківському шанівські паї продала, а я в неї трохи грошиків стьобнув...
— Сергій, — Катерина подивилася хлопцеві в очі, — Сашкові привіт од тебе передати?
— Та ти здуріла?!
Підхопився, чашку з чаєм перекинув — і до дверей:
— Катька! Ти відьма...
Промовчала. Сергій — за двері, Катерина голову до небес підняла.
— Сам бачиш... — мовила.
Зверху — ледь відчутний вітерець.

Алка Залусківська на тиждень раніше за Раїсу в Шанівку повернулася. Перші три дні горілкою грілася і все пічку лампічила у покинутому будинку край балки.
— Та зможу, — сама собі.

А Алці ж працювати — не звикати. Піч гарна вийшла. Дах був. Стіни — як залізо. Шибки у вікнах плівкою целофановою позакривала.

— Щоб я здохла, як не перезимую...

А зими ж — березень на носі.

Куток собі виборола, за подвір'я взялася.

— Курчат куплю... Порося... Та не пропаду. А там і люди повернуться. Хай і чужі...

Із ранку до вечора поралася. На вулицю імені Леніна не заглядала. А нащо? Тільки відволікатися. Як ніч падала, Алка — разом із нею.

Якось довгу дошку шукала, пішла по шанівських кинутих подвір'ях. Бачить, хтось біля Льоньчиного ворушиться. Придивилася — Катерина. Підійшла.

— Доброго дня...

— І вам доброго, — Катерина їй.

— А що робиш?

— Мамин із татом наказ...

— А... де... — І замовкла Алка.

— Тут вони, — Катерина їй. — Під горою. А під хрестом Ничипориха сидить...

— Сидить?

— Так сталося... — Катерина їй.

— Так це ти геть усе каміння з вулиці зібрала?

— Я... — і пішла далі гору укріплювати.

— Мо', допомоги треба? — Алка їй.

— Дякую дуже... Сама...

— То до побачення.

— Сил вам...

— Дякую...

І розійшлися.

Катерина каміння наскладала і до мазанки пішла. Поряд пси скачуть.

Алка — до свого кутка. Аж — гостя в неї.

— Ну, здрастуй, сусідко, — Алка на Раїсу глянула. — Ти з добром у серці повернулася чи, може, щось дурне задумала?

— Можна, поживу в тебе? — Раїса з клунків підвелася.

Худа, чорна. І всміхається так, ніби соромиться.

— Поживи трохи, але ж свою хату роби.

— Робитиму...

— Катерина тут, — Алка їй.

— Знаю, — відповіла Раїса. — Не бійся... Зло вітром розвіяло.

— От і добре, сусідко, — Алка чайника на пічку поставила. — Зараз я тебе нагодую.

На ранок усі три біля постаменту зустрілися. Алка — насторожена. То на Катерину, то на Раїсу зиркає. У будь-яку мить розбороняти готова.

Раїса повітря набрала:

— Знаю... Романа мого любила.

— Чого ж — «любила»... І зараз люблю. І любитиму, аж поки на небесах не стрінемося.

Алка задихнулася, кудись убік дивиться, аби сліз не показувати.

Раїса всміхнулася сумно. А Катерина — далі:

— Вибачайте нас із дядьком Романом, тітка Раїса. Оце як говорю з ним, він усе просить: «Перекажи Раїсі, що менш за все хотів її скривдити... Хороша вона».

З небес Катерині татків голос: «От яка ти, доню! Хіба Роман так казав?.. Казав — "хороша вона, та не моя", а ти перекрутила».

Раїса щось мовити хотіла, та Катерина — голову догори:

— Не можна всього казати. Бог розсердиться.

І пішла далі каміння збирати.

Обернулася:

— Могла б вам допомогти, якщо треба?

— Раїсі хату тре' допомогти злампічити, — сказала Алка.

— Добре. Допоможу.

Наприкінці теплого березня Ігор Богданович Крупка став смикати Дениса — поїхали на курган та й поїхали!

— Хай земля прогріється, — Денис йому. — Так рвешся, ніби там загін археологів уже копирсається.

— А ти, брате, розслабився! — нервував Ігор. — Що знають двоє, то знають усі.

Зібралися.

— Хоч би людей не було, — Денис.

— Хоч би... — Ігор.

До батька перед експедицією забіг:

— Тату, відкриваю тобі таємницю.

— Какую? — байдужим голосом запитав професор.

— Я знайшов унікальний курган... Це тобі не манго!

— Да как ты смеешь! — вилупив очі професор. — Ти — не патриот! Тебя испоганила твоя московская юность...

— І дитинство, — нагадав Ігор. — То про курган розказати?

— Расскажи своей матери, — відрубав професор.

Крупка-молодший почухав лисину і пішов.

До Килимівки дісталися без пригод. Заночували в Марусі зі Степаном. Акордеон слухали. Денис поїв хазяїв коньяком і все співчутливо кивав головою, коли Маруся розповідала про пожежу в Шанівці.

— Отже, нікого не лишилося? — спитав. — Померло село...

— Чого? Є люди...

— Невже? — вразився Ігор.

— Так. Дві жіночки й дівчинка.

— І що ж вони там утрьох роблять? Це ж... ані даху над головою, ні світла... Узагалі нічого.

— Земля під ногами є? Є, — сказав Степан. — А решта — наживне.

— Я так і знав! Так і знав! — нервував Крупка-молодший, коли наступного дня вони їхали Денисовим джипом прямісінько до Шанівки.

— Та чого ти переймаєшся? — дивувався Денис. — Це навіть добре, що є робочі руки. Наймемо тих жінок... Та й зупинитися десь треба...

Джип доїхав до краю села. Став. Денис із Ігорем вийшли.

— Твою мать... — прошепотів Денис, дивлячись на веселу зелену травицю, що лізла з усіх усюдів, на перші квіти на зруйнованих подвір'ях... — Яка ж це сила — природа! Яке ж божественне, яке ж неймовірно, відчайдушно красиве це згарище, це покинуте людьми місце... Симфонія... Царина забуття... Долина монстрів...

— Техніка розриву! — нагадав Ігор і показав на двох жінок, що разом тягли вулицею імені Леніна важкий мішок. Одна — велика, мов гора, друга — худа і чорна, мов те згарище.

— А ось і аборигени! — плюнув Денис.

Перший до жінок поспішив.

— Доброго дня, — привітався. — А скажіть, чи нема тут хати вцілілої? Ми вчені, будемо курган вивчати.

— Та пам'ятаємо ми вас, — Алка. — Восени були. А хат цілих нема.

— У вас велика машина, — підказала Раїса. — У ній можете ночувати...

— Та якось... — Денис плечима знизав.

— «Якось» краще, ніж «ніяк»... — Алка йому.

Ігор озирнувся. Мазанку на пагорбі помітив.

— А он хата ціла...

— Мазанка? — перепитала Алка. — Ні, панове, вам туди не можна.

— Чому?

— Катерина там живе.
— Катерина? — Ігор пожвавішав. — Чи не Льоньчина з Дариною донька?
— Вона...
— От і чудово! Катерина нам допоможе. Вона ж дівчина вдячна. Як у Києві гостювала, так я її приймав, мов королеву... Тепер її черга.
— Ну, ну... — сказала Алка. — Йдіть...
І джип загуркотів до пагорба.
Алка озирнулася навкруги, сказала Раїсі:
— Сусідко, а давай на постамент квіти у вазі поставимо.
— У мене на подвір'ї ваза валяється. Велика, глиняна, — Раїса.
— А квітів онде повно! Чуєш? Гарне село в нас буде, сусідко.
— Гарне, — усміхнулася й Раїса.

Джип зупинився біля мазанки, а вийти Денис із Ігорем не можуть. Собаки, як дурні, прямісінько у вікна скачуть.
Денис приспустив скло, гукнув:
— Гей, Катерино! Гостей зустрічай! Та псів віджени...
Тихо від мазанки. А у віконці свічка горить. Золото, а не свічка.
Денис до Ігоря:
— Ану, ти поклич... Може, спить чи...
— Невдячні люди, — скривився Ігор. — Як до Києва, то майже пішки прибігла, а як до неї...
— У тебе ще буде змога дати урок ввічливості. Гукни її.
Ігор подався до вікна ближче:
— Катя! Катерина! Це я! Ігор Богданович Крупка... Ти в мене цієї зими гостювала... Катя!
Двері рипнули.
— От зараза! Удома була! — Денис тихо.
Пси замовкли, побігли до дверей.

На порозі Катерина стала.

— Вийти можна? — запитав Денис і на псів показує.

— Виходьте... — і псам: — Біжіть за мазанку.

Пси хвостами крутнули, дременули за хату.

Із осторогою гості виходили. Усе оберталися. А Катерина з місця не зрушила — так і стояла на порозі, як укопана.

— Та ти гостям не рада? Га, Катерина? — обережно запитав Ігор.

Підійшов ближче: от ніби та сама дівчинка перед ним, що й до Києва приїжджала, а ніби й інша.

— Та ви ж не в гості, — мовила врешті.

Чоловіки знітилися.

— Ну, звичайно, не просто в гості... Ми люди ділові та зайняті. Нам прохолоджуватися нема коли. Це в селі люди можуть собі дозволити пів дня пісень співати. А в нас — ритм, напруга, — Денис спробував приховати роздратування. — У нас тут справа важлива. Державна.

— Нема у вас тут справ, — спокійно відказала дівчина.

Ігор вухам не повірив:

— Ти як розмовляєш?! Що з тобою, Катя?

Дівчина — ані тіні розгубленості. У бік кургану подивилася:

— Не пустить вас курган. Дарма час згаяли.

— А ти... — Денис очима — кліп, кліп... — Звідки?

— Чекай, — Ігор Катерининого плеча торкнувся. — Катя... ти все не так зрозуміла. Курган — то наші справи. Ми до тебе по інше. Можна, ми в тебе зупинимося? Ну, пам'ятаєш? Як восени. Гарно було. Пісень співали. Усе село сходилося... І батьки твої... А вони де?

— Померли, — все так само спокійно відповіла дівчина.

— Померли? — Крупка-молодший розгубився.

— Померли. І село ледь не померло... Утрьох здравицю складаємо, як можемо...

Денисові ті розмови — пусте:

— То пустиш? Чи зовсім невдячною тебе батьки виховали? — втрутився.

— Їдьте... Однаково курган для вас неприступний тепер, — повторила.

Ігор занервував.

— Я тобі, Катя, вірю, ти ж дівчинка місцева. Усе тут знаєш. Скажи, приїжджали люди? Уже копали курган? Так?

Катерина на Ігоря подивилася. Потім на Дениса очі перевела. Зітхнула. Денисові:

— Така у вас печінка... скривджена.

— Що?! — Денис уторопати не може.

— Вам би до лікарні треба... — Катерина йому. — Оце ще трохи позволікаєте, і пізно буде. Ви б не барилися...

— Гей, дівчино! Нащо лякаєш?! — ошаленів Денис.

— Не лякаю. Бачу...

Ігор напружився.

— Катя, Катя...

Вона до Крупки-молодшого обернулася:

— Мотузку шукали... Соколом стати хтіли... Нащо дурне вигадуєте? Холодно вам. Скарби серця не зігріють. Хто рахувати звик, тому важко щастя прийняти...

Крупка-молодший аж сів на колоду біля мазанки.

Катерина брови звела.

— Вибачайте. Час мені. Прощавайте... — і двері зачинила.

— Ні хера собі, — прошепотів Денис. — Що це було?

— Поїхали на курган, — відшепотів Ігор. Голос геть пропав. — Треба спробувати. На місці подивимося, хто там нас не прийме...

— Та нам, здається, тут ніхто не радий. Бач, які падлючі селяни! Як восени ми приїхали, то вони ладні були останню курку зарубати, щоб людей зі столиці пригостити. А тепер? Що сталося? Як подуріли!

— Поїхали на курган, — Ігор його смикає. — Не можу тут бути. Моторошно...

* * *

Курган — веселий. Травою зеленою вкритий. Від згорілої восени копи — й сліду нема.

— Добре, що я лопати прихопив, — процідив Денис. — Оце така лярва, мать її... Щоб поважним людям притулку не дати?! А ще кажуть, село... таке відкрите, доброзичливе... — та до Ігоря: — Брате, а чому ми тим тіткам не веліли, щоб копати приходили?

— Не знаю, — буркнув Ігор. — Давай уже самі...

— Брате! Я помічник народного депутата! Та й ти — кандидат історичних наук...

— А під курганом — скарби. Справжні скарби! Нащо нам чужі очі? Давай уже копати!

— Ти починай... Я зараз, — Денис пішов до джипа, витяг пляшку коньяку, відкоркував. — Мені потрібен тонус. Ця дівка мене геть спантеличила. А ти будеш?

— Ти б не пив... — Ігор йому.

— А-а-а! Повірив сільській божевільній?! Мій ти вразливий друже! Ну, тоді копай, а я... — І Денис приклався до пляшки.

Крупка-молодший обійшов курган. Знайшов місце осінніх розкопок і свій хитрий знак, під яким — він точно знав — лежали дивовижні срібні статуетки, яким ціни не скласти. Лопату в руки — і ну копати.

Махав, махав, аж зопрів. А — порожньо.

— Що ж ти, Катя, наворожила?! — прошепотів.

І — далі.

Аж — дзелень під лопатою!

Навколішки впав, землю руками розгрібає й озирається. «Хай би залився!» — про Дениса думає.

Добрався до чогось металевого. Землю обтрусив.

— От сука! Мо', сама й підклала! — і жбурнув геть кришечку іржаву, якими жінки домашні консерви на зиму закривають.

— Що знайшов? — до Ігоря доліз уже п'яний Денис.

— Кришку... Від закрутки... — відповів Ігор роздратовано.

Та не було ще такого, щоб Денис пив, мов та коняка, коли під носом скарби лежать!

— Краще бери лопату в руки і копай. Одразу протверезієш!

Курган раптом — як трусоне!

Ігор відскочив — аж перечепився. У траву під курганом упав.

А земля зверху обвалилася і засипала все, що Крупка-молодший прокопав.

Денис розсміявся:

— О! Я вже тверезий!

— Божевілля! Це просто якесь божевілля... — Ігор підхопився. — Поїхали!

— Куди? — Денис йому.

— До Катерини! Хай пояснить... Хай скаже... Вона щось знає. Поїхали!

— Я, коли вип'ю, то за кермо не сідаю! — відповів Денис. — Принципово!

— То й сиди тут! — Ігор лишив Дениса біля кургану, поплентався до мазанки.

Катерина надворі стояла.

— Що відбувається?! — Крупка-молодший так закричав, що пси з-за мазанки вискочили. — Що ти зробила? Чому курган валиться?

— Час йому... — відказала Катерина.

— Що ти кажеш?

— Новий курган росте... А старому — час умирати. І все своє із собою забрати.

— Зупини це!
— Хіба я Бог? — усміхнулася. — Товариша свого до лікарні доправте. Бо ж помре...
— Та що це за місце прокляте!
— Шанівка... — сказала. — Прощавайте, час мені...
І пішла до села. Мазанки не зачиняла.

Алка Залусківська з Раїсою такий гарний букет на постамент поставили!
— А ваза ж! — не могла нарадуватися Алка.
— Це Ромчика колись районна рада нагородила за жнива, — тепло згадала Раїса. Велику глиняну вазу на постаменті підрівняла.
— Отакі дурні люди були у райраді, — озвалася Алка. — Нащо комбайнерові ваза?
— У сараї й простояла, — усміхнулася Раїса. — А куди її ще? Для хати завелика, викинути — шкода.
— От і згодилася, — сказала Алка. — Люди повернуться, а ми їх — квітами... Гарно?
— Гарно...
До жінок підійшла Катерина.
Алка запитала:
— Пустила?
— Поїхали... — відповіла Катерина.
— А ти куди?
— Каміння збирати...
— Хіба що за хатами, — сказала Раїса. — Вулиця вже геть чиста...
— Ще багато розкиданого, — Катерина їй. — Піду...
— Чуєш, Катя! — Алка гукнула. — А мо', й собі хату на вулиці лаштуй. Повернуться люди... Заживемо...
— Ні, — усміхнулася. — Мені мазанка випала.
— Незчуєшся, як Килиною станеш, — застерегла Алка.

— Хіба погано? Будете до мене в гості ходити, тіло лікувати... Душу... А я з пагорба на Шанівку любуватимуся. Хіба погано?

Весняної, глухої, як баба Килина, ночі весь світ затих і солодко заснув. Із небес тільки один вогник і видно — з віконця мазанки ллється.

— Яка ж Катя неекономна, — бурчить Ничипориха.
— Та відчепіться вже, бабо! — Сашко їй.
— Овва! Мале буде мені рота затуляти! — образилася Ничипориха.
— Годі вам! Дайте дитині поспати, — мамка просить.
— А я їм зараз... — татко.
— Льонька! Не треба! Не треба! Я вже давно мовчу! Це ви з Дариною все базікаєте! — Ничипориха.
— Ну, подивилися... Час нам, — татко постановив.
— Я ще хвилинку, — Сашко каже.
— Е, хлопче! Негоже підслуховувати. Зараз Роман прийде... Вшиваймося! Бо як вони з Катериною нас побачать, то образяться, — татко йому.
— Та добре вже... — Сашко. — Я тільки щоки її торкнуся.
— Сашко! — татко, а мамка йому:
— Льончику! Та хай...
Аж звідкись — ніби вітерець.
— Гайда вже! — гукнула Ничипориха і першою розтанула.

Катерина розплющила очі.
— Дядьку Романе? Це ви?
— І чого ти мене, Русалонько, дядьком звеш? — сумно всміхнувся Роман.
— А як же? Ви дядько дорослий, а я все ніяк не виросту... Ви мені краще розкажіть, що по світах бачили. Де були?

— Нудно по світах вештатися. Усюди однаково. Мені біля тебе краще. Над Шанівкою літаю та все дивлюся, як ти каміння збираєш...

— Іще є...

— Уже й за хатами геть усе чисто зібрала.

— Іще є...

— І доки збиратимеш?

— Поки люди в село не повернуться...

— То відпочинь зараз... Свічку загасити?

— Загасіть...

Дмухнуло, понесло. Ніжний повів — по волоссі русявому:

— Спи, Русалонько...

Оченята заплющила, зашепотіла:

> Ой летіли дикі гуси,
> А за ними і Катруся!
> Ой летіли, ґелґотали,
> Милій Катрі щастя дали...

І заснула.

— Вона ще й співає! — буркнула Ничипориха.

— То ви підслуховували? — смикнувся Роман.

— А ти, Ромчик, не гарячкуй! Не на Землі, їй-богу! Тут геть усе чисто чути. Сам знаєш... — Ничипориха йому.

— То вуха затуліть, — Роман їй.

Катерина всміхнулася ввi сні, повернулася на бік, приклала до грудей вимучені камінням долоньки.

— Ану, бабо, тихіше! — гримнув на Ничипориху Роман. — Вимітайтеся мені.

— Разом вимітаймося, — Ничипориха. І просить: — Гайда на Шанівку глянемо.

— А чого ж...

Над мазанкою зметнулася легка хмаринка. До Шанівки попливла. Розігнала наглі хмари. Ясно стало. Так ясно, що, може, хоч Бог урешті побачить малу Шанівку.

Дашвар Л.

Д21 Село не люди : роман / Люко Дашвар. — Харків : Книжковий Клуб «Клуб Сімейного Дозвілля», 2022. — 304 с.

ISBN 978-617-12-9071-6 (дод. наклад)

Над селом зорі ясніші, у селі квіти пахнуть п'янкіше, сільські дівчата дорослішають раніше. Катерині лише тринадцять, а її серце належить чоловікові набагато старшому, та ще й одруженому. У селі все безпосередньо: якщо кохають, то до безтями, якщо ненавидять, то щонайзапекліше, якщо пробачають, то від щирого серця...

Історія, у якій любов і смерть, чистота і гріховність існують пліч-о-пліч — так близько, що стають невіддільними...

УДК 821.161.2